受命

终局版

止庵 著

人民文学出版社

图书在版编目（CIP）数据

受命：终局版/止庵著. —北京：人民文学出版社，2022
ISBN 978-7-02-016728-9

Ⅰ.①受… Ⅱ.①止… Ⅲ.①长篇小说—中国—当代 Ⅳ.①I247.5

中国版本图书馆CIP数据核字（2022）第047686号

责任编辑　樊晓哲
美术编辑　刘　静
责任印制　王重艺

出版发行　人民文学出版社
社　　址　北京市朝内大街166号
邮政编码　100705

印　　刷　北京汇林印务有限公司
经　　销　全国新华书店等

字　　数　230千字
开　　本　880毫米×1230毫米　1/32
印　　张　10.5　插页1
印　　数　1—5000
版　　次　2022年4月北京第1版
印　　次　2022年4月第1次印刷

书　　号　978-7-02-016728-9
定　　价　68.00元

如有印装质量问题，请与本社图书销售中心调换。电话：010-65233595

今吾朝受命而夕饮冰，我其内热与？

——《庄子·人间世》

早上准时醒来。如果是星期天，又不值半日班，会接着再睡一觉；星期一到星期六必须赶紧起床。匆匆洗漱，出门，买早点，边走边吃。在车站等候。公交车来了，拼命挤上，不惜手脚并用。车并不准时，赶上这一趟未必早到，没赶上肯定迟到。穿过大半个城市。到站下车，快步走向上班的医院。在休息室换上白大褂，戴好帽子、口罩。八点钟进入诊室，坐到自己的诊疗椅旁。不出意外，日复一日可能要在同一岗位干到退休。诊室共设八张诊疗椅，通常只有六位医生出诊。上午限挂六十个号，此外还有预约和加号。护士在门口开始叫号，患者进来。牙钻声响起，此起彼伏，听上去像是合奏。看完一个患者，洗手，紧接着看下一个患者。到了中午还没看完，医生们便轮流去吃饭。下午一点半再次进入诊室，坐在诊疗椅旁。有五位或六位医生出诊，也可能多一个上半天班的。仍然限挂六十个号，再加上预约和加号。护士叫号，患者进来。牙钻声再次响起。其他科室都下班了，这里的病人还没有看完，直到候诊室如同整个医院一样空空荡荡。下班前打扫科室卫生,照例由新分来的医生承担。科里虽有十多位医生,安排值夜班的不过七至八人。不值夜班的日子,在休息室摘掉口罩、帽子,脱下白大褂。离开医院,走到公交车站。等车的人仍然很多,太挤只能等下一辆,然而拥挤依旧。穿过大半个城市,感觉有些奇怪,城市好像比早上大了不少。回到家里,晚饭一般凑合了事。之后是一点业余时间:从书柜中精心挑选一本诗集或小说,坐到书桌前,将书翻开。没读几页困意随即涌来。只好洗漱,躺下,马上就睡着了。

第一部

第一章

将近一个月没回来，冰锋发现，家已经不是原来的家，人也不是原来的人了。从过道到厨房，只要是件东西，就贴上了白色纸条，大大小小，都是母亲写得不很工整的毛笔字迹，乍看像中小学生的书法比赛。煤气罐、水龙头和电灯开关这些地方，触目惊心地标明"煤气！关！""水！关！""电！关！"，灶台旁小桌上一排瓶瓶罐罐，也都贴着"食用油""酱油""醋""盐""糖""味精"之类。冰锋上次回家，听母亲抱怨记性越来越差，并没有太上心；现在见她独自在家，不禁想，至少应该检查一下煤气罐阀门是否真的关严了，而那些标签，他也怀疑有没有可能贴错。

没等冰锋问出了什么事，母亲就把他拉进自己的房间。她的手有点枯干，上次母子俩这样手拉手还在很久以前。母亲的背比原来驼得更厉害，头发也稀疏多了。她显得很着急，冰锋特地等到她一般睡完午觉的时候才来，但她好像根本就没睡。屋里还是老样子：一张单人床，一个床头柜，一个五斗柜；一家人吃饭也在这里，靠墙摆着一张方桌。电灯开关旁边的墙上，也写了一个大大的"关"字。母亲在方桌边坐下，背对窗户，脸隐在阴影里，示意儿子坐在自己下首。她穿的藏青色布面夹袄连领口的盘扣也系着，看着异常庄重。这是一楼，采光很差。窗外有一大丛迎春，只看见树冠部分，鲜黄的花朵拥挤在一起，色彩虽然单调，却像无端为这家奉上了一个大花篮。稍远处一棵树皮开裂的大树，生生将窗口分为两半。

母亲向冰锋举起一张报纸，指着上面印的一幅照片，说，就是这个人。她的双手有些颤抖，报纸哗哗作响，指着照片的手指晃个不停。冰锋想将那两只手按在桌上，又怕她不再继续说下去了。但难道她随便选定这么一个春天的下午，就把隐匿已久的事情告诉给自己吗？那张照片是一群人的合影，有站着的，有坐着的，铅版制得模模糊糊，难以辨认具体面目，包括她指着的那个人。下边的文字说明是："离休老干部发挥余热，教育幼儿园小朋友从小热爱祖国。"

母亲说，就是这个人，就是他。你爸爸一辈子都毁在他手里了。手指仍不离开照片上的人，仿佛生怕稍纵即逝。面前还放着一张白纸，略有点皱巴，上面写着"祝国英"三个字。冰锋听说过这个名字，是父亲原单位的部长。母亲不无歉意地说，我也许跟你讲过这件事，但记不得了。冰锋在心里默默回答，您没讲过。以前他问过母亲不止一次，她都推说父亲虽然冤屈，不过没有仇人。现在终于告诉他了，他并不感到意外，只是不明白为什么一直瞒着他。

母亲重复地说，你爸爸，一辈子啊。站起身，从床头柜上拿起一个小相架，摆在冰锋面前。似乎要向儿子确认父亲曾经存在，而她的记忆则要依托现实的形象才能继续下去。父亲一生只留下这一张照片,是幅正面照,胸前有两个兜,左边那个上边别着一个很大的毛主席像章,领口露出一块补丁,样子可怜巴巴,两眼瞪着前方,表情介乎惶然与茫然之间。

母亲的话支离破碎,常旁生枝节,又多有重复。显然她现在就是这样的思路;每当冰锋听不明白,问道,为什么呢?她就跟着重复说,是啊,为什么呢?等重新开始叙述,明显缺失了一部分。讲到那个人的时候,总是先在纸上写下"祝国英",像是提醒自己不要忘记;动作看着神神秘秘,甚至偷偷摸摸。她写完名字,说出口的却是"他",仿佛那个人就在屋里某个地方盯着她呢。等讲完了,一张纸都写满了。

冰锋边听母亲讲述,边在脑子里梳理一遍。父亲与"他"是老战友,甚至"他"调来部里,还是父亲介绍的。一九五七年春天,父亲预先获知了一些内幕,并无言论,几次举办鸣放会,要么托故未参加,要么到时不说话,最热闹的两三个星期,还找个由头去南方出差了,直到《人民日报》发表《这是为什么?》的社论之后,才返回北京。就在父亲庆幸自己躲过一劫时,"他"向组织上交了一个本子,记录的是父亲私下里的各种反动言论,按照"攻击中央首长""讽刺部级领导""非议国家政策"和"曲解社会现象"分类编辑,后附索引,并一一注明是在什么场合讲的,当时有谁在场。有些语意含混或只说了半句的话,特意加了注释,揭示真正含义。是从一九五五年夏天开始整理的,大概受到什么人交信之举的启发。在为此召开的揭发批判大会上,父亲一上来还辩解说,我不记得我讲过，我讲的不是那个意思，反被认定为负隅顽抗，死不悔改。那些被指名的证人怕受牵连，谁也不敢出面否认。结果父亲被划成了"极右"，下放到东北农村劳动改造。过了几年，父亲摘了帽子，回到北京，却被要求办理因病退职手续。父亲身体的确不太好，但经手的人事干部偶尔提到，这是部里主管这方面工作的领导的意见，那个人就是"他"。父亲被遣送回外地老家，迁移过程中档案被弄丢了，从此成为"黑人"，连粮食关系都没有了。（讲到这里，母亲特地声明，这件事与"他"并无直接关系，却是因"他"而起的。）一九六七年秋冬之际，父亲病情加重，来北京求医，因为没有工作，也就没有公费医疗。借住在一间地下室里，走投无路，不得已写信向"他"求助，希望老领导以革命人道主义为怀，给予自己一点帮助。那时"他"已被解放，进入三结合领导小组。发出的信不见回复，派出所和街道的人却找上门来，说有人检举父亲投寄反动信件，本当严办，姑念有病，限期离京。见父亲实在行动不便，就写信通知家属将人领走。他们还没来得及动身，父亲已被发现服毒自杀。后来父亲迟迟不能平反，听说也跟"他"有关。

母亲补充道，你爸爸要是没错，不就成了"他"有错了么？院子里本来特别安静，突然传来一阵响亮的鸽哨声。冰锋站起身，走到窗前，留下话还没说完，被他此举生硬打断而瞠目结舌的母亲。他探头看看，满眼干净澄明的蓝，那些远而低的云朵是静止的，高处的则缓缓移动，洁白中夹杂着些许灰，甚至是黑。鸽哨声还在，却看不见天上的鸽子。声音逐渐远去，直到听不见了。院里那棵大槐树，树梢长出些淡紫色的似芽似叶的东西，不久就将是满树绿叶了。接近树冠顶部有个鸟巢，暴露在树枝之间，远看像一团乱草。

冰锋回到桌旁。母亲继续说，部里有位你爸爸的老同事，姓贺。她在纸上写了个"贺"字，接下来的名字却写不出来。冰锋做了个手势，要她接着讲。但她说不下去了，还不放心地把那个字涂掉，一直涂到完全看不出来。冰锋在床头柜的抽屉里找出一本很小的通讯录，查到"贺德全"这名字，还有电话号码。他拿给母亲看，她点了点头。

母亲说，你爸爸最后来北京，住的地下室，是贺叔叔帮着借的，还送来五斤米票，十斤粮票。他知道你爸爸是南方人，爱吃米。这在当时很够意思了。你爸爸大概也觉得他刚恢复工作，只能帮到这份儿上，就没有再求他，这才写了那封信。你爸爸因为不是正常死亡，火葬场不收，我还是去找了贺叔叔。他本来没露面，我说，老陆一辈子没少给您添麻烦，您最后再帮他一回吧。他找办公室开了介绍信，在部里大门口交给我，什么都没说，摆了摆手，我也不明白到底什么意思，是跟我道别呢，还是告诉我，忙就帮到这儿为止了。这才给你爸爸办理了火化手续。

奇怪的是，母亲这番话说得比刚才利落得多，好像思路忽然通畅了。冰锋想了一下，自己没见过这个人。母亲又说，你爸爸的情况，他应该最清楚，后来你爸爸平反，他还给出了证明材料。说完把那个镶有父亲照片的小相架放回床头柜上，写满"祝国英"的纸和那张报纸则被留在桌子上。然后坐回桌边，母子俩陷入了沉默。任由屋里的光线黯淡下去，谁也没有站起来开灯。

冰锋环顾这个家。这是部里为父亲平反后，落实政策分的房子，母亲带着弟弟、妹妹住了进来。还给父亲恢复了公职，补发了工资，按照被错划为"右派"前的级别，一直补发到他死时为止——记得文件上写的是"被林彪、'四人帮'迫害致死"。母亲用这笔钱给每个孩子买了一个大件：冰锋是一块手表，弟弟铁锋是一辆自行车，小妹是一架缝纫机。当时她对孩子们说，这是爸爸留给你们的，让你们记住他。然而在冰锋的印象里，父亲生前家里的气氛相当冷淡；父亲死后，母亲不止一次抱怨跟着他一辈子没过过好日子，他死了，还受牵连。冰锋觉得活着的人不配享受这一切，那块手表一直没戴，也不想住在这房子里，毕业后单位借给他一间小平房，就搬过去了。

母亲忽然说，你妹妹快回来了，你赶紧走吧！冰锋迟疑了一下，还是忍不住问，隔了这么久，您才告诉我，是为了什么呢？母亲或许被问住了，或许思路又不畅了，好久才结结巴巴地说，也不为什么，就是觉得不该不让你知道，你知道了，我心里那块石头就落了地了。冰锋看着母亲，她的脸隐在比刚才更暗的阴影里，瘦得像个骷髅，一点表情都没有，又像戴着一副面具。

父亲的遭遇，是扎在冰锋心上的一根拔不掉的刺。父亲死后，他几次向母亲问起，她始终不说，大概先是不敢说，后来则觉得不必说。冰锋也就不再问，渐渐变成了他的内心活动，渐渐又沉潜到意识深处。他与母亲之间也就以相对无言居多，关系疏离，只是每月发工资，送十五块钱过来，顺便问候一下而已。母亲有退休金；小妹身体不好，一直在吃劳保，在家还能照顾母亲。也可以说，冰锋这笔占工资不小比例的支出，实际上是贴补小妹的。现在母亲终于对他讲了。冰锋很想把心中的抱怨直接说出来：您为什么不早些告诉我呢？他想起过去那些年，自己无论上大学，还是工作，都是乏味不足道的人生，此刻才突然有点光亮了。

冰锋拿起桌上写满"祝国英"的那张纸，还有那份报纸，忽然记起一件事。来到小妹的房间，比母亲那间小不少，窗前摆着一架蝴蝶牌缝纫机，机头下有条砸了一半的大红色绸裙子，小妹现在靠给人家做活，挣一点钱。左首有个书架，书不多，其余都是旧杂志和旧报纸。冰锋在最底下一格尽头找出一个报纸包，打开，是一本《史记》第七册。二十五年前出的书，纸张又黑又糙，封面也很破旧。包的报纸也已经发黄，日期还是六年前的，那时他刚来北京上大学，很久没打开了。

冰锋将那册《史记》翻到某一页，把母亲写满字的纸夹在里面。她跟在他身后过来了，眼巴巴地看着他，好像那张纸特别重要，上面记录了多少秘密。直到冰锋把包了书的纸包放进书包，这才放心。但他离开时，看见她依然紧紧盯着他的书包。他把贺叔叔的电话号码抄在那张报纸上，也一并带走了。

走出楼门，冰锋扭头看了一眼母亲房间的窗户，窗下那丛迎春笼罩在夕照之中，颜色不如刚才鲜艳。院子里的紫荆根根枝条都直挺挺的，花朵特别繁密。桃花已经开了不少，还有些快开了，也都紧紧地挤在一起。紫叶李的骨朵是稍稍偏粉的红色，碧桃的骨朵则是浓重的大红色，看着有点像梅花。冰锋想起家里贴的那些纸条，临走时忘记嘱咐母亲多加注意了。今天下夜班，一早小妹来电话说母亲有事，让他过来一趟。铁锋平时住在厂子的集体宿舍，星期天才回来；小妹也不在家。母亲显然是特意避开他们。当年接到父亲的死讯，母亲只带了冰锋来到北京。弟弟妹妹关于父亲的记忆大概不太深，其实冰锋自己也说不上有多深。

母亲住在甘家口，冰锋乘102路公共电车到动物园，换乘107路电车回家。路上几次急着想看那本《史记》，但暮色已经降临，后来街上一排路灯也亮了。这个城市的一切，人们的生活，一如往常。冰锋想，这有如开始了一个故事，开头很像鲁迅的《铸剑》。那是他喜欢的一篇小说。但他又想，自己可不是眉间尺，对复仇之事期待已久，不是谁要求他这么做的，更不需要宴之敖者来帮忙，但如果有必要割下自己的头，也是不会拒绝的。而母亲也不是那铸剑师的妻子，没有那么隐忍坚强。冰锋对她迟至今日才告诉他仇人是谁，仍然不能释怀。

冰锋不打算做晚饭了，在胡同口的早晚服务部买了一个鱼香肉丝软罐头。回到自己住的小院，天已黑了。走过对门人家房前的葡萄架，抬头看了一眼，铁丝网上盘曲的干枯枝条之间，露出了一弯细细的新月。淡淡的月光下，院里那棵大杨树已经长出一些小叶子了。他住在东屋南边那间。用热水瓶里的水把软罐头泡热，就着中午剩的米饭匆匆吃了。然后拉上窗帘，打开台灯，坐到书桌前。

冰锋取出那本《史记》，刚才他将母亲写了字的纸夹在第2172页与第2173页之间，父亲当年曾留下一封遗书，他记得清清楚楚，就夹在这个地方。遗书的样子和大致内容，也还留有印象。虽然是钢笔字，却有很见功力的隶书的底子，首先还是加了个当时哪怕写私信也通用的"万寿无疆"的帽儿，这出自一个行将弃世的人笔下，似乎是对未来——遥远到几乎没有尽头——仍然有所期待。然后写道：我自患病以来，医治乏术，痛苦难挨，实已成为废物，无从再行自我改造，继续生存徒耗国家资源，故取此下策，还请革命群众予以宽恕。反省一生罪过，悔愧不已，咎由自取，无怪他人。希望列为反面教材，以供来者鉴戒。冰儿勿以你爸为念，好自为之。当今祖国形势一片大好，人民生活日新月异，展望未来，信心万丈，云云。父亲是自杀而死的，民警到他住的地下室搜查过，很不细致，什么也没有发现。后来冰锋在放在小桌上的一册《史记》里找到了遗书，翻来覆去看了好多遍。母亲把它交到派出所，再也没有退还；冰锋曾去要过，答复是早已处理掉了。

夹遗书的《史记》第七册留了下来。夹在《伍子胥列传第六》这一篇里，两页相连处有一段文字：

无忌言于平王曰："伍奢有二子，皆贤，不诛且为楚忧。可以其父质而召之，不然且为楚患。"王使使谓伍奢曰："能致汝二子则生，不能则死。"伍奢曰："尚为人仁，呼必来。员为人刚戾忍詢，能成大事，彼见来之并禽，其势必不来。"王不听，使人召二子曰："来，吾生汝父；不来，今杀奢也。"伍尚欲往，员曰："楚之召我兄弟，非欲以生我父也，恐有脱者后生患，故以父为质，诈召二子。二子到，则父子俱死。何益父之死？往而令雠不得报耳。不如奔他国，借力以雪父之耻，俱灭，无为也。"伍尚曰："我知往终不能全父命。然恨父召我以求生而不往，后不能雪耻，终为天下笑耳。"谓员："可去矣！汝能报杀父之雠，我将归死。"尚既就执，使者捕伍胥。伍胥贯弓执矢向使者，使者不敢进，伍胥遂亡。闻太子建之在宋，往从之。奢闻子胥之亡也，曰："楚国君臣且苦兵矣。"伍尚至楚，楚并杀奢与尚也。

冰锋将这册书带回老家，觉得父亲把遗书夹在那里，也许是偶然之举，也许并非如此。有一天重新翻检，忽然发现其中"员为人刚戾忍訽，能成大事""汝能报杀父之雠"和"楚国君臣且苦兵矣"几句旁边，各用指甲划了一道印儿，要对着光才看得出来。当下他激动地举着书一口气跑出门去，外面没有人，只记得天空云层很低，很厚，当中是一个暗淡无光的瞎太阳。父亲在这世界上最后发出的信息，隔着生死的界限，竟然被冰锋接收到了。不过这几句话，乃至这一段话，当时他一点也看不懂，逐一查了字典，得以大致了解，还知道"訽"，古同"诟"。真正的意思，则要读懂整篇《伍子胥列传》才明白。后来他粗通古文，正是由打这里起手的。只是时间久了，书中父亲留下的痕迹越来越淡，终于看不出来了，而只是冰锋记得或认为曾经有过那几个印儿。

冰锋想，父亲把遗书夹在《史记》这篇文章里，又在上面划了那些印儿，牵扯出历史上那位姓伍名员，以伍子胥闻名至今的人物，又涉及他平生所干的一件大事——为含冤而死的父亲和哥哥报仇雪恨。但是父亲为什么特地要把伍子胥介绍给他呢？为什么要在自己与他之间建立起类似伍奢与伍子胥这样一种关系呢？冰锋一直不明白，但始终没有忘记。

现在一切都清楚了。"父亲""伍子胥""复仇"，过去他只知道这么多；再加上"仇人"这环节，整根链条就完整了。父亲是被人迫害致死的，他有一个类似楚平王或费无忌的仇人，他要冰锋像伍子胥那样去找这个人复仇。冰锋觉得，母亲今天对他说的话，在伍子胥与自己之间切实建立起一种联系；也可以说，她那些话早已被父亲留下的那本《史记》所证实了。

这个晚上，冰锋把《伍子胥列传》里父亲划过印儿的几句话，工工整整地抄在一个笔记本上。伍员为人刚强凶猛、忍辱负重，能成就大事啊，你能够报杀父之仇啊，还有楚国的国王和大臣从此要为兵祸所苦了啊，这些意思居然都是具体针对自己而言的，这才是父亲留下的真正的遗嘱。父亲显然以将死的伍奢自居；而他所期望的是冰锋这个儿子能够成为伍子胥——具备他那种品格，拥有他那种决心，将这决心付诸行动，将这行动贯彻一生。回过头去仔细琢磨父亲已经遗失的那封遗书，其中"好自为之""充满信心"，似乎别有寓意；"无怪他人""勿以你爸为念"，显然都是反话；至于"希望列为反面教材，以供来者鉴戒"，简直是在昭示一种历史观了。

冰锋曾经在电影里见到，地下工作者把用米汤书写的秘密文件涂上碘酒显影，或把用明矾水书写的秘密文件放进水里显影，现在父亲的遗书和《伍子胥列传》也差不多，只是隔了十七年他才看出来，而二者的内容其实是完全一致的。对冰锋来说，今天并不是故事的开始——他的故事早就开始了。

第二章

冰锋是个口腔科医生，要到星期天，白天才有空闲时间。早早出了门，正赶上沙尘暴。天空浑浊昏黄，像得了黄疸病。沙土粉或沙土粒是从天上来的，地上的也被阵阵大风卷起加入，简直是往人世间不断扬撒着黄土，房屋、树木、街道、行人，都被覆盖了。戴口罩只能护住嘴和鼻孔，眼睛乃至耳朵眼也要遮挡，骑车和走路的女人们用纱巾包着头，在脑后系住，个个像蒙面大盗。有人在风中倒着走路。冰锋逆风而行，步履艰难，仿佛一路在奋不顾身地推开一扇扇风沙的门。他觉得，这种天气去寻仇，未免像趁火打劫。

冰锋计划先到部里打听祝部长的住址。路过鼓楼，正在维修，顶都挑了，四周搭满了脚手架。到了部里那条街上，风终于停了。方方正正的四层楼前，有几棵玉兰树，粉色的花已经开始谢了，有的花瓣皱了，有的掉了，紫色的花正开或刚开，白色的花刚开，黄色的花则含苞欲放。走上高台阶，推开大门，左边是传达室的窗口，二道门口站着个穿军装的警卫。看见他，警卫问，干吗？冰锋说，到传达室问点事。警卫朝左边扬了一下下巴。冰锋刚往那边走,警卫又问,带介绍信了吗? 他站住说,没有。警卫朝相反方向扬扬下巴,示意他离开。冰锋只得转身出来。他记得几年前到过这里,是和母亲一起,为了父亲平反的事。在传达室给人事局打电话,工作人员出来,把他们领了进去。那时母亲为跑这件事,一趟趟来北京,到处找地方借住,非常辛劳。

  冰锋找了个公用电话,按照从母亲处抄来的号码,打到贺叔叔家里。接电话的声音略显苍老。冰锋说,我是陆永志的儿子,好几年没问候您了,近来身体好吗? 对方客气地说,啊,记得,记得,我还好。冰锋说,想请教一下,祝部长,您知道他住在哪儿么? 贺叔叔像是马上警觉起来:你为什么问这个呢? 冰锋说,不为什么,随便打听一下。贺叔叔说,哦 —— 你母亲的情况都挺好吧? 这个岔打得太明显,也太生硬,冰锋不想说下去了。贺叔叔问起他的地址电话,他留了科里的,贺叔叔说,你当大夫啦,很有出息啊。冰锋客气几句,挂上电话。

  回到家里,冰锋找出母亲给他看的那张报纸,上面并未说明几位离休老干部住在哪里,但却提到幼儿园的名字。第二天他上班,在科里的电话本上查着那家幼儿园的电话号码,很容易地问到地址,是在崇文门附近。冰锋想,祝部长应该住得离那儿不远,也许就在同一条胡同。

  冰锋一周值一次夜班。下夜班那天上午,他来到那条胡同。口上有个大花坛,安置着石凳,几树榆叶梅开满了浅粉色的花,宛如正在燃放的烟火。路两边的墙壁粉刷过,院门也都新油漆了。走过那家幼儿园，还有居委会，没敢进去打听，离胡同口不远还有个派出所，就更不敢问了。路边，两个木匠正在打一件双人床之类的活，满地的刨花。歇工的时候，各自往地上吐了口浓痰。冰锋找不着方向，又不愿乱闯乱碰，看着那两个做木工活的，有点出神。

两个戴红袖箍的老太太凑上前来，冰锋记得她们已经来回路过两趟了。其中一个问，你在这儿站了老半天了，有什么事吗？冰锋说，我等人。另一个问，等谁呀？冰锋说，一个朋友，约好了，就在这丁香树旁边。老太太们将信将疑地走开，还不约而同回头看看。冰锋知道等她们再巡逻过来还会找麻烦，如果换个地方，被看见了就更麻烦了。不如遇见邮递员时询问一下。他既然送这条胡同的信，一定知道谁住在哪里。算算上午的时间已过，只好等下午那班送信时再来。

他在苏州胡同一家小饭铺买了两个火烧，夹上五毛钱小肚，权当午饭，又去对面的东单公园消磨了一会儿。下午三点多回来，从胡同东口慢慢走向西口。幼儿园放学了，有人推着小推车，车里站着一个小孩；还有人骑着自行车改装的三轮车，后面镶着玻璃的轿子里，坐着一个小孩。一辆拉着红绒面沙发的平板车，也从他身边经过。远远看见一位骑自行车的邮递员，停在一个门口喊，挂号信，拿戳儿！冰锋迎上去说，借光，跟您打听点事。邮递员下了车，和蔼地问，什么事？冰锋说，我想打听一个人，他叫祝国英，您知道住在哪个门么？邮递员脸色一沉：您打听这个干吗？冰锋说，我是他的熟人，想找他。邮递员说：熟人，会不知道他住哪儿？冰锋支吾地说，我来过，可是忘了。邮递员微笑着说，劳驾您慢慢想吧。骑上车走了。

冰锋知道，只能一个门一个门地找了。这时已近黄昏，做木工活的收工了，原地换了个崩爆米花的。一尊黑乎乎的大炮似的爆米花机架在支架上，下燃炉火，师傅一手拉风箱，一手转动爆米花机。有个梳着两个鬅鬙的小女孩一脸渴望地站在跟前。嘭的一响，腾起一团白烟，师傅举起肮脏得已成黑色的口袋，将白花花的爆米花倒进她端着的浅儿里，一股香喷喷的味道。冰锋忽然发现，前面不远，有一处两扇大铁门紧闭，像是深宅大院。祝部长进出得坐汽车，没准就是这里。

冰锋站在那几棵丁香树旁边。有白丁香，也有紫丁香，一天里不同时间香味似乎不同，现在比下午香得多，仿佛天黑下来开始发力了。香味是弥散性的，但不是散发，而是喷射，不像是天然的，倒像是人工的，有股洗衣粉的味道。一辆挂着窗帘的黑色吉姆轿车开过来，鸣了三声喇叭，两扇铁门随即开了，原来是电动门，门内一旁站着个中年男人，大概是门卫。冰锋趁机往里张望。一条甬道，两边种着悬铃木，就是俗称法国梧桐的，枝头稀稀拉拉长出一些小叶子，挂着不少去年留下、已经干了的小铃铛般的果实。院子深处有几幢灰色楼房。门卫见冰锋探头探脑，提防地盯着他。没等看仔细，院门就关上了。高高的围墙上，还有铁丝网。

过了几天，冰锋又到那儿去了一趟。丁香不如上次香了，仿佛已经精疲力竭。但在某个风向突然出现浓烈的香味，离开这个风向就闻不到了，尽管风很小，甚至看不出枝条摆动。或许因为冰锋走来走去，或许有的花比别的香，但从外表看那些树、树上的花都差不多，只有白色与紫色的区别，他也分辨不出哪种更香。这次连大门都没有赶上打开。冰锋想，自己还不如眉间尺呢，尽管在围观时被挤倒了，好歹还见了仇人一面。

冰锋没有回家，乘108路电车去了和平里。下车拐进一条细长的胡同，路边有一排杏树，花谢得差不多了，待到枝头只剩下叶子，就不大容易看出与别的树的分别了。胡同尽头是一片老旧的住宅楼，院里种着几棵银杏，刚长出不久的叶子，是那种特别年青、特别干净的绿色，但已经显得厚实坚韧了。一路遇见的住户，都不无警惕地瞄着他。冰锋进了一个楼门。

下行的楼梯又暗又潮。地下室的门上挂着钌铞儿，用铁丝拴住。拧开铁丝，很费劲地推开门，吱吱呀呀地响。这里已经废弃，挨着屋顶的一排小窗户玻璃都碎了。墙角有一坨大便，干得近乎风化，没有臭味了。这是父亲生命中最后的居所。墙很脏，看不出摆过家具的痕迹，只能大概记得父亲的床曾在哪里，一张桌子和一个凳子又在哪里，而这就是当初的全部家具了。记忆中墙上还有父亲用指甲刻的痕迹，就像电影里长年关押的囚犯留在牢房墙上的那样，现在已经无从辨认了。

冰锋刚才在报摊买了一份《人民日报》，一份《北京日报》，铺在原来父亲的床摆放的位置，躺下身来。头枕在地上很硌，身子也有点凉。从高处的窗户里射进一团光，照到脚前不远的地上，而他在黑暗中看到的，就是父亲看到的世界最后的光。虽然很不舒服，冰锋还是久久躺着。他觉得这里是距离父亲最近的地方。

父亲的尸体是被街道主任发现的。她来查看父亲离开没有，几次都关着门，以为已经走了，后来有人说楼道臭得慌，久久不散，打开门，才发现父亲死在屋里了。记得她见着冰锋，上来就说，你爸爸挺仁义的，死了一礼拜了，其实没那么臭，进得来人。也许因为天冷，屋里又没生火。不过话说回来，要是臭味挺大，不早就发现了吗？也不管面前这个十岁的孩子是否承受得了。

　　父亲喝了半瓶敌敌畏，但在自杀之前，有很长一段时间没吃东西，身体已经脱水，与其说他把自己毒死了，还不如说把自己饿死了。他枕的荞麦皮枕头被咬了个口子，洒了一床一地，脸上也沾了好些。桌上有个完整的窝头，都放馊了。据街道主任说：你爸爸一脸荞麦皮，那模样真逗人。单位的人见到母亲和冰锋，同样边笑边说，既然服毒，何必绝食呢？忍不住饿，不吃能充饥的，用这根本不能消化的荞麦皮填补肚子，还把自己弄得像个怪物。冰锋知道，这是一种绝望的紊乱，或者说紊乱的绝望，父亲死于极度的孤立无援——包括来自自己的理智的援手。这不仅破坏了他心中父亲的尊严，也破坏了他所理解或想象的父亲的绝望。

　　冰锋最后见到的父亲的形象，是已经解剖完毕，要妻子和儿子确认的一具尸体。因为是自杀，没跟家属商量就解剖了。据说胃里也发现了少量荞麦皮。尸体盖着一块白布，布不大干净，露出一张胡须很长、已经瘦得不成人样的死灰色的脸。以后冰锋上解剖课，常常回忆起这一情景。冰锋关于父亲相貌的记忆，除了遗容，就是母亲床头柜上小相架里那张忠厚得让人难受的照片。此外还有父亲死前一年多，有一天冰锋放小学回家，走过一个空场，围着不少人，同学忽然喊，陆冰锋，看，你爸！父亲站在一个课桌上，腰弯成九十度，脖子上用铁丝挂着一块特别大的砖头，扬着脑袋，脸上用墨汁画得乱七八糟。冰锋直担心他的脖子会被铁丝一下勒断，就像用快刀斩断一样。有人在喊口号：打倒陆永志！砸烂陆永志的狗头！冰锋立刻跑开了。

其实冰锋对父亲了解得并不多，小时候不知道父亲到底出了什么事，还以为真的是坏人，直到父亲绝命之际，也没给他一点温暖。印象中有一回，冰锋正站在窗前看天，父亲凑过来，难得有兴致地说，"天上鱼鳞斑，晒谷不用翻"。你看，鱼鳞斑就是这种云。平时父亲说话不多，对别人的意见唯唯诺诺，但这并非随和，而是卑微。后来冰锋想，父亲是被自己的境遇给压垮了。父亲唯一让他佩服的是写得一笔好字，用毛笔抄写过好多张《毛主席语录》和《毛主席诗词》，但都没保存下来，只留下那份遗书，也遗失了。父亲死了，连骨灰都没有保留。等到大批"右派"陆续得到平反之后，父亲也被平反了，但过程相当艰难，也相当迟缓。父亲的档案丢了，平反后冰锋到部里人事局要求看档案，只有薄薄两份，一是重新给他做的履历表和工资单，一是他的平反文件。

父亲的遗体火化后，母亲带着冰锋到这个地下室告别，门上贴了封条，他悄悄撕开，进来看了看，走时又给贴了回去。后来冰锋考上北京医学院，曾来这儿告慰父亲。十年过去，这个住宅区毫无变化，只是地下室已经没人住了。来北京是冰锋的心愿，终于来到父亲最后离开这世界的地方，仿佛还能看见他远去的背影。但父亲平反，冰锋没来地下室，因为在他看来，平反之举当然可以安抚那些轻易就能被安抚的家属，但也只是活人之间的一种交易和安排罢了。

当初部里落实政策，把母子三人的户口迁回北京，将失去职业的母亲改成退休待遇，给身体不好的小妹安排了工作，最难办的还是为死者的遗属解决住房问题。耗了很长时间，连父亲平反的事都拖下来了。冰锋说，还不如把爸爸死的那间地下室分给咱们呢。母亲和弟弟妹妹一听就急了。那里已被视为凶宅，甚至有闹鬼的传闻。终于分到一套两间半的房子，遗憾的是一楼，有点暗。但冰锋觉得，这份晦暗反倒是唯一接近父亲之处。主管此事的同志对他们说，凡是我们能做的都做了，剩下的就是做不了的了。人死不能复生，生者好好活吧。

母亲和弟弟妹妹住进新房子，对这一家人来说，是有史以来最幸福的一天。家具和厨房用具大部分是朋友家用过的，还不齐全，一张桌子和四个凳子，则是在信托商店买的。把冰锋也从学校叫了回来。全家人坐在一起吃饭，母亲把父亲的小相架摆在桌上，前面摆了一副筷子，一杯酒，但没有空凳子了。她买了一瓶樱桃酒，斟满五个酒杯，在父亲的照片前也摆了一杯，端起杯子，热泪盈眶地说，老陆，我们终于等到了这一天，你也该高兴吧！母亲和妹妹素来滴酒不沾，但各自都喝了一大口。冰锋虽然和他们碰了杯，在嘴边抿了一下，就放下了，只记得那酒有点挂杯。他不愿扫母亲的兴，心里却说，这跟爸爸有什么关系呢，他哪里知道有这一天！

冰锋大学毕业，又来过一次地下室。这里仿佛记录了他的成长经历。对他来说，这是一处隐秘之地，沉思之地，冥冥之中与父亲对话之地。

冰锋躺在地上，看着窗户透进的越发黯淡的光线。这与当年父亲看见的当然不是同一缕阳光，但从某种意义上来说，父亲正是以这种方式存在着。他以这个地方而存在；以母亲床头柜上小相架里那张照片而存在——那是一副被一而再的政治斗争搞得无所适从，惶恐不安，最终麻木不仁的面容；以冰锋有关他的记忆而存在——他的遗容，还有他被揪斗时的一瞥，二者直接相连，而屏蔽了其间与之前的所有记忆。父亲以这一切告诉冰锋，自己一生的遭遇不应该被迄今为止身后的种种所掩盖，所抹杀。

冰锋望着那近乎垂死的光线，体会父亲临终的感觉。那时对父亲来说，就是末日审判，就是他的一生总的结论，就是这个世界完结时的样子。此后无论什么都与他无关，他永远也不会知道了。父亲真是绝望而死。

冰锋这样的想法由来已久，可以说根植于一种生死观。他是个唯物论者，这当然与学医的背景有关。上学期间发生过两件事，深深地影响了他。一是在外科实习时，有个病人患胰腺癌，手术时发现已经转移至腹腔，只能匆匆缝上，疼得厉害就打一针芬太尼。他要负责这床的冰锋代发一个"伯病重盼速来"的电报，还留了医院名字、病房号和床位号。是发给云南××县××人民公社××大队××生产队一个人的。冰锋觉得"盼"字多余，浪费三分钱，但还是照发了。从昆明到北京乘特快还得三天三夜，从他那里到昆明又不知要多少时间。病人每天都问，来了吗？这些话像是一个背着根本不能负荷的重负，好不容易透了口气的人说的。最后苦笑一下说，不会来了。这就是遗言。他死后第三天，那个人到了，农民模样，有点木讷，并没有很悲痛的样子。冰锋不知道死者盼望他来是为什么，他来又是为什么。

一是在口矫实习时，每个学生要给病人做一副全口义齿，从制取印模、灌制石膏模型，到义齿装盒完成，冰锋做得都很用心，带他实习的大夫也直夸奖，待约病人来初戴那天，却没有来。记得是个老人，精神很好，甚至显得红光满面，就是左手略有点抖。这副还没最后完成的义齿留在科里。过了一个星期，来了一个中年妇女，说她父亲去世了，想把假牙取回，放进骨灰盒。这时已经该转科了，另找病人来不及，老师给了冰锋一个及格分。以后他毕业分到现在的医院，干的是口内、口外，口矫另有科室，没有机会再做义齿了。冰锋有时想到那副可能还在某个冰冷漆黑的骨灰盒里的义齿，想到患者家属那份可怜之心，只是永远不知道他做的是否合适。这两件互不相干的事情，都令冰锋想到自己的父亲，准确地说，是真切感受到自己与父亲之间的生死之隔。或者说，是作为生者对于包括父亲在内的死者那种不可企及的无奈。

冰锋站起来，收拾好报纸，离开地下室时，把门用铁丝拴上。回家路上他想，如果说为父亲平反并没有真正解决问题的话，母亲告诉他仇人是谁，倒确实是解决了一个问题，相比之下意义重大得多。但是，如果从他刚才重新感受到的死者无知这一点出发，难道复仇就足以告慰死者吗？冰锋重又想起伍子胥的故事。伍子胥所期待的正义，并不能同时涵盖现在与过去，正义之光照亮的只是他自己，而他的父亲和哥哥永远留在了死亡的黑暗之中。伍子胥所要算的不是伍奢、伍尚与楚平王的账，而是自己与楚平王这笔账。当凶手浮出水面，被害者也就应该隐退。现在只剩下一个复仇者和一个仇人了。

　　冰锋回到家里，找出那本《史记》，把《伍子胥列传》重读了一遍。过去未曾好好读过篇末的"太史公曰"，现在感觉作者写完本传，意犹未尽，即兴抒发，甚至不无自相矛盾之处。上来说，怨毒对于人来说实在是太厉害了！态度好像有所保留。接着说，国君尚且不能和臣子结下怨毒，何况是地位相同的人呢！意见也不算特别高明。但接下来他显然被伍子胥非凡的一生所感染了：假使当初伍子胥追随父亲伍奢一道死去，与蝼蚁又有什么区别呢？舍弃小义，洗雪大耻，名声流传于后世。当子胥困窘江边的时候，沿途乞讨的时候，他的意志难道有片刻忘掉了郢都所发生的事情吗？克制忍耐，成就功名，不是刚烈的大丈夫又有谁能做得到呢？司马迁在仁厚的伍尚与刚强凶猛、忍辱负重的伍子胥之间推许的乃是后者，而伍子胥的片刻不忘，不就是前面提到的怨毒吗？如果不能成就功名，克制忍耐未必有意义；能洗雪大耻，舍弃小义就没有问题。

　　在《伍子胥列传》里秘密地留下记号，应该说是父亲一生中唯一大胆的举动了。父亲将伍子胥介绍给冰锋，自己则隐身在这个故事的后面。但冰锋想，这里无论伍奢还是伍尚，对于伍子胥都有深刻了解：伍奢说他为人刚强凶猛、忍辱负重，能成就大事；伍尚说他能够报杀父之仇。而自己除了生在父亲倒霉的那一年，算是一点因缘外，彼此相处的十年光阴里，究竟有什么表现使得父亲寄予厚望呢？显而易见，冰锋只有真正成为一个像伍子胥那样的人，才能完成复仇大业。而最令冰锋佩服的是，当这一突如其来的境遇强加给伍子胥时——实际上是伍尚的话影响了他,而伍奢对他也有同样期待,他的人生方向就改变了,他沿着这个方向,一生只做这一件事,从来不曾有过任何犹豫动摇。这正是司马迁所不能不予以赞叹,而且一赞叹就难以抑止的地方。而当冰锋意识到自己的复仇之举亦非易事,过程可能同样漫长,他感到进一步接近伍子胥了。

冰锋很想仔细了解一下伍子胥这个人,除了《史记》本传,又根据杂志上一篇文章提供的线索,去阅读其他典籍上的相关记载。在国子监的首都图书馆,向上找到《左传》《国语》和《吕氏春秋》,向下找到《越绝书》和《吴越春秋》,对照《史记》,发现自远而近,伍子胥故事的内容越来越丰富,讲得也越来越详细。但冰锋从一开始就没有抱持历史考据的态度,只对确实有所触动的内容感兴趣。遇到这样的片断,就抄录在那个笔记本上。然而当他了解得多了,不禁有个想法:自己与伍子胥的故事,到底有多少相似之处?

在伍奢被捕和伍奢、伍尚被杀的冤案中,除了楚平王,还有一个人起了很大作用,《左传》里叫费无极,《史记》里叫费无忌,楚平王听了他的谗言,才下此毒手。整件事情的起因,是楚平王派费氏迎接秦女与太子成婚,他见秦女貌美,便劝平王娶她。但怕将来太子继位,要杀自己,于是先下手为强,诬告太子谋反。这里《左传》与《史记》的记载稍有不同,前者是一并诬告太子与伍奢;后者则只言及太子,平王讯问伍奢,伍奢劝他勿信谗言,遂被下狱。株连伍奢二子,也是费氏的主意。伍子胥拒召不来,《史记》里伍奢说,楚国的国王和大臣从此要为兵祸所苦了!国王指的是楚平王,大臣指的是费氏;《左传》里他讲得就更明白:楚国的君王和大夫恐怕要忙得不能按时吃饭了！大夫当然特指费氏。显然按照伍奢的遗言，费氏也在复仇对象之列。但是伍子胥为什么只盯住楚平王一人呢？自始至终，费氏似乎都不为他所留意。《史记·楚世家》说，平王死了，昭王即位，楚国的百姓讨厌费无忌，理由之一就是进谗言杀害伍奢父子，逼伍子胥投奔吴国。为安抚百姓，楚国的令尹子常诛杀了费无忌。然而伍子胥对此无所反应，并未停止复仇之举，而且将对象移到昭王身上。难道他囿于所闻，根本不知道费无忌的存在及所起的作用？但楚国的老百姓都知道的事，他会不知道吗？《吴越春秋》记载，以后伍子胥破楚，还亲自参与强占子常的妻子，子常好歹也算替自己复仇的人，他却全无感恩之意。伍子胥给冰锋留下的印象，是擒贼先擒王，只针对那最主要的责任人、最大的凶手，而且无须经过仔细勘察，周密判断，始终恪守自己的这一信念。

这样就出现了一个问题：在父亲的遭遇中，祝部长到底相当于什么角色？父亲真正的仇人究竟是谁？根据母亲的讲述，祝部长充其量也只起到费无忌的作用，那么楚平王又是谁呢？冰锋将祝部长视为复仇对象，是否舍本求末，放过了真凶呢？母亲是不是误导了自己呢？如此他所谓心仪古人，所谓追慕伍子胥，以及父亲期望于他的，就都不是那么一回事了。他不仅与伍子胥不相一致，甚至是背道而驰。自己是否成了一个"伪伍子胥"呢？

第三章

冰锋早上来到科里,自己的小桌上有张纸条,写了个电话号码,记起来是贺叔叔家的。赶紧到休息室去打电话。贺叔叔说,没有什么要紧的事,想请你来家里吃顿便饭,老陆平反好几年了,一直很惦记你们。定在第二天冰锋下班后。贺叔叔住在北太平庄,离他工作的医院不太远。

那是个整洁宽敞的家属院,院门口种着一棵泡桐树,叶子不多,淡粉色的花朵脏兮兮的,像团团烂棉絮,却能闻着些许香味。几幢浅灰色的住宅楼,有的窗玻璃反射着夕阳,仿佛被点燃了。楼前有一排流苏树,树冠在二三层楼之间,开满细小的白花,花多叶少,花在叶上,望去有如积雪。贺家住在五楼。冰锋上了楼,从楼道窗口向下探望,真像一片洁净的雪野。

开门的是贺叔叔。他高高的身量,很瘦,脸型也是瘦长的,脸色略暗,面相很善良,人也很和气,穿了件深灰色的涤卡夹克衫。身边站着一位娴静的女人,比他略矮,年龄相当。贺叔叔说,这是你婶婶。又说，这是老陆的儿子，陆永志，你记得吧？冰锋把装着六个国光苹果的网兜递给她。贺婶婶很热情，毫无敷衍之意，以至于冰锋看不出她究竟记得父亲与否：啊，长这么大啦，欢迎，欢迎！

这对老夫妇的生活状态，正是冰锋想象中离休干部安度晚年的样子；贺叔叔举止言谈流露出的平和豁达，却是他在上一辈人身上很少见到的。略事寒暄，就吃饭了。四居室的一间辟为餐厅。小阿姨做的菜：八宝鸭，豆瓣鱼，麻婆豆腐，清炒蚕豆，拔丝苹果——贺婶婶特地说，苹果是客人带来的，以后来家里，千万别这么客气。贺叔叔要小阿姨去拿两瓶啤酒。贺婶婶说，老贺，注意身体，少喝点。贺叔叔说，没事，难得一见，今天算例外吧。来，咱俩一人一瓶。三个人随意聊着天。贺婶婶对冰锋说，过些天北海公园有个花卉展，值得去看看。据报上讲，是三十五年来北京首次举办国际性花卉展览呢。

吃完饭，贺婶婶客气地说，我去看新闻联播，就不陪你们了。冰锋随贺叔叔来到旁边那间书房。贺叔叔挂了根拐杖，左腿是瘸的。书房里摆着一套可拆装的组合家具，包括书柜、书架、写字台和沙发，当中铺了块浅绿色的化纤地毯。一面墙上挂着一幅题为"春到雁荡"的贝雕画，一幅软木画，圆形镜框，是松树为主的风景。另一面墙上有个北极星牌圆盘挂钟。两人在沙发上坐下，小阿姨送来两盏用盖碗沏的沱茶，一个红色塑料热水瓶。冰锋刚才听出，贺叔叔讲的普通话里，偶尔夹杂着西南口音。小阿姨又把烟灰缸换了，说，没什么事，我回去了。

贺叔叔点着一支香烟，吸了一口，徐徐吐出，对冰锋说，前些日子你来电话跟我打听一个人的地址，我问为什么，你没有说，我也就没有告诉你。冰锋知道，贺叔叔肯定是特地为这件事约他来的，但没想到对方开门见山，就说，谢谢您跟我谈这事。地址我就不打听了。如果可能，我想知道几件事：第一，"反右"的时候那个人是否曾经陷害我爸爸？第二，后来我爸爸被强迫退职，是不是他的主意？第三，最后我爸爸来北京治病，又是不是他向派出所诬告，非把我爸爸赶走不可？一句话，我爸爸的悲惨遭遇和最后的死，是否应该归咎于他？

贺叔叔笑了笑说，你可真着急啊。冰锋并未说出"祝国英"或"祝部长"，因为没摸清贺叔叔的态度，担心话题中断；贺叔叔同样始终回避提到这个名字。他的手指夹着烟卷，一缕烟正好飘在面前，和缓地说，怎么说呢，说这些事该他负责，也对；说不该他负责，也对。所以有句话叫"宜粗不宜细"。他要是愿意道歉，可以说是良心发现，但也可以说是多此一举；不愿意道歉呢，也没什么。你父亲的遭遇，在那个年代，是很普通、很正常的一件事，而且比你父亲不幸的人有的是。恕我直言，你这样追究，没有多大必要。

冰锋听了有些不快，觉得是将问题引向近乎虚无之处，同时也是在回护祝部长；但在某种意义上，却又与自己近来有关祝部长在父亲的遭遇中不过扮演了费无忌角色的猜测暗合。他说，但是……那个人，他不是一向跟我爸爸关系不错么？贺叔叔仍然是刚才那种语气：是啊，他们俩的关系确实一直不坏，从来没有什么意见分歧。如果具体说他为什么要检举揭发你父亲，这个我也想不明白。不过你父亲性格上也有些问题，太豪爽，太热情，而且不分场合，说话只图痛快，不知道适可而止。他根本没想到会有这么一出。唉，什么都是这样，头一遍你没想到，但也就不给你第二遍的机会了。

冰锋想起父亲一贯留给自己的印象，与这里所说的简直完全两样，难道命运真能如此改变一个人么？贺叔叔这番话令他更不满意，但没有吭声。贺叔叔继续说，至于他记的那些话，是不是都是你父亲说的，这也没法核实，不过他的本子上确实一笔笔详细注明说在哪个地方，什么场合，当时都有谁在场；他说的那些在场的人，也许记得一星半点，也许记不得了，但谁也不敢出面否认，万一你父亲真的说了，还有别的在场的人也记下来了呢？那不成了故意包庇了吗？

冰锋看看贺叔叔，他正好将烟头按灭在烟灰缸里，二人没有对视。冰锋想，也许在场的人里也有你吧？也许你也没否认父亲说过那个人所记下的话吧？然而他无意就此发问，心思甚至没在这里过多停留。贺叔叔说，那年部里运动进行得不大理想，鸣放时不如别的单位有那么多人发言，发的言也都无足轻重，他把这材料一交，正好有了靶子了。革命是要有方向的，靶子越大，革命就越有力量。这件事升华到一定高度，就关乎信仰了。说出来你大概很难理解，他检举揭发你父亲，可能真的认为你父亲有问题；等到你父亲因此被定了性，也就真的有问题了。以后他对你父亲的所作所为，就是对待一个有问题的人的必要之举了。

冰锋忍不住说，请问当时有人具体授意他这么干吗？贺叔叔摇摇头说，那倒确实没有。说实话，你父亲当时的位置，还没到有人授意非得打倒不止的份儿上，当然他一辈子也没到这个份儿上。冰锋说，我还是想不明白，他们之间结怨怎么那么深呢？我爸爸得罪过他么？干吗非斩尽杀绝不可呢？似乎为了放慢谈话的节奏，贺叔叔又点着一支烟，然后说，这么说吧，因为他揭发了你父亲，所以你父亲就跟他结怨了。他必须把这件事进行到底。倒也未必是要证明他做得对。什么事不进行到底，都是错。冰锋说，那我爸爸就成了牺牲了。贺叔叔说，刚才我跟你说了，像这样的事，绝对不止一桩。总是你整我，我整你。有的人平反了，不是还按当初他被诬陷的招数诬陷人，按当初被整的套路整人吗？

冰锋隐约感到，一种近乎绝望的情绪正在自己心头凝聚：话说了这么多，不仅没有前进一步，连原本的立足之地都有些动摇了。被这种情绪所驱使，他吞吞吐吐地问，那么我爸爸，他……迫害过别人么？贺叔叔想了想认真地说，没有。冰锋说，那我爸爸就是一个纯粹的受害者了。贺叔叔仿佛正等着他这句话，仍然语气和缓地说，是的。但也可以这么想，他之所以是个纯粹的受害者，只是因为他倒霉得太早了。冰锋说不出话来了。

贺叔叔说，不错，那个人是检举揭发了你父亲，但是也许你父亲也会检举揭发他，只是没来得及，被他抢先就是了。可能不该这么假设，但谁知道呢？当然你父亲也许不会往那儿想，但这可能正是他的问题所在。你父亲这个人太老实，太善良，太相信别人，脑子太死。结果吃了大亏，而且从此翻不了身了。如果是你父亲检举揭发了那个人，那么倒霉的就是那个人，你父亲也许就得到他后来的位置，享了他的福了，这种事真的很难说。

冰锋急切地说，所以说，他是卖友求荣。贺叔叔微笑着说，话也许还不能这么讲。头一个，"友"，当他真心认定你父亲发表的是"右派"言论，真心认定你父亲是"右派"的时候，他们就不是朋友关系了，假如还是朋友关系，那他自己也成了"右派"了，这是个立场问题。第二个，"卖"，如果你认同前一条，这个就不成立，因为这是正当之举，必然之举。第三个，"求"，他这么做可能真还不是为了自己能得到什么，只是原则性强罢了。第四个，"荣"，这个他确实得到了，但也还不能说他是踩着你父亲往上爬。是的，除了"踢开党委闹革命"那阵靠边站了些日子，哪次运动都没动过他，而且一有运动就能升迁，最后到了那个位置，但要说这与你父亲的遭遇有什么关系，总归有点牵强；没你父亲这档子事，他没准也能到这位置。你父亲一辈子可能除了自己倒霉之外，别的什么作用都没起过。这么说不是贬低你父亲，我自己也一样。过去有个说法，每个人都只是整部机器上的螺丝钉，我看有没有这颗螺丝钉，机器都照样转动，当然最好别掉下来，掉下来是你倒霉。而且即使他"反右"时不揭发你父亲，你父亲没被打成"右派"，以后就一定平安无事吗？躲过初一，就一定能躲过十五？我倒是过了这一关，可是呢？贺叔叔轻轻捶了一下自己那条瘸腿，叹口气说，我跟你父亲比，就是捡了条命——啊，今天咱们不说我的事。

贺叔叔有些激动，端起盖碗，喝了口茶，还呛了一下，又说，前些天有个老同事来，很有感慨地说，谁要是觉得过去这些年自己被冤屈了，就想想谁谁谁、谁谁谁吧，他们有多冤啊，为革命做了那么多贡献，最后落到那样的下场。等他走了，我琢磨，当初既然革命，就有革命的各种后果在那儿等着你呢，哪一种后果的机会都是均等的，不能只想着自己得到的一定是那最好的结果。只能说别人赶上好结果了，你赶上坏的了，赶上哪个算哪个，但这要到最后才明白，一开始你是不知道的，以为光是好事在等着你呢。说是要奋斗就会有牺牲，死人的事是经常发生的，当初倒是做了这个思想准备，可谁知道已经胜利了，还有牺牲呢，而且是这么个牺牲法儿，当个好人牺牲不要紧，另外一种牺牲是被打成坏人，然后被整死。我虽然是过来人，这样的事还是一辈子都想不明白啊。

冰锋只感到脊背阵阵发凉，简直毛骨悚然。他试探着问，您的意思是，我爸爸也是死得其所，虽然非其所愿？贺叔叔没有接他的话茬儿，自顾自地说，说实话，我回顾自己的一生，也就是老老实实，亦步亦趋，好歹活过来了。惟独想起你父亲，觉得有点难过，怎么说呢，活着的人面对死去的人，总是不无歉意。对不住你父亲啊。五七年批判你父亲，我也发过言，部里当时有记录，白纸黑字，我不否认。把他清退的时候，我也没敢表态反对，当然我反对也没有用，不知怎么回事，那个人——那时他还没坐到这位置——非要这么干不可，不能不让人疑心，好像真像你说的赶尽杀绝。但路线斗争、阶级斗争，就是这个法则。你父亲真正倒霉的是档案关系丢了，虽然事出偶然，但可能这比他被打成"右派"还严重，没有户口的人，在社会上就是危险分子。他最后走上绝路，说起来也和这有关。你父亲来北京治病，住处是我帮着找的，算是尽了一点点力；但当时要是不帮这个忙，你父亲可能还……至少是善终吧。

说到这儿，贺叔叔低下头去，冰锋看见他的头顶秃了，周围一圈头发也花白了。讲了一晚上，他的脸色越发黯淡，冰锋突然隐约有种说不清楚的担心。贺叔叔接着说，你父亲是自杀的，那时候叫畏罪自杀，不给办理火化，我想死者为大，就偷偷找部里开了个证明，写的是自然死亡。那个人听说了，还找我的碴儿，批评我立场不坚定，假公济私。我为此还写过检讨呢……不说这些了。你父亲死了，我真的很难过，虽然我们只是同事关系，谈不上深交，一辈子都没有像咱们俩这样推心置腹地聊过一次。

　　冰锋不知道说什么好。贺叔叔忽然显得振作起来，说，不是有句话叫向前看吗，都向前看，后边就没事了。最后时间可以解决一切。大部分被忘掉了，小部分虽然还被记住，但也记不真切了，或者干脆记反了。现在时间离得太近，当事人都还活着；等我们这些人都死了，也就什么都不是事了。你这辈人还知道有这么档子事，到了你的下一代，就根本不知道了，你就是跟他们说，他们也不会明白了。冰锋忍不住问，那样做过坏事的人不就逃脱了么？贺叔叔说，但是时间对他们也一视同仁啊，他们的功绩、荣耀、地位，甚至他们的名字，将来也会被忘记的。冰锋说，彼此都归于遗忘，就算把生前的事扯平了，您是这意思么？贺叔叔还是自顾自地说，还有一点，我刚才没说到，你那么恨那个人，也许只是因为他一直混得不错，到如今富贵显荣、耆德硕老，都占齐了。前几年清理"三种人"，听说有举报他的匿名信，但也不了了之。你不能接受的是这个结局，假如跟你父亲的结局对比一下的话。但说实话这也只能说是他比较幸运罢了。那个人在过去的年月里，也有可能被打倒，下场比你父亲还惨，那样你还会恨他吗？

冰锋坚定地说，叔叔，我觉得我们应该只看事实，拒绝假设。历史不能总是这么不了了之。重要的不是发生过什么事，而是这些事不能白白发生了。贺叔叔似乎未曾听见，没有接这话茬儿。这一晚上的谈话总是这样：各有各的思路，各按各的思路说话，谁也不曾打断谁的话头，但无论是谁，思路都不能一直延续，所说的话跳跃性也大，好像什么意思都没有说完。贺叔叔说，自从我离休，就跟那个人没什么联系了。听老干部局的同志讲，他身体一直不好，心绞痛老是犯，都不能正常工作了，早早退下来也是因为这个，不然且还得干呢。你可以把这看作是上帝的报应，虽然咱们这儿没有人信上帝。停顿了一下，又说，前几年他爱人也去世了。然后抬头看看墙上的挂钟：啊，不早了。今天我的话有点多，有的想法虽然在心里积压了许久，说实话也没彻底想明白，咱们哪儿说哪儿了，出了这个门就不算数了。我是想劝劝你，但不知道你听进去没有。你还年轻，过去的事就让它过去吧。是啊，有句话叫"忘记过去就意味着背叛"，但记住过去也有不一样的记法。古人说"亡羊补牢，未为迟也"，现在是亡一头羊，补一回牢，以后别的羊还亡不亡了，只能到时候再说了。但不这样，还能怎么样呢？说来国家对一个个人所能做的，到平反昭雪也就仁至义尽了。冰锋说，那仁不能至、义不能尽之处，怎么办呢？贺叔叔有点意外，摊了摊手，算是回答。

　　冰锋起身告辞。贺婶婶已经睡了，贺叔叔把他送到门口，连拐杖着地都尽量不发出声响，也没有道别，只是用力地握了握他的手。楼梯间没有灯，漆黑一团，冰锋一步步试探着下楼，好不容易才到了一层。这个晚上，他仿佛被贺叔叔带领着走进历史的一个个晦暗之处，但往往还没到达那里，就去了别的地方，同样没有到达，又离开了。他们在历史中穿行，而他并无太大收获，几乎被绕糊涂了。或许就像贺叔叔说的，连他自己都没有想清楚。当然他也可能出于世故，或者慑于某种惨痛的教训——包括冰锋的父亲的教训，故意不把话说得明白完整。

冰锋走出院门。路边有一排树干粗壮、树冠巨大的洋槐。透过叶子的缝隙，看见夜空中堆满了白云。缝隙小的地方，云朵仿佛与树叶合为一体，像是树上成片的白花——他想，洋槐好像也快开花了，或者已经开花了，不过还闻不到香味；缝隙大的地方，令人有整个城市正被升腾的浓重水汽所笼罩，而树冠只遮挡住一角之感。路上他回想着贺叔叔说过的话，脑子里忽然跳出一个句子：

后死者的手上都有先死者的血

今天晚上，父亲，自己，还有他们这个家庭的遭遇，似乎与更广大的背景，与整部中国历史联系在一起了。这一句要写进他近来酝酿的那部作品里，而这迄今还是未曾向人透露的秘密。冰锋从衣兜里掏出笔记本，凑到路灯底下，记了下来。他计划在作品里安排一群类似歌队的角色，而这句是由其中年龄最老、仿佛先知似的角色唱出来，作为对奔波一生的主人公的提醒。他的笔记本上，已经记了不少类似的句子，还有关于拟写的作品的设想，以及摘抄的各类材料。有些材料后面加了评语，有的评语也近乎诗句。

但冰锋还是觉得，有些道理没搞清楚。今晚与贺叔叔的谈话，自己好像没说出什么来，贺叔叔的话对他起的多半是消解作用，原有的问题则仍然横亘心中，悬而未决。北京春天的夜晚很舒服，但他并没有感到。走过22路、38路公共汽车站，他未在那里等候，继续沿新街口外大街走下去，一路想的却都是伍子胥的事。伍子胥的立场和态度，显然与贺叔叔的多数说法是相反的。今晚冰锋故意没提到伍子胥，这故事太出名了，提到就意味着宣示自己将有复仇之举；恐怕贺叔叔对此不无察觉，但那层窗户纸毕竟没有捅破。而且若是谈起这个，贺叔叔表示异议的话可能就更多了，冰锋并不想将自己的脑子彻底搞乱。

第四章

　　星期六冰锋下了班,乘107路电车到动物园,换乘332路汽车,在海淀黄庄下车。拐进大泥湾,海淀剧院后身那幢看着还挺新的五层楼,是海淀区文化馆。大门口立了个牌子,用美术字写着:

　　　　火红的五月　诗歌朗诵会
　　　　今晚七点开始

　　是一位写诗的朋友邀他来的,这活动由那人一手张罗。在一楼大厅打了个照面,朋友说,没想到来了这么多人,一连换了三回场地,就又忙乎去了。
　　冰锋虽然是学医的,却是个文学爱好者。上大学的时候,买过几位朦胧诗人自费印刷的诗集,有一段时间还订阅过《诗刊》和《星星》。学校的文学气氛不浓,没人组织诗社,他就去邻近的北航和钢院参加此类活动。偶尔写点东西,但从未向报刊投过稿。毕业后工作很忙，已经歇手很久了。

　　走进举办朗诵会的屋子，聚集着不少听众，冰锋站在十五排左右，很快后面也满是人了。从脑袋之间的缝隙里，看见尽前头靠墙摆了一排铁把折叠椅，坐着十几个人，有几张面孔他熟悉，正中放了张办公桌，桌上有个麦克风。首先朗诵的是位德高望重的老诗人，在办公桌后面坐下，整个人只剩下半张脸。他先念了一首新作，题为"我是青年"，只赢得几下掌声；第二首是有名的旧作，内容明显过时了，听众的反应却热烈得多。接下来朗诵的是几位走红的青年诗人，有的坐着，照样不见完整面目；有的站着，但麦克风固定在桌子上，只能弯腰凑近发声，就什么也看不见了。声调或低或高，有一位近乎吼叫，侧面墙上的扩音器都要被震破了，却根本听不清什么内容。观众骚动起来。

　　冰锋听见后面有个男人压低声音说，这不是诗，诗也不是这么朗诵的。诗应该非写不可才行，好像自己身体里生出一个怪物，想法子要挣脱出来。有个女人把声音压得更低说，现在他念的也许只有他觉得非写不可，除他之外别人并不这么觉得。冰锋回头去看，那两位不再说话了。是一个比自己年龄略大的男人和一个年轻女人。冰锋赶忙说，你们讲得真好，我完全同意。男人笑着说，谢谢。冰锋报出自家姓名。男人说，我叫杨明，杨树的杨，明天的明。他身材瘦高，面庞黝黑，表情严肃，穿了件浅灰色的确良衬衫。女人说，燕苹，燕赵的燕，苹果的苹，他们管我叫 Apple。冰锋看看她，中等身材，略显丰满，四六分锁骨发，圆脸，眼睛弯弯的，下巴稍尖，皮肤红润，确实像苹果，而且是红玉的。穿着白色的长袖衬衫，胸前飘带系成一朵花——这虽然也叫幸子衫，却比当初电视剧《血疑》里山口百惠穿的那件严实多了。

冰锋本来想说，马雅可夫斯基曾为红军战士朗诵自己的长诗《好!》，念完最后一句"列宁在我们的头脑中，枪在我们的手中"，一名士兵起立大声喊道，还有您的诗在我们的心中，马雅可夫斯基同志! 时至今日，诗人已经不能再做这样的美梦了。但觉得他们两位刚才所言更加切实，就说，我是初学者，有机会还想听你们详细谈谈。

扩音器忽然坏了，每当朗诵者激情洋溢或声嘶力竭，就成了突突之声，有如口技一般。杨明指了指前方说，还想继续听下去吗? 要不咱们找个地方聊聊吧。冰锋跟着他和 Apple，转身往外挤。这时才发现，他们还有位同伴——一个更年轻的女孩，个子比 Apple 高不少，一只手挎着她的胳膊。她穿了件白色长袖 T 恤，袖子挽起少许，外面套了件黑色短袖 T 恤，都是圆领的，露出长长一段白脖子，脸和手臂也很白。黑色长裤，一双刷得很干净的白色网球鞋。身上黑白对比过于鲜明，冰锋忽然联想到丧服，尽管丧服并不是这样子的。

四个人走出文化馆的大门，正赶上路灯亮了。浸过沥青的黑色木头电线杆子，白底搪瓷盘灯罩，白炽灯泡，灯光昏黄。胡同两旁的洋槐开满了花，一串串沉甸甸的，枝条仿佛不堪重负。白中泛绿的花色被照得略略发黄。花香浓烈而又清新。杨明深呼吸了一下，说，坏诗会影响空气质量。但已是杨柳絮飘飞季节，又不禁咳嗽起来。各位都笑了，似乎彼此已经相当投缘。

对面有家小饭馆亮着灯。他们走过去，进门时高个女孩差点撞在玻璃门上，她是近视眼，没戴眼镜。店里摆着四张桌子，一张旁边坐着两个男人，各自同时伸出一只手，或攥拳，或张开，然后一个人端起杯子喝了口酒，原来是在悄悄划拳。他们来到柜台前，杨明点一样菜，售货员报一次价：两升啤酒。八毛。一碟酱肘子。五毛六。一碟拌粉皮。两毛。杨明还在算一共多少钱，高个女孩已经抢着把账结了。Apple说，这里就你是穷学生，花的都是你爸爸的钱，当然了，你哥哥更有钱。女孩装作生气，轻轻打了她肩膀一下。Apple说，这是叶生。这女孩长得很文艺，"叶生"这名字也好记，《聊斋》里有个同名人物，肉身已死，魂魄却随知己而去。冰锋说，不好意思，应该我来。

售货员用一个大塑料杯从高大的散装啤酒柜下部的龙头接啤酒，放得很慢，没有多少沫子。接满了，拿过来将四个大白瓷碗逐一倒满。四人落座，边喝边聊。杨明说，我们先得搞清一个问题，什么是诗？什么不是？冰锋还在想他刚才说的话，觉得自己的身体里有时也有个跃跃欲试的怪物。杨明的意见得到Apple的附议，她开始论证一些如今传诵的诗以及向来被推崇的诗如何不是诗，或不是纯粹的诗。Apple讲话带点河北什么地方的口音，譬如将"还"读作"含"。叶生很少发言，但听得很专注，谁开口，她的脸就转向谁，而且一动不动，显得她并不是局外人。各人道出了自己的志向：杨明写诗，还想搞评论；Apple一心一意要当诗人；叶生说，我的兴趣是短诗，很短的那种。他们都还没有发表过作品。轮到冰锋了，说，我只是个诗歌爱好者，还没拿定主意写什么。

又添了两升啤酒,冰锋付的钱。杨明点燃了一支烟,Apple 也要了一支,凑过去对上火。杨明向冰锋示意了一下,他摆摆手谢绝了,提到自己是个口腔科医生。各位开始自我介绍。杨明是工人,曾经是画家,几年前有作品参加星星画展,画展被禁后没去参加艺术家们的游行,也就未能出人头地。他跟几位朦胧诗人都很熟,但现在已经不大来往了。杨明说,朦胧诗的问题恰恰在于不够朦胧,以顾城的《一代人》为例,"光明"与"黑夜"真是二元对立的吗?谁能为"一代人"代言呢?哪儿又有这样的"一代人"?他们还将《相信未来》的作者奉为先驱,舒婷的《这也是一切》继承的就是这个衣钵,但那里写的都是我根本不相信的,这个人如今住在疯人院里,这大概就是他所相信的未来吧。Apple 去年夏天从北京大学中文系毕业,分配到一家行业报纸做编辑,是个诗人气质很重,浑身充满激情的女人。杨明说,要说写诗,这里其实只有 Apple 前途无量,她还没有被诗坛接受,不是写得不够好,是诗坛还没有做好准备。一旦她登上诗坛,准保是爆炸性的事件。Apple 跷着二郎腿,光脚像穿拖鞋那样穿着一双皮凉鞋,听了淡淡一笑,吐出一个烟圈。她指着叶生说,我们是校友,这孩子比我低两届,是英语系的,现在还是学生。Apple 一口一个"这孩子",叶生则一直叫她"Apple 姐姐",语调娇嗔而不做作,还有点楚楚可怜。

最后他们决定成立一个诗歌小组。Apple 说,到我家去吧。杨明笑着模仿电影《地道战》的台词说,到我家去,我家有地道。Apple 叮嘱说,你们要带自己新写的诗来啊,咱们可不是闲聊天,而是交流、切磋。Apple 和叶生一道走了,她们的自行车还放在文化馆门口。叶生只招招手，Apple则连声说"拜拜"。这是新近才有的说法，她却讲得非常顺嘴。

诗歌小组第一次聚会，定在一个星期天下午。Apple家在交道口附近，离冰锋住的地方不远，走不了几站地。到了东直门内大街上一望，天都蓝透了，一线西山，好像就在鼓楼的后面。那是一条安静的胡同里的一个规整的院子。院里偏南有一株很大的乔木，还有几棵树皮平滑的灌木，高及西屋的房檐，都长满了叶子。当中的花池里，一大丛月季，开着红色、粉色和白色的花。还有不少草花：红色的串红，粉色的矮牵牛，黄色的孔雀草，紫色的鼠尾草，一串一串的。有个穿海魂衫的小男孩在玩呼啦圈，让冰锋联想到行星轨迹图；但他看见生人马上就不玩了，逃进一户人家，黄色的呼啦圈掉在地上。

Apple家住在西屋，窗下拉起几根小线，爬着牵牛花，开了很多蓝色的花。她站在门口迎候，穿着咖啡色绒布衬衫，袖口挽到胳膊肘，牛仔裙，系一条很宽的黑皮带，前面有个大金属扣。一看就知道是个气场很强、体能也很足的女人。将冰锋领进南头那间，这是她自己的屋子，一张单人床，几个书柜，一张方桌，墙上挂着一本世界名画挂历，两个月一页，现在的一幅是维米尔的《戴珍珠耳环的少女》。另两位已经坐在桌边。Apple说，我父母今天不在，就是在我也不给你们介绍了，他们都在大学教书，是贸易系的，根本搞不懂咱们写的是什么，说的又是什么。桌上放着一沓纸，是她的一组诗。Apple问，你们的呢？杨明掏出一个本子，说，我写了两首，还要修改。冰锋抱歉地说，我的连草稿还谈不上呢，拿不出手。叶生说，我也没写。她指着冰锋和自己说，我们是来当听众的。

冰锋看了看身边这位可以说贸然地以"我们"将自己与她归并在一起的女孩，还是那个长得很文艺的印象。但这印象未免难以捉摸，怎么叫长得很文艺呢？其实他是在寻思一个文艺女青年的外貌到底是怎么样的。冰锋也认识几位和叶生同年级学文科的，但她显然不是成天唱着"阿里，阿里巴巴，阿里巴巴是个快乐的青年"的那路学生。所谓文艺似乎是相貌与气质的结合；或者说，文艺不止一种，叶生这一种是要相貌与气质兼具的。她的个子很高，骨架也大，皮肤白皙，大眼睛，大嘴，颧骨稍凸，腮部略凹，脸型轮廓鲜明，但不失清秀，头发又黑又密又长，梳成马尾，在脑后垂下极丰厚的一股，与脸色形成反差，甚至使之略显苍白。她看着很天真，也活泼，但眉宇间时而又流露出一丝忧愁，神情常常稍显疲惫张皇，好像很容易受到惊扰。动作也是懒懒散散的，打扮在波希米亚风与邋里邋遢之间——或许二者根本是一回事，因而又带些许风尘气，似乎身世不无坎坷。但听她讲话可以确定，应该没有什么特别的经历。

Apple要杨明先念，他客气了一下，念了起来。是两首很具哲理的诗，连形象都不多。杨明说，我喜欢英国奥登的玄学诗，受他影响，没准影响过于明显了。Apple说，的确是太明显了。在冰锋看来，这两首诗并不成功，干巴巴的，但却由此受到启发，自己打算写的东西在某一方面其实与这种追求是一致的，或者说，要包含这个成分。他说，我有个体会，这种哲理诗不同于过去我们常说的概念化的地方，在于写出了诗意，直截了当地说，诗人的思辨本身富于诗意，而概念化则破坏了诗意。

接下来 Apple 念她的组诗，充满激情，颇具气势，不拘章法，跳跃性大，意象强烈而怪异，给人见血见肉的感觉，乍听似乎局限于个人情感——不一定是真实经历过的，却是真实体验过的——但与历史、社会和时代之间，又隐约存在着一种联系。冰锋觉得，自己打算写的东西，从这里可以借鉴的地方也许更多。但他却一时不能说什么，脑子里涌现的都是自己的零散诗句，又无法记录下来。

杨明开始发表意见，引经据典，举了很多作品为例，都是译作，讲得略嫌深奥，一下听不明白究竟是褒是贬。Apple 读诗的时候，叶生换坐到一张矮凳上，双手托着下巴，聚精会神地听，阔大的黑布裙子铺展在方砖地面上。现在坐回桌边，拿起 Apple 的诗稿，眯着眼睛看了好久。在杨明停顿下来的间隙，抬起头来说，Apple 姐姐，我很喜欢这组诗，但有点小小的意见。她说话的声调低低的，没有抑扬顿挫，带股童稚气。所提的是几处语言上的具体建议。Apple 的诗个别处稍嫌粗疏，经她一修改，就完美了。冰锋想，自己打算写的东西，将来也要下这么一番推敲功夫。

杨明继续对 Apple 的诗加以分析。等他说完，Apple 开始答辩。有一段近乎题外话，深深打动了冰锋：我向来不相信否极泰来之类的话，苦难无论如何深重，本身都不会结束苦难。人类的苦难唯一可能具有价值之处，是给文学家、艺术家提供了题材，让他们创造出伟大的作品，不然这个民族或这个国家的苦难就白白浪费了。

Apple 对冰锋说，你还没发表意见呢。冰锋说，我从你这里得到不少启发，但却不是对你的诗的具体看法，而将体现在我自己要写的东西里，现在一下还讲不出来。我只能说，谢谢你，当然，还有你们俩。能参加这个小组,对我来说非常幸运。Apple 问,你想写什么呢? 冰锋的话容易被误解为敷衍,只好明说,我想写一部诗剧。其他三位听了不免意外。冰锋明白,现在无论是谁,公开发表作品尚且不易,他却要写诗剧,像是在开玩笑,就解释说,我只是想利用这形式,但这也没有想好,至于能否发表或演出,尚且不在考虑之列。Apple 说,难得像你这么纯粹。

杨明问,那么是什么题材呢? 冰锋说,想写伍子胥的故事。杨明嘟囔道,这么老的事啊。冰锋有些不快,但又觉得为此争辩并无意义,说出这名字已经嫌造次了。Apple 说,不在乎写什么题材,关键是怎么写。你读过冯至的小说《伍子胥》么? 冰锋说,没有。Apple 说,我有这本书。有位老诗人很喜欢我,两年前他去世了,把藏书都留给我了。说着,从书柜里找了出来。薄薄一册,白色封面已经发黄。她说,你带走看吧,下次还我就是了。

冰锋很想能就伍子胥这一话题与人交流,哪怕是位素不相识的作者;但又不无担忧,生怕打算写的东西已经被别人写过了。聚会结束,他第一个离开了。回家路上,一边走,一边举着书读起来。进家门时读完了,松了一口气,写的根本不是自己所关心的内容。

他计划将伍子胥的故事写成一部作品,是要激励自己,从某种意义上说,借此能与自己那位人生楷模持续而深入地对话。相比之下,与父亲反倒不再有什么新的交流了。对他来说,写作或许是一种最好的思考方式。

诗歌小组下次聚会,还是在一个星期天。冰锋走进 Apple 家的院子,看见珍珠梅结了很多小花苞,真像一粒粒小珍珠一样。月季还在盛开。那株乔木是栾树，缀满绿叶的树枝顶端开着一束束明亮的小黄花，叶与花的形状、位置和颜色非常协调，有如人的黑发里夹杂着白发。几株灌木开满淡红色的花，闻得着花香，原来是紫薇。Apple 穿着红色短袖 T 恤，黄色短裤，正跟杨明一起站在牵牛花前抽烟，只听见杨明说，我从来没说过哪个聪明人是笨蛋，我只是不把笨蛋叫做聪明人罢了。叶生略显无聊地待在一旁，头发梳成双马尾，在脸旁垂下两大嘟噜，还像上回那样穿着肥大宽松的衣服，而且更夸张，仿佛随便将彩色的桌布或窗帘披在身上。她走过来对冰锋说，月季开到这份儿上，看着像不像一朵朵都要扑上来掐你？又说，栾树英文名叫 goldenrain tree，也许是专门赏落花的。

　　四个人一起进了屋。房间一角地上，一台白色的蝙蝠牌圆形电扇在缓缓转动。冰锋把《伍子胥》还给 Apple，抱歉地说，这书对我没有多大用处。Apple 问，那你想写什么呢？ 冰锋说，我想写伍子胥一生的前半段，复仇的故事。他需要杀一个王，立一个王，兴一个国，灭一个国，才能复自己的仇，但还没来得及，仇人先已死了。叶生听罢，轻轻啊了一声，瞪着一双大眼睛看着他。

　　Apple 念了自己的新作，是一首长诗的片断，有八九十行，意象更加鲜活、肆意，甚至有不少关于性爱的隐喻，看似没头没尾，却又像有意为之。杨明又作了长篇点评。这小组里有两个中心人物，杨明偏重理论，Apple 专心创作，她的诗如果能为他的理论提供有力证据，就得到大力赞扬；如果不能，两人就争论起来，甚至演变为一场激烈的争吵。叶生与其说是成员，不如说是学员，总是安安静静地听别人发言，兴许只因为她认真倾听，那些发言才显得有些道理。

　　冰锋的兴致却稍稍低落，他的问题仍未得到解决——到底怎么写一部诗剧呢？当初答应参加诗歌小组，就是为了这一目的。Apple 似乎看出来了，说，我给你找出几本世界有名的诗剧作品，你带回去看吧。冰锋接过来，有拜伦的《该隐》、雪莱的《希腊》、席勒的《威廉·退尔》，都是旧书，但品相极好，每一本的封面都有一个潇洒的钢笔签名，还写了日期。正是那位三十年代已经登上文坛，但地位一直不算显赫的诗人的名字。冰锋读过他的一些作品，是位老现代派，与中国新诗的主流完全不是一路。他想，Apple 也许从他那里得到某种师承。

　　他们正要出门，天忽然阴下来，随即完全黑了，简直像夜里一样。陆续有雨点噼里啪啦打在窗玻璃上，Apple 赶紧关门、关窗户，外面也是一阵忙乱，邻居们急着收拾晾在铁丝上的衣服，把停在窗下的自行车推进屋里。树木在风中舞动，叶子和花瓣纷纷飘落。一道近乎垂直的闪电——所有人都在等候，终于传来一阵与之不太匹配的沉闷的雷声。院里地上布满水泡，淹没了落花落叶。北京的夏天就是这样，从中午起阳光猛烈，干热不堪，下午稍晚突降一场暴雨，接着是个凉快的晚上。无论炎热，还是凉快，都是爽朗的，干净的。天渐渐亮起来，雨也停了，空气十分新鲜。紫薇的花朵浸满了雨水，沉重得把枝条都压弯了，予人一种不自量力之感。几只蜻蜓，贴着院里的积水飞来飞去。冰锋见时候不早了，问是否找地方一起吃个饭。Apple 说，你们不知道吗，前不久发生了《红楼梦》电视剧组集体食物中毒事件，据说是吃了变质火腿拌黄瓜，咱们别在外面吃饭了。

再到聚会的时候，紫薇花开得更为茂盛，枝条已经重新伸直。月季花瓣有点发蔫了，仿佛已是人到中年。珍珠梅开了很多小白花，乍看近似丁香，但没有香味。栾树长了很多小灯笼似的果实，大多是浅绿色的，个别稍稍变红了。天气相当热，树上蝉声不断，越鸣越响，给人一种神经质的感觉。冰锋带来一个早花西瓜，现在在副食商场买水果可以自己挑选了，他用上了大学学过的叩诊功夫。Apple很高兴，放进新买的雪花牌冰箱里。墙上的挂历换了新的一页，是罗塞蒂的《白日梦》。

冰锋还回那几本诗剧，杨明说，我也借去看看，这些书一直没见再版。几位热心地讨论起冰锋要写的诗剧来。他说，最初我起了写这作品的念头，是读到《吴越春秋》有关伍子胥的两处记载。说着掏出笔记本，先给他们看摘抄的一段原文：

子胥行至大江，仰天行哭林泽之中，言："楚王无道，杀吾父兄，愿吾因于诸侯以报仇矣。"

冰锋说，当时并没有别人在场，伍子胥是自言自语，很像一个孤独的行吟诗人。然后翻到另一页，又展示了一段原文：

子胥之吴，乃被发佯狂，跣足涂面，行乞于市，市人观罔有识者。

他说，这里我们不知道伍子胥在想什么。《东周列国志》则写道，当时他边要饭，边吹一管斑竹箫，箫曲共有三叠：

伍子胥，伍子胥，跋涉宋郑身无依，千辛万苦凄复悲。父仇不报，何以生为？

伍子胥，伍子胥，昭关一度变须眉，千惊万恐凄复悲。兄仇不报，何以生为？

伍子胥，伍子胥，芦花渡口溧阳溪，千生万死及吴陲，吹箫乞食凄复悲。身仇不报，何以生为？

我正是受此启发，希望将主人公的内心用诗歌形式揭示出来；回过头去看江边那一幕，也可以做同样处理。

叶生有点怯生生地说，《东周列国志》不是小说么？冰锋说，对，是小说，但不妨看作是进一步的想象，其实《史记》，甚至《左传》，写到伍子胥也未必不是出于想象，这个故事古往今来一遍遍地被修改，被丰富。所以使用一些小说戏曲里的材料，大概不成问题。我是感受他，不是研究他。我只想多知道些东西，特别是细节，然后根据自己的理解，去塑造这样一个人物。

冰锋又说，《吴越春秋》还有这么一节，讲吴兵退去后，乐师扈子为逃亡归来的楚昭王弹唱了一首《穷劫之曲》：

王耶王耶何乖烈，不顾宗庙听谗孽。任用无忌多所杀，诛夷白氏族几灭。二子东奔适吴越，吴王哀痛助忉怛。垂涕举兵将西伐，伍胥白喜孙武决。三战破郢王奔发，留兵纵骑虏荆阙。楚荆骸骨遭发掘，鞭辱腐尸耻难雪。几危宗庙社稷灭，严王何罪国几绝。卿士凄怆民恻悗，吴军虽去怖不歇。愿王更隐抚忠节，勿为谗口能谤亵。

这位乐师回顾了整整一段历史，揭示了其中的因果关系。前面的箫曲是伍子胥主观的心声，这里则是客观的叙述。这样就有分别从个人和历史的不同立场出发的两种声音，交织在一起。一方面，是伍子胥在想，在做；另一方面，是历史在看，在记载。

杨明说，你念的这两首，都不能算是诗啊。冰锋说，我当然要写成新诗了，即使是同样的意思，也要用新诗重写一遍。他对Apple说，我读了你借给我的几本书，好像我要写的，也不完全是那种形式。我只是对这题材感兴趣，心里放不下，觉得应该写点什么。

冰锋又把笔记本摊开给各位看，说，不过《吴越春秋》里有一段，在我看来，倒像是诗剧的雏形。伍子胥逃亡吴国途中，遇到一位渔父，愿意渡他过江，见旁边有人窥视，唱道：

日月昭昭乎侵已驰，与子期乎芦之漪。

伍子胥就到那里等候。渔父又唱：

日已夕兮，予心忧悲。月已驰兮，何不渡为？事寖急兮，当奈何？

伍子胥就上了船。过江后，渔父见他面露饥色，要他等在一棵树下，说我去给你取些吃的。伍子胥起了疑心，藏在芦苇深处。一会儿，渔父拿着麦饭、咸鱼羹和米汤回来，在树下找不着他，又唱：

芦中人，芦中人，岂非穷士乎？

他一再唱着，伍子胥才走出来。人物以这种形式交流，是不是和拜伦、雪莱他们写的诗剧，多少有些类似？另外三个人听了，饶有兴趣读着本子上抄录的原文。

Apple说，你刚才谈到的交织的两种声音，倒是很有意思。冰锋说，我本来是想写一部叙事诗的，但又不愿意限于叙事诗的客观视角，有些话应该由主观视角说出来，我想安排人物各自说各自的话，相互之间又有沟通，所以才想到诗剧。我也是对两种声音，尤其是仿佛历史本身发出的声音感兴趣。由此设想，除了主人公和别的角色之外，应该另有一群吟诵者，他们叙述情节，描述环境，渲染气氛，揭示主人公的处境和心情，包括讲到各种变化的可能性。但他们吟诵的内容，联在一起也还是一首叙事诗。这些成分相互穿插，构成整部作品。像《穷劫之曲》这样的，应该由吟诵者说出；至于箫曲那类内容，可以出自伍子胥之口，也可以出自吟诵者之口。杨明说，你想写的也许接近于歌剧吧？冰锋说，我可不敢奢望自己写的东西能找到音乐家作曲。当然，说是诗剧，其实也没法演出，只是个形式罢了。

叶生说，日本有一种歌舞伎，前几年来北京演出，我去看过，记得剧目有《忠臣藏》《镜狮子》，跟你想要写的形式好像更像一些。那时我还在上初三，是我妈妈带我去的。说到这里，她忽然哽咽住了，简直不能控制自己；大家也都不再开口。直到她稍稍振作，像是交代完一件事情似的干巴巴地说，听说日本还有一种能，比歌舞伎更古老，可惜我没看过。她说完就站起来，身上穿的宽松的白色丝绸衬衫一闪，整个人不见了。进了南墙角上的一扇小门，把门带上了，那里是厕所。

Apple 说，叶生的母亲，在她上大学一年级时去世了。那段时间她一直在病床旁伺候，大家都说很少有这么孝顺的孩子，直到母亲去世。为此缺了不少课，学校说如果期末考试成绩不好，就考虑让她蹲一级。她发起奋来，每天晚上都在自习室待到校工锁门，书读累了，就趁操场上没人去投标枪，结果每门都考了全系第一，标枪也得了校运会冠军。第二年高校田径运动会上，还拿了第六名。叶生从厕所出来，又恢复了娴静文雅的模样。冰锋说，很感谢你们的介绍，可惜找不到相关资料。杨明说，要是歌剧，倒能找着打口的磁带。

Apple 从冰箱里取出西瓜，切开，果然很甜。Apple 说，等到树叶红了，咱们一起骑车去西山赏秋吧。冰锋抱歉地说，我不会骑车。另外三位都很惊讶，Apple 甚至下意识地看了一眼他的腿。冰锋说，小时候没人教我骑车，我也没想过自己学。叶生说，不要紧，你坐公共汽车去，咱们约好在一个地方见面。

三个人一起出来。杨明和叶生的自行车放在门洞,两辆都是黑色的二八男车。冰锋在院门外与他们告别。叶生跨上车,屁股不落在座位上,而是整个人站在两个脚蹬子上蹬第一下,好像有什么急事要办,但刚才分手时,并没有表现出多么着急。正是夕阳时分,她的裤裆与车座之间有个近乎正三角形的缝隙,透过一束阳光。骑出很远才坐下。这个女孩的身体里似乎蕴藏着一种狂暴粗野的力量,与平常给人的印象形成鲜明的反差。

他们又聚会了一次。杨明和叶生都提出,洛杉矶奥运会要开幕了,中央电视台第一次实况转播,这可是非看不可的。Apple 虽然不情愿,诗歌小组的活动也只好暂停一段时间。冰锋拟议中的诗剧没有多大进展,但始终不能放下,又增添了一些设想,写了一些笔记。

第五章

冰锋看完一个病人，科里的女护士小孙过来说，陆大夫，你的信。冰锋从未在医院收到信，接过来一看，是一封讣告。白色的信封上用毛笔写着"陆冰锋同志启"，右下角印着一行黑字"贺德全同志治丧小组"。里面是一封有关追悼会时间和地点的通知，还有一份回执。冰锋首先感到的不是悲痛，而是惶恐——一种特别强烈的丧失感，好像什么东西掉落到没有底的地方，心里一下子变空了。

一整天都在下雨，直到下班才放晴。冰锋走在胡同里，看见西边天上红得像火焰在燃烧，东边天上有两道彩虹，一道横贯天际，一道只现半截。上次他从贺叔叔那儿感受到的是几乎难以抵御的虚无感，现在这个人自己彻底变成了虚无。离举行遗体告别仪式还有好几天，冰锋拿不定主意是否参加。

几个月前那番长谈之后，冰锋有过再去贺家拜访的念头，把没有搞清楚的事情彻底搞清楚，但也明白其实很难实现这一目的。冰锋时常琢磨，贺叔叔究竟是怎样一个人。似乎他长期赖以支撑的立场已经坍塌，然而并未找到与之不同的新的立场，而是在对原本立场坍塌过程的冷眼旁观中，获得了一个虽然是暂时的，但已足以使他安稳而且不无愉悦地度过余生的容足之地。他以幸存者足够丰富的经验、教训、感受和启示，成为一位智者。他对消磨了自己一生的过去看透了，对已经与自己无关的未来看淡了，而二者互为因果关系。消极之于他变成了可以久久玩味的东西，甚至变成了一种积极。冰锋觉得，这个人与自己忽而离得很近，忽而又很遥远。但不管怎么说，他不是一个庸庸碌碌、抱残守缺的人。

第二天冰锋上班，给病人打完麻药，正准备将拔牙钳伸进他嘴里，一个念头清晰地跳了出来：没准会在追悼会上遇到祝部长吧？按理说他应该到场。冰锋不仅内心，连带周身都躁动起来，忽然忘了要拔的是病人左边还是右边的牙了。这对于一个受过专业教育，正在实施治疗的口腔科医生来说，简直不可思议。幸好他还没动手，赶紧将器械收回，待冷静下来，重新核对病历，才将那颗已成残根的患牙拔掉了。病人始终未曾察觉。写完病历，冰锋想，迄今为止竟然还没见过仇人一面，无论如何这是个难得的机会。回到家里，他在回执是否参加一栏注明"是"，花圈挽联的下款则写"钱文秀率子女敬挽"，然后寄了出去。这是母亲的名字。

下个星期天上午，冰锋乘地铁去八宝山革命公墓。到早了，预订的告别室还在由前一拨人使用。在院子里一丛开满粉色花朵的木槿旁边，站着一群人，看样子正等着参加贺叔叔的吊唁活动。有已经退休的老者，也有年轻人，彼此都认识。两个姑娘穿了同一款的印有中日友好青年联欢会标的针织毛巾衫，一会儿聊到几天后就过中秋节了,新上市一种泰古月饼,是仿照泰国月饼研制的,味道有甜有咸;一会儿又聊到这回国庆节,凭副食品供应证回民每人供应四斤牛肉,汉民每人供应一斤牛肉,羊肉则每人限购三斤。冰锋站在一旁,想起贺叔叔大概在什么地方冷冻着呢,真是天人永隔,不由得悲从中来。

有人喊,参加老贺追悼会的,可以在签到簿上签名啦。冰锋还是写了母亲的名字。趁机翻了一下前面,第一页第一名果然是"祝国英",一看就没练过字,"国"写的还是简体。前一拨吊唁活动结束了,工作人员撤掉门额上原来挂的横幅,换成"贺德全同志追悼会"。等候的人停止聊天,表情肃穆地排成两列。工作人员发给每人一条黑纱;门口的木箱里放着白色的纸花,自取一朵,佩在胸前。

仪式开始,主持人宣布参加的领导和主要来宾时,并没有提到祝国英,他的名字在送花圈、花篮、挽联、唁电的单位和个人之列。冰锋明白,这次又见不到了;但没等他切实感到失望,主持人已经宣布请全体肃立,向贺德全同志的遗体行默哀礼了。遗体躺在鲜花丛中,瘦得脱形了,虽然经过化妆,脸色还是又黑又暗。再看看正面墙上悬挂的遗像,形象与神态都与上次见到的一模一样。就在几个月前,这个人还亲切地对他说了那么多话。冰锋哭了起来。

一位五十多岁的领导开始致悼词:今天,我们怀着十分沉痛的心情,深切悼念贺德全同志……其中提到"因患癌症,医治无效",令冰锋记起那天晚上,自己曾经莫名地有种不祥的预感。主持人宣布向遗体三鞠躬。在哀乐声中,人们依次绕四分之三圈向遗体告别,然后与站在左侧的遗属握手,以示慰问。队列中有个三十多岁的男人，身材魁梧，梳着背头，也许是天热的缘故，满脸油汗，穿着白色的短袖圆领衫，驼色西裤，脚上是双不大多见的乳白色三接头皮鞋。他双手握住贺婶婶的手，略欠了欠身子说，节哀顺变，我爸爸问候您。贺婶婶说，谢谢祝部长，请他多保重。

轮到冰锋了，站在面前的贺婶婶，是那么孤单、落寞，似乎也像自己一样，还只感到丧失，尚未来得及为丧失的内容所悲痛。她衰老多了，仿佛突然被什么力量粗暴地推到了人世间的边缘。冰锋又忍不住哭了。贺婶婶说，我理解你的心情，感谢你能来。

告别仪式结束后，冰锋随着前面的人，从左臂上取下黑纱，还给工作人员。忽然听见背后有人轻声叫他的名字。是贺婶婶。她把一个空白信封悄悄塞到冰锋手里，态度安详地说，这是你贺叔叔写给你的。然后就和儿女们一起离开了。参加追悼会的人陆续上了部里的一辆大客车。等车开走了，冰锋打开信封，里面是一张信纸，一笔蓝黑墨水的钢笔字：

冰锋侄：

上次见面，好像我说的话多，而你的话少，回想起来，总觉得有些抱歉。但你的意思我是完全明白的。我自己说过的话，有的忘了，有的还记得。平心而论，你想的、说的不一定对；同样平心而论，我想的、说的也不一定对。但这是同一个平心而论吗？究竟应该站在什么立场，抱着怎样的态度，去反思历史并展望未来呢？希望能有机会和你再见一面。不过最近身体不太好，需要过段时间再约。我确实想好好劝解你一番，假如心中有痞块，希望能彻底消解掉，这样才能"向前看"。

下面一段换用了纯蓝墨水，字迹有些凌乱，甚至不大成形了，似乎写在得知自己身患绝症之后：

我们大概很难再见面了，那么就将最近的想法写下一点吧。我还是希望好好劝劝你，但我也明白，劝你的前提是要确认事实，不然劝你什么呢？如果根本没有这件事，劝你岂不成了白费话了？只有事实确凿，才有劝你的必要。这也是我越来越觉得把事实搞清楚才是第一要义，而对所谓"宜粗不宜细"之说不免稍有疑虑。无论粗细都应不违事实，粗也不能粗到抹杀事实吧。可是我如果确认你的指控都是事实，劝解又将变得软弱无力，你也未必听得进去。但"人之将死，其言也善"，趁我还活着，试着劝劝你吧。

先从大处谈起。我近来想，一个不能认真向后看的民族也就不会真正向前看。

这封信就写到这里为止。冰锋出了公墓，向地铁站走去。他心里很清楚，贺叔叔最终是向他确认，祝部长对于父亲的遭遇及死亡负有责任。那么信中所说，也就接近于鼓励他对此有所反应；如果他要复仇的话，贺叔叔无疑是默许的。而且即使祝部长只是费无忌，向他复仇也没有错。冰锋记得《吕氏春秋》里讲过，做事情不考虑其中的道义，只知道陷害别人却不知道别人也会危害自己，以致宗族被诛灭，说的就是费无忌吧！他想，祝部长正是犯了不讲道义、陷害他人的罪，所以必然遭致危害自己，甚至牵连家人的报应。然而那天晚上贺叔叔的话，却似乎含有否定冰锋只将祝部长视为造成父亲悲剧的主要角色的意思。若是由此引申开来，那么无论是谁都无须对此负责，冰锋根本就没有必要复仇了。显然贺叔叔在生命的最后时刻，订正了自己的意见。

进一步讲，祝部长究竟是费无忌还是楚平王，又有什么关系呢？对于伍子胥来说，选择楚平王作为复仇的对象，实际上是将其视为施害一方的代表，视为一个象征；当这个代表、这个象征不存在了，他就要找一个替代物进行复仇，无论是楚平王的尸体，他的儿子昭王，他们的亲属，还是整个楚国。也就是说，复仇就是一切，而这必须有明确的对象；假若没有对象，复仇将不成立。至于究竟选择谁作为对象并不是最重要的，只要他确实是负有责任的——尽管这样的人往往声称"我只负我应负的那一份责任"。何况一切确实可以归罪于楚平王，即使他是听了费无忌的谗言。假如伍子胥仔细拆分楚平王有多少责任，费无忌又有多少责任，然后决定对前者施以多少报复，对后者又施以多少报复，他的仇就报不了了。

冰锋上了地铁，列车穿行在隧道中，他的心里充满了对贺叔叔的感激之情，同时又深感惋惜，仿佛对方在黑暗中向他伸过手来，他却没有握住，那只手在继之而至的光亮中融化了，消失了。地铁停靠在一处站台。冰锋想，无论从时间上还是空间上来说，贺叔叔都属于父亲的世界；他死了，那个已经所剩无几的世界就又坍塌了一大块。一站又一站过去，冰锋的丧失感和紧张感越来越强烈。他临时改变了主意,在木樨地站下车,换乘上114路电车。他要赶紧去看看母亲,把贺叔叔去世的消息告诉她。

冰锋走进母亲住的院子,路过她的窗口,曾经开得灿烂的迎春只剩下些长满绿叶的枝条,平凡极了,仿佛退隐到世界的角落里了。倒是地上一大片玉簪都开了,一丛丛细长的洁白花朵,纷纷从油绿的叶子间伸出,散发着强烈的芳香。是小妹开的门。她梳着两条小辫,脸和身子都很瘦,皮肤暗黄。见到他就说,铁锋出差去了,米票和面票都快过期了,还没来得及买。家里依然到处都贴着纸条,但有的已经脱落了。

冰锋去到百万庄粮店,把粮本、米票、面票和钱递进窗口,各买了十五斤。他来到柜台前,里面的营业员用一个上大下小的木斗从大木箱里扤了米,放到磅秤上称重。他将带来的口袋兜住与柜台相连的漏斗,营业员从那里将米倒进口袋,敲了敲漏斗。然后又去称面粉。冰锋从墙上取了两根小麻绳,分别系好袋口,提回家来。

他把装米面的口袋放进厨房,来到过道。母亲从自己的房间出来,手心里有一个橡胶的健身环,正一下接一下地将它握扁;小妹说,我给妈买的,据说可以健脑增智。母亲说,米和面都该买了。冰锋说,买过了。没过多久,她又说起买米面的事。冰锋又说,买过了。等到她再次说起,冰锋就把她领到厨房,指了指那两个装粮食的口袋。他们出来,她又说,米和面都该买了。小妹做好午饭。到他们吃完为止,母亲将同样的话一共说了七遍。冰锋明白,即使家人不愿意承认,事实也摆在那里:她患了阿尔茨海默病,而且很严重了。冰锋想,明天必须请个假,陪母亲去医院检查;但即使做出了明确诊断，也没有有效的治疗方法。

窗户开着，屋里闻得着玉簪清新的香味。冰锋说，上午我从八宝山回来，贺叔叔去世了。母亲啊了一声，一副沉痛的样子。过了会儿，她忽然问，谁去世了？冰锋说，贺德全，贺叔叔。母亲看着他，眼睛里闪过一丝打算跟他偷偷商量一下的神色，继而又变为迷惑不解了。她又啊了一声，冰锋听出来只是为了将这个话题结束掉。显然她已经不记得这个人了。

冰锋紧张地问，您还记得祝部长吗？这回母亲以一种像婴孩看世界一样新奇的眼光看着他。她也不记得了。小妹正在收拾桌上的碗筷，回过头来，不知道发生了什么。父亲的事，母亲只告诉给冰锋了，现在他也不想让小妹知道。等她出去了，冰锋关上房门，扶着母亲在桌边坐下。他的动作略显粗暴，母亲轻声抱怨说，你干吗呀？冰锋自己则像上次他们交谈时那样坐在她的旁边。一切都与那一次一样，只是中午时分，屋里稍稍亮堂一些。

冰锋问，祝部长，您还记得吗？母亲像是小学生交不出作业，有点害羞，又有点搪塞地笑了笑。冰锋拿过一张纸来，先写"祝部长"，又写"祝国英"，推到她的面前。母亲伏下身子，很认真地看着，然后抬起头，开怀地笑起来，仿佛听老师宣布作业不用交了。冰锋说，这是什么字，您不认识啦？母亲似乎感到无法搪塞过去，重新开始费力地看那张纸，终于一个字一个字地念道，祝，部，长。这个还是祝。这个是……国。这是英。这不认出来了么？是你写得不清楚。

冰锋稍稍松了一口气。母亲看着他，好奇地问，这是谁呀？冰锋急切地说，你跟我讲过的，我爸爸一辈子都被他毁了，就是那个人啊。母亲像是被他一再追问弄累了，也烦了，于是很坚决也很无情地摇头说，我不认识。她一边说着，一边不停地握扁那个健身环。冰锋颓丧地想，已经来不及了。

外面忽然传来一阵突突突的响声，把母子二人都惊动了。冰锋拉开门一看，小妹在厕所用新买的白兰牌双桶洗衣机洗衣服，正在甩干，动静很大，要用双手按住洗衣机，才能让它安稳下来。冰锋突然有种很强烈的让母亲能尽快稍稍享受一下生活的愿望，就问小妹，冰箱怎么还没买啊？钱交给你了，冰箱票也有了，这都一两个月了。小妹说，在百货大楼登过记了，万宝牌的，到现在还没收到提货通知，不成就头天夜里去排队，也许得提前两天去排队呢。

冰锋心情沉重地离开了。父亲的事，如今只有他一个人知道了。连母亲都无法再在一起谈论了。冰锋明白她上次对他说的那些话有多关键，又有多宝贵了。母亲就像一个身负重伤的信使，传递了最后的也是最重要的情报，及时地完成了她的使命；在迟迟告诉他一切之后，自己已经不明白这一切了。

冰锋回到自己家里，坐在书桌前。他有个想法，上午在地铁里中断了。《史记》本传讲到，伍尚被捉后，使者又要抓捕伍子胥，他拉开弓，搭上箭对准使者，使者不敢上前，他便逃走了。伍子胥一上来就展现出这样一个战士的形象，就有要掀起一场战争的架势。从这时起，他已经确定了自己的复仇对象，以后从来没有怀疑过。

现在自己的问题也一样。假如放过祝部长这个仇人，上哪儿去找另外的仇人呢？选择祝部长作为复仇对象，并不意味着认定他要对父亲的遭遇及死亡负全部责任,而别的什么人就没有责任。毫无疑问,祝国英确实有他那一份责任,这份责任他必须得负。如果每一个该负责任的人都可以推卸的话,那么就根本没有责任可言了。进一步说,每个该负责任的人都不能逃避替其他责任人负责任。就像楚平王应该替费无忌负责任,费无忌也应该替楚平王负责任一样。假如伍子胥选择费无忌而不是楚平王作为复仇对象的话,也没有错。但他既然选择了楚平王,他就不再犹豫,而是将复仇进行到底,即使楚平王死了,也要继续下去。

而母亲那次其实是告诉他,这是一个具体问题。需要他做的,就是解决这个具体问题。如果脱离任何具体问题,那么一切都不成其为问题了。所以虽然是个具体问题,一旦得到解决,对于整体就具有代表意义或象征意义。给他这点启示,是母亲作为受害者的遗孀,作为与父亲一起承受种种苦难的人的使命所在。但是他又能做什么呢?

院子里那棵大杨树的叶子在风中哗哗作响,听着像正在下雨。冰锋从书柜里取出精装的《莎士比亚全集》第九卷,最近他在重读收入其中的《哈姆莱特》。哈姆莱特未免想得太多,也说得太多了。如果不是国王安排雷欧提斯与他比赛,如果不是自己中了毒剑,只怕他还不会杀死国王,替被害的父亲报仇。哈姆莱特更像是一位哲学家;相比之下,伍子胥只是个行动者,从不高谈阔论,自始至终紧紧抱持的信念看似简单,然而结实有力。哈姆莱特最大的对手是他自己,伍子胥则只需战胜际遇和命运就行了,尽管伍子胥复仇的难度要比哈姆莱特大得多。这样两个人物形象之间,似乎形成了一种有意味的对照。

不过他想,也许正因为如此,哈姆莱特的故事可以写成一部好作品,伍子胥的故事却不大容易。总不能在诗剧中塑造这样一个形象:不断从舞台的一端奔跑向另一端,所说的话除了表明决心,就是偶尔对自己的际遇和命运发出感慨。冰锋明确了他的复仇方向,却丧失了写作的灵感。他虽然继续参加诗歌小组的聚会,但尽量避而不谈自己曾经打算写的那部作品了。然而这样一来,他更加感到焦虑、无奈与时光延宕,甚至害怕自己终有一日变得迟钝麻木,就像根本不曾知道这一切一样。

第二部

第一章

星期六下午，冰锋快下班了，忽然接到一个电话，是个女人打来的:请问是陆大夫吗？声音很熟悉，一下又听不出来是谁。她说，我是叶生，我爸爸病了，就住在你们医院。明天诗歌小组聚会我不能参加了，麻烦你去时替我说一声。冰锋说，你爸爸的病不要紧吧？叶生说，很严重。冰锋说，那我去看看他吧。叶生说，太感谢了。她的语气软弱无力，好像一个溺水者极力要抓住什么东西逃生。冰锋本来是客气，反倒不好不去了，就问是哪个病房。叶生说，九病房，六床，谢谢啊。匆匆挂断了电话。

冰锋看完最后一个病人，洗干净手，没有脱白大褂，直接去了九病房。病房大门关着，按了下铃，门上玻璃里露出看门人的半个脸，门打开了。这是高干病房，楼道安静且干净，甚至连气味都与普通病房大不相同。没有那些加床，除了偶尔走过的护士，也不见一个闲人。

六床的房间是个套间。外间没有人，角落里放着一个花篮，还有几个装满香蕉、苹果和橘子的塑料网兜。走进里间，稍显昏暗，拉紧的窗帘挡住了阳光。病人躺在床上，盖着被子，头上放了个冰袋，脸上扣着面罩，一根塑料管连着床边的氧气瓶，旁边有一台心电图仪，一些导联线延伸进他盖的被子下面。床的另一头是个输液架，一位护士正举着针管往输液器的小壶里注射。几位家属与病床隔开一段距离站着，都不出声，叶生也在其间，屈身抚摸着病人伸在被子外面的手，那只手一动不动，颜色枯黄，有块老年斑。冰锋不是这科的，什么事也不能做，只能与家属们站在一起。

叶生凑到他身边小声说，你来了。我爸爸是昨天晚上住院的，他去参加一个活动，突然发病了，就近送来这里。这几天他一直说累，胸口不太舒服，我们也没多留意。听主管的杨大夫说，很严重，很危险，但再多问就不说了。冰锋看了叶生一眼，她面容憔悴，简直一点光彩都没有了，甚至到了让他吃惊的程度，头发凌乱地散披在两肩和后背。他应了一声，退了出来。

冰锋想起可以去翻翻病历，了解一下情况，他跟杨大夫也算认识，不妨以医生的身份询问几句。这样即使只是为了安慰家属，也有话可说。或许在不给主管医生添乱的前提下，还可以适当透露一点什么。冰锋曾在人民医院三层的内科病房实习过几个月，在他转到口腔医院继续实习以后，有一天听说人民医院着了大火，整整那一层楼都被烧掉了。他来到护士站，在一格一格放病历的小柜子里找出六床的病历，翻开铁夹子，先看诊断，是"心前壁大面积梗塞"，眼光往上移动到"患者姓名"，一下子怔住了。写的是"祝国英"三个字。顺便也看到了"年龄"，是"67"。冰锋不太敢相信，再看看墙上的住院病人一览表，的确是这个名字。他知道自己遇见谁了。

冰锋一时有些手足无措。想起刚才进病房没有留意床尾卡，好像有必要再去核实一下。他走过病房的走廊，觉出自己的步调与刚才不大一样，不知道迎面而来的护士是否也看出来了。

他在那个房间的门口站住，透过门上的长条形玻璃，能看见外间的一半。叶生坐在一张长沙发上，双手托着下颌，脸大部分被垂下的头发遮住。她穿了件深灰色的坎肩，袖笼和领口外绣着花边，白色的真丝衬衫，下着浅灰色的筒裤，脚上是双黑色平跟浅口蝴蝶结皮鞋。有个穿驼色夹克衫的男人从里间走出来，空手转了一圈又回里屋去了。冰锋见过他，就在前不久贺叔叔的遗体告别仪式上，是祝部长的儿子，应该是叶生的哥哥。她站起来，也跟着进去了。冰锋这才想起从不知道叶生姓什么，倒是听说过她出身高干，不过以前未曾上心。他手握着门把手，却迟迟没有将门推开。复仇对他来说仍然只是一个概念，根本不知道该干什么。似乎没必要再进去好好看看仇人的样子了。冰锋回到护士站，重新翻看那份病历，虽然住院还不到一天，却已是厚厚一沓，夹着不少心电图、化验单之类。他仔细看了一遍，病理性 Q 波、ST 段抬高、T 波倒置、CPK、GOT、LDH 增高……果然病情危殆。

冰锋匆匆离开了。他没顾上回自己的科室，甚至连白大褂都忘了脱，就出了医院。忽然想起来，才脱下来塞进书包。医院门外的胡同很窄，急救车通过都不容易，他走在人群中，却如入无人之境。一下子遇见不止一桩事，他的脑子有点乱了：终于见到仇人是一桩，仇人就要死了是另一桩，后者显然将前者给盖过去了。一切都来得太快，但又好像太迟了。以前他总以为自己的复仇可以等待时机，希望经过深思熟虑，做到从容不迫。现在却感到，此举已经面临彻底落空的危险，而且可能就在此时此刻：他离开病房这工夫，祝部长也许已经死了。冰锋记起贺叔叔讲过的关于报应的话，不禁冷笑了一下，这才不是什么报应呢，这是帮他的忙啊，让他得以善终，躲避自己的复仇。

冰锋有些恍惚，走到胡同口，没有像往常那样拐向南边去乘电车，而是往北走了，到了新街口豁口，才清楚意识到自己置身何处。他沿着二环路继续向东走去。冰锋记得有一次诗歌小组聚会，曾经讲到伍子胥的生涯里最令自己难以释怀的一节：他逃到吴国，与一起逃亡的太子的儿子白公胜在乡下种地，等待复仇时机到来；这样过了五年，等来的却是仇人病死的消息。伍子胥当时对此的反应，《史记》本传没有记载，《吴越春秋》里讲，他对白公胜说，平王死了，我们复仇的志愿无法得到伸张了；但是楚国还在，我们有什么可担心的呢？白公胜沉默不回答，伍子胥坐在屋里哭了起来。这里伍子胥劝说白公胜的话，其实也是在给自己打气；但白公胜显然无法接受，而伍子胥并不能够说服自己。冰锋将抄在本子上的原文拿给诗歌小组的各位看，又用白话一句句翻译了，深感斯时斯地，伍子胥与白公胜真是心中郁结，无以言表。然而大家听了，反应并不如他所期待的热烈，甚至根本没有什么反应，他明白不可能与别人分享这一切，剩下的话也就没有再讲。本来想说的是，当初伍尚说，你可以走了，你能报杀父之仇；伍奢说，楚国的国王和大臣从此要为兵祸所苦了。现在楚平王寿终正寝，这些关于伍子胥的话也就都落空了。楚国君臣相信了伍奢的预言,担心伍子胥将要复仇,对他的种种追杀,同样变成了多余之举。伍子胥的人生,因此从正反两方面都被抽空了,既失去了目标,又辜负了期待,所以才有那样失魂落魄的表现。

远远看到雍和宫的黄色琉璃瓦顶,冰锋知道现在该去什么地方,上了13路汽车。无论如何,祝部长还活着,抢救过来并非不可能,自己好像还没到伍子胥痛哭不止的地步。他未免后悔刚才没有回到病床前仔细观察病人的状况,也没有找主管医生询问,甚至觉得自己根本不该匆匆离开,不如守候在那里,可以随时获知病情的变化。

他在和平里下车,穿过那条他已走了不止一次的小路,再次来到那个废弃的地下室——父亲生命中最后的居所。天已经蒙蒙黑了。虽然只隔了几个月,这儿的变化着实不小:四面的楼房不少人家黑着灯,窗帘杆也耷拉下来,显然已经搬走了。剩下的几个亮着灯的窗户,倒像是住了一些闯入者。院里的几棵银杏树,被路灯照耀着,叶子还是那种厚重的绿色,但细看边缘已经开始发黄了。楼道里空无一人。地下室门上的钉锔儿也没有了,门虚掩着。里面黑洞洞的,冷飕飕的潮气味很重。这里的电线早已被掐断,灯泡也被摘走了。

冰锋在黑暗中站了很久。空气不洁,也不流通,简直令人窒息。但他或多或少在享受这感觉。无论如何,仇人已经找着了,而且见到了。自己到底应该怎么办呢?如果趁祝部长昏迷不醒之际,实施复仇之举倒很容易,找个家属都不在的时机下手就是了,实在不行也能想法子将他们调开。记得当初实习时听老师讲过，心肌梗塞二十四小时内禁用洋地黄类强心药物，因为会加重病情，甚至导致心脏破裂。想法去住院药房偷几支西地兰，神不知鬼不觉就能把问题解决了。只是时间恐怕来不及，自己不是心血管专业，效果如何也没有把握——不过处决一个不省人事的人有什么意义呢？这与他自己病发而死并没有多大区别，他至死都不知道发生了什么，不知道与自己相关的某件事还有这样的结果，自己当初对一个无辜者施加的恶行得到了这样的报应。所以关键是要他死得明白，知道自己因何而死。假如他为此而认罪、忏悔，对于复仇者来说属于额外的收获，但那样一来又该怎么办呢？无论如何，必须有一个与祝部长单独相处，对方神志也清醒的机会。要讯问他一向到底出于什么目的，有着怎样的企图——那近乎一场公正的审判。冰锋所忧心忡忡的，正是有可能永远丧失了这个机会。

冰锋想，如果可能的话，也许应该将仇人带到这里来，让他真切体验一下父亲死亡的整个过程。现在笼罩着自己的黑暗，就是父亲最后看见的世界；现在四下的沉寂，就是惨死的父亲发出的声音。这里就像一个祭坛。应该在此将仇人献祭，以慰被冤屈者、被迫害者在天之灵——尽管他并不相信在天之灵的存在。只是觉得，应该让仇人体会什么是绝望而死——不是尝一下，是尝到底。那种永远的、无底深渊般的绝望。

确实需要一场审判——允许仇人申辩，允许他解释为什么要处心积虑地构陷一个无辜的人，为什么要一步又一步将这个对自己毫无威胁的人逼入绝境。冰锋想起从前贺叔叔说过的话，但那只是旁人的解释而已；现在既然已经与仇人面对面了，应该直接听听这个人怎么说，从而决定对他怎么做。冰锋进一步想，可能还需要有个与此关联不大，立场相对中立的见证人。谁能担任这个角色呢？

不管怎么说，父亲的仇是必须要报的，还应该吸取伍子胥的教训，必须在仇人活着并且清醒的时候复仇。现在冰锋只是将审判这一环节想得比较周全；至于审判之后如何处置仇人，还没有最后决定，尤其是如果当他确认此人罪不容赦的话。反正要把该说的话对仇人都说明白了。那么还得等几天，祝部长的病情好转之后——啊，千万不要恶化了，冰锋简直是在暗自祈祷。他这样想着，离开了地下室。门已经关不严，只能继续虚掩着了。

第二天上班，冰锋趁看病人的空当，对护士长说，我去趟病房，一会儿就回来。他在医院大门外的小店里买了一斤橘子，一斤广柑，然后去了九病房。正好在房间门口遇到叶生，她脸色依然憔悴，还是没化妆，但看起来好像稍好一点，头发系成了马尾，还穿着昨天那一身，只是把坎肩脱了。冰锋看见外间的沙发上，胡乱叠着一床毛毯。叶生接过他送的水果说，还没见过医生给病人送东西的呢。听杨大夫讲，爸爸最危险的时期过了，但还没脱离危险，人也不清醒。冰锋松了一口气，大概脸上也表露出来，叶生似乎有些感动。冰锋随她走进里间。躺在床上的祝部长还带着氧气面罩，闭着眼睛，面色灰暗，显得特别衰老。冰锋知道他现在是病人，而且命悬一线，但毕竟与自己心目中的仇人形象相去甚远，一直想象应该是一副凶恶、奸诈的样子，可现在那张脸上什么表情都没有。冰锋瞄了一眼床尾卡，上面只写着"护理：一级"。他对叶生说，不打扰了，让病人好好休息。有需要我做的,随时告诉我。叶生点点头,送他出来。

这以后冰锋每天都到病房去看一下。有几次没跟叶生打招呼,只到护士站翻翻病历,就走了。祝部长病情渐渐好转,神志也清楚了。但还是很疲惫,至少冰锋去的时候一直闭着眼睛,更没说过一句话。冰锋感到审判与复仇的时刻渐渐逼近,现在祝部长应该不仅能听得懂,而且能听得完冰锋所要对他讲的话了。他需要的是创造一个与之单独相处的机会。晚上应该只剩下一位家属陪床,那么想办法将其调走,就可以进去执行自己的计划了。

事不宜迟,冰锋决定将行动安排在第二天夜里。再想想需要做什么准备,最后觉得除了已经想好的那些要说的话,还有一双强有力的手之外,什么也不需要。他不自觉地攥了攥自己的两个拳头。下班前特地又去了一趟病房,透过玻璃看见屋里只有叶生一人,正斜靠在沙发上读书,一头长发蓬散在扶手上;他没有声张就走了。

冰锋在考虑怎样实施自己的复仇计划。难处之一,是如何将陪床的家属调开足够时间,从而有下手的机会。今天见到了叶生,明天她应该不在病房了,值班的或者是她哥哥,或者是别的什么人。可以打电话到病房——冰锋注意到外间小柜上有部电话机,上面写着直拨电话的号码——说叶生在离这儿不太远的地方,譬如西直门或动物园,被车撞了,要家里人赶紧来一趟。不过此处有个不确定的因素:这位接电话的人可能打电话到家里或她的学校去核实,要是正好她自己接的话,一下就被戳穿了。但倘若把情况讲得非常严重,也许值班的人一时慌乱,顾不上打电话了。

难处之二,是如何进入病房。高干病房大门白天有人守着,不像普通病房那样限定时间开放,但到晚上九点就从里面锁上了。倒是可以去乘医护人员专用电梯,晚上电梯工已经下班,能够独自上去。

难处之三,如果乘专用电梯,要到六床的房间必须经过护士站,只能趁护士不在那儿的机会溜过去,这也不大容易。但若是家属打开病房的大门出去,门就不会锁上了,趁机从这里进去,倒是可以不经过护士站来到六床的房间。

冰锋一旦进入六床的房间,就直奔里间,将大概已经睡着了的病人叫醒。以他那身体状况,就是喊叫也出不了多大声音,所以无须多虑。冰锋事先准备好了两个质询仇人的版本,一详一略,现在只好选择那个简短直接的了,利用争取到的一点宝贵时间将必须问的都问明白。完事之后,趁家属还没回来赶紧离开。只可惜将仇人带到父亲那间地下室的设想只能作罢,他的身体情况未必允许,而且这么大动静,不仅需要有个帮手,还需要有辆车,这些一时都无法解决。但实在不能再等了。

当天晚上冰锋躺下前,特地服了一片舒乐安定,虽然平时并无失眠的习惯。用不着再想东想西,只要付诸行动就行了。

第二天早上他来到医院,还是不大放心,觉得应该再到九病房去查看一番。计划中尚且不周全的几处,也需要再推敲一下。偏偏那天上午特别忙,铁锋又打电话来说,北京国际马拉松赛设了发展体育奖,明天中午十二点在东单、西单、宣武、天坛四个体育场售票处发售,每人限购两张,周日上午十点开奖。自己正在郑州出差,请大哥帮着代买一下。冰锋说,明天我得上班啊。好不容易得了空,已经快十一点了。

到了那里,隔着门上的玻璃一看,外间没有人;他走进屋去,里间竟然也是空的。那张病床上铺着新的白床单,还有清晰的折痕;被子叠得整整齐齐,白色的被套透出棉胎的浅红颜色,这一切简直触目惊心。祝部长死了。冰锋心里又一下子变空了,还是那种强烈的丧失感——就在那一刻,他深切地感到自己的境遇竟然与伍子胥一模一样。

背后传来了一个女人的声音:转院啦。回过头来,是位病房的护士。冰锋急切地问:为什么呢? 她说,家属非要求转院不可,也不能拦着啊,说一定要去最好的专科医院治疗。其实这么一折腾,反倒增添了危险。对,这是留给你的。说罢,交给他一张对折的纸条。冰锋打开,上面写着:

陆大夫:
　　我父亲转到阜外医院继续治疗,匆忙中没来得及跟你打招呼,失礼之处,敬请谅解。非常感谢你这些天来的照顾,对我来说真是太宝贵的支持了。再见。

叶生,即日

冰锋走近窗户,楼前种着一排杨树,枝叶繁茂,阳光下却显得不大打得起精神;有两只麻雀落在枝头,商量什么似的叽叽喳喳叫了几声,又各自飞走了。从这里可见医院大门口的一角,不少人进进出出。往西南方向望去,灰色的屋顶大大小小,接连不断,有起脊的，也有平顶。不知有多少房屋和树木挡着，当然看不见遥远的阜外医院。其实他并不知道那所医院是什么样子。从来没去过，那里也没有一个熟人。他想，自己甚至连进入病房的机会都没有。

冰锋并未向护士询问病人转院的详情，就怅然地离开了。走出住院部的大楼，又看了一眼手里的纸条，是从一个本子上撕下来的，边缘不太整齐。叶生的字居然写得挺漂亮。这些天自己到病房来，除了必要的寒暄之外，跟她很少交谈，其实根本没有怎么留意到她。当他得知这是仇人的女儿，当下也丝毫不曾有惋惜之感。现在祝部长转院走了，他又想起叶生来，发觉自己对她所知甚少。祝部长竟然是叶生的父亲。如果编故事的话，编成这样可真有点 shit 了。通过认识仇人的女儿来接近仇人，这是多么拙劣的情节啊。不过谁知道呢，人世间千根万根线，这一根也许就阴差阳错地搭上了另一根。假如有上帝的话，未必一定按照常理安排，也许让你走最远的那条道，也许让你走最近的那条道。现在他只希望能够尽快联系上她，因为所有的只是这点联系了。

冰锋冷静地想了想，唯一的机会是在诗歌小组聚会上遇见叶生。星期天他去了 Apple 家，却始终不见叶生的影子。冰锋想起那天得知祝部长转院时护士说的话，其实自己对此也有所了解，没准转院过程中，祝部长本已好转的病情又恶化了，没准他已经死掉了。冰锋记得《史记》里说，当初楚国使臣打着让伍奢活命的幌子来召他的两个儿子，伍尚明知是死路一条，依然坚持回去了。他是担心不回去的话，有可能给了楚平王杀害父亲的借口，但最终又未能为父亲复仇，也就是说，既丧失了名，又没得到实。在获知楚平王死讯的那一刻，这一担心不幸在伍子胥身上成为了现实。

下个星期天，冰锋又去参加聚会，叶生还是没来。他趁讨论的空当，装作随便问道，咱们小组不是还有一位吗，怎么老没见了？Apple说，你说叶生啊，她爸爸前些时候病危，现在情况也挺严重的，这孩子暂时不来了，我还以为你知道呢。杨明则根本没有搭茬儿。大概叶生对于这个小组来说，本来就无关紧要吧。冰锋把话题岔开了，心里却非常失望，觉得再也找不到这家人了。这么好的，或许是最后的机会，居然被他错过了。

冰锋对于诗歌小组已经丧失了兴趣，这两次来都未曾发言。离开Apple家时，回望一眼那所被几棵紫薇树遮挡住一部分的房子，满树火红的小叶子；栾树上结的累累果实也干枯成铁锈色的了，望去有如遭受过一场火灾。第二天冰锋打电话给Apple，找了个借口退出小组。她虽极力挽留，他也不为所动。

显得脸色更为白净，冰锋头一次见她这样打扮。她冲他招了招手：我在外面等你。几乎没有出声，只是从口型看出这意思。然后她就消失了。

小照相室在科里的一侧，冰锋趁病人去照牙片的工夫出门张望了一下。这是门诊楼的二楼，一二楼设计成挑空中庭，口腔科门外的部分回廊用作候诊室，有四排长椅。这天很热，叶生坐在几位候诊的病人中间，双脚蹬在前面椅子的掌儿上，穿了件白色真丝蝙蝠袖圆领连衣裙，裙脚露出白色衬裙，脚上是一双回力白色高帮帆布球鞋，白色的鞋带松松地系着，没穿袜子。帆布鞋面和同样是白色的厚厚的橡胶鞋底都很干净，之间有条红线，鞋内侧有一排三个铆钉透气眼，还有一块红色的半月形标志。她正低头读一本书，又黑又密的披肩长发，总是像塌方，不是一缕缕，而是一块块地坍塌下来，她一次次用手撩回去。

叶生看见冰锋，轻声说，本来以为你快下班了，可以顺便一道走。冰锋说，快了，稍等。你取的东西呢？叶生说，司机拉走了。冰锋明白她是特意等他，至少不是客套地道声谢就完了。她父亲是部长，家里应该有司机，有秘书，部里老干部局也有负责的人，按理说取东西之类的事不必由这个女儿来干。

冰锋看完最后一个病人，赶紧脱掉白大褂，洗了手。出门一看，候诊室里只剩下叶生了，还在安安静静地读书。冰锋叫她的名字，才抬起头来。他们一起走出医院。到了胡同口，冰锋说，我住在东直门附近，坐107路电车，你住哪儿？叶生说，崇文门。冰锋心里一动，果然是那个地方。就说，那应该坐111路，咱们可以一起坐这趟车到地安门，我在那儿换107路。叶生说，这样吧，咱们走一小段路去坐44路环行,你到东直门,我到崇文门,谁也不用换车。

他们沿着马路东边向北走去。稀薄的阳光斜照着一溜老槐树,都有七八十年了,盘根曲枝,树冠宽阔,便道几乎已经容纳不下。马路对面那排槐树,看着要比这边的树龄小些。到了新街口豁口,冰锋说,咱们过马路坐往西去的车吧,这样我可以送你,刚才让你等了好久,真不好意思。叶生说,听你的。

两个人上了44路汽车。叶生说,有件事正好请教你一下。我已经着手写毕业论文了,写的是美国六十年代的黑色幽默文学。老师说去年清除精神污染,有人把这也算在里面,你最好另外改个题目。我说这跟我写论文有什么关系呢?老师说好吧,多加点批判。我托二川——哦,这是我二哥——在美国找材料。他很热心,也很负责,但他是学计算机的,要找书必须说出具体书名,至于杂志就更没能力查了。可是咱们这儿也没处查论文目录索引,要他代找论著,只能是书名带"black humor"的。你知道这一派有哪些作品被译成中文了么?她说这番话时神态认真而专注,就像一个在课堂上站起来向老师提问的学生。

冰锋回答说,其实也没有几本,约瑟夫·海勒的《第二十二条军规》,小库特·冯尼格的《回到你老婆孩子身边去吧》《茫茫黑夜》,再就是《外国文艺》和《世界文学》上登的几篇。《万有引力之虹》《烟草经纪人》和《五号屠场》,都还没有翻译过来。另外有人说纳博科夫是这一派的前驱,出过一本他的《普宁》,不过我觉得好像没有多少黑色幽默的味道。叶生说,你说的书,我都记住了,到学校图书馆去找找。冰锋说,找不到我可以借给你。叶生开心地笑了，她平常神情稍显愁苦，笑起来五官好像都舒展了：真的吗？太好了。刚才你说到黑色幽默的味道，这是什么意思？冰锋说，从前我写过一篇连标点符号才二十一个字的小说，也许有点这意思："去挖个坑把自己埋了，完事把铁锹送回来！"叶生好像不很明白，但只是说，让我想想。

车上乘客很多，两人一直没有座位，拉着扶手面对面站着，冰锋朝里，叶生朝外。忽然听见女售票员报站说，东便门到了。叶生慌张地说，呀，我坐过站了。冰锋说，快下车吧。叶生说，改成我送你吧。到东直门我再坐回来。冰锋说，那太耽误工夫了，赶紧下车。汽车已经驶离了站台，叶生笑着说，反正也下不去了。你着急回家么？不着急的话，咱们再转一圈吧。冰锋说，好，再转一圈。他已看出叶生大概为了多跟自己待一会儿，耍了个小小的花招；但见她脸都红了，就知道她其实并不会耍花招。这种貌似拙劣之处，反倒幼稚得有些可爱。

汽车到雅宝路就停了，这是总站，需要下车，排队上另一辆车。44路是单一票价线路，冰锋有月票，叶生不用补票。重新上车后，冰锋为叶生买了票，说，这回到崇文门别再坐过了。售票员提醒道，你们坐反了吧？叶生直截了当地说，没有。一毛钱，黑色的票。有个空位子，冰锋要叶生坐，她坐下后，仰着头和他说话，眼睛睁得大大的。后来身边的人下车了，她就挪过去，把原来的位子让给他。冰锋坐下，感到了她的屁股留下的热度。暮色已经降临，车窗外有不少骑自行车的人，车筐里装着蔬菜、鱼、肉之类，有的后座上也夹着这些东西，个个都匆匆忙忙。车厢里光线黯淡，叶生的头发显得更黑，脸、脖子和连衣裙显得更白了。

冰锋并不是一个爱说话的人，现在多半是叶生在讲，大都是诗歌小组谈论过的话题。然而在他的印象中，每次聚会她说的话比他只少不多。冰锋刻意不提自己打算写的关于伍子胥的诗剧，叶生倒是问起写得怎么样了，冰锋说，还在构思呢。叶生又问，你去过苏州吗？冰锋说，有一年暑假和同学一起去过，那也是我唯一一次到外地旅游，去了南京、镇江、扬州、无锡、苏州、上海、杭州。叶生说，苏州有一些与伍子胥有关的遗迹，你去过胥门吗？我爸爸有个老同事在苏州，关系很好，我在那里待过整整一个月。回来时叔叔给买了软卧车票，临上车被拦住了，说不够级别，幸亏叔叔找了站长，站长又找了列车长，才给放行。

冰锋想，你爸爸的老同事，也是我爸爸的老同事么？至于她说的胥门，他隐约记得那个地方：暮色苍茫之中，一座古老的城门，门洞上已经没有"胥门"两个字了。自己记着伍子胥这名字，才提议去看看的，到了那儿，同学说这算什么景点，催促他赶紧走了。叶生对冰锋说，那是伍子胥向夫差要求自己死后，把眼睛摘下来挂在城头，看着越国的兵来的地方。另有一种说法，是他死在那里。苏州城外还有胥江、胥口，我没去过。

冰锋说，我对伍子胥的兴趣，其实集中在他的前半生，对他的结局不大关心，虽然现在人们提到他，往往说的都是这个。叶生说，嘻，本来我还想跟你提夫差那些遗迹呢。冰锋说，除了有一点之外，就是《吴越春秋》里说，夫差败亡之际，请求勾践念自己当初没灭越国的好，能放吴国一条生路。勾践派人告诉他，从前上天把越国赐给吴国，吴国不肯接受，这是违反天命。当面宣布他六大罪状，最后一条恰恰是，越国杀了上一代吴王——也就是夫差的父亲——这是多大的罪过；吴国有机会打败越国，不依从天命报仇雪恨，却把仇人放了。我觉得这太令夫差难堪，他也只能自杀了。叶生说，是啊。好像也在为历史中那个因犯下不该犯的错误而无法面对自己命运的人太息。

过了一会儿，叶生又说，有一次你讲到伍子胥对楚平王病死的反应，后来我找出《东周列国志》，上面也有一段描写，相比之下，发挥得好像稍嫌过火，反不如《吴越春秋》刻画深入。你觉得呢？冰锋很熟悉《东周列国志》那一节：伍子胥听到楚平王死了的消息，捶胸大哭，终日不停。公子光奇怪地问，楚王是你仇人，死了你应该高兴才是，怎么反而哭他呢？伍子胥说，我不是哭楚王，是恨自己不能再砍下他的头挂起来，以此雪我心中的仇恨，竟然让他得了善终的结果。公子光也为此叹息起来。但那天见别人兴趣不大，就没说。冰锋并不愿意与叶生分享伍子胥的故事，其中这一段是自己近来想得最多的，尤其不应该由她提起。只好近乎搪塞地说，不过《东周列国志》补写了公子光的表现，还是值得留意的，正因为他在吴王僚面前说坏话，伍子胥的复仇计划才被搁置，他应该是后悔自己耽误了伍子胥的事了。

这趟车人不多，他们整整绕了北京一大圈。再次路过新街口豁口，两个人都笑起来。叶生的鼻翼忽然不易察觉地动了一下，冰锋问，你闻着什么了？叶生掩饰地说，没什么呀。冰锋说，啊，口腔科的人身上都有这么一股氧化锌的味儿。叶生说，我说呢，好像在什么地方闻着过，可不是不好闻啊。她像是趁机说，难得认识一个口腔科大夫，本来想麻烦你给我检查一下牙齿，我总是怕我的牙齿出毛病。但看你那么忙，挂号又很难，不大好意思开口。冰锋马上说，没关系，不用挂号，直接找我就行。叶生高兴地说，真的不用挂号吗？冰锋本来想说明天就行，但又不愿显得太着急，就问她什么时候有空。于是约在叶生没课的那一天。

又快到崇文门了，叶生该下车了。冰锋说，这么晚了，要不要一起吃点东西？叶生说，不啦，今天没跟家里打招呼，他们还等着我呢。下次我请你吃饭吧。叶生站在站牌子下面，向车上频频招手，一盏路灯把她修长的影子一直投射到汽车轱辘底下，连衣裙和球鞋也被染成了淡黄色。车开动了，她还没有离开。

到了约定的那天，叶生准时来了。冰锋正在看的病人是右上七远端龋齿，备洞比较麻烦，要她稍等一下。又问，你带了什么书看么？叶生说，怕来晚了，赶忙出门，忘带了。冰锋到休息室，从自己的包里取出一本《张爱玲短篇小说集》拿给她。这是今天带了上班路上读的，但车里很挤，一篇也没看成。

冰锋看完了病人，洗了手，出门招呼叶生进来。护士长在一旁瞅着他给熟人看病连号都不加，脸色不大好看。叶生正在聚精会神地读书，赶紧阖上，跑了过来。她走到诊疗椅边，摘下眼镜，脱掉牛仔外套，里面是件淡粉色高脖领兔羊毛衫，周身飘忽着很多细毛，一条石墨蓝的高腰牛仔裤，两条腿又长又直，冰锋认识叶生好久了，还是头一回透过衣着看出她的身材。脚上还是那双回力白色高帮球鞋，像是用了白鞋粉，特别干净。她在椅子上仰面躺下，又长又多的头发一直搭到头托后面。略仰起头，挺着胸，一对乳房很突出。平时她略有些含胸，所以不显。冰锋第一次从叶生的身上感受到"性"，尽管他心里清楚这个人是谁。而她乖乖地躺在那儿，仿佛束手无策，只得把一切交给别人，也给他以"性"的感觉。他要她张开嘴，显然来之前特意刷过牙。所有的牙齿都很健康，没有龋齿、楔状缺损、牙石，排列也整齐，连四个智齿都长得很正，无须拔除。此刻在他的意识里，就连她的健康也带有了"性"的意味。他对此有些反感，不希望与她的关系掺杂进新的因素。叶生好像很怕疼，紧紧闭着眼睛，一副慨然献身的样子。

　　冰锋检查完毕，把用过的口镜和探针放回托盘，说，什么也不需要做。叶生轻声说，做吧，做吧。冰锋说，你的牙一点毛病都没有，简直可以当健康标兵啦。叶生这才睁开眼睛，非常高兴；但又说，对不起，白耽误你的工夫了。她从诊疗椅上下来，问道，我交费去吧？冰锋说，不用交了。叶生说，这样不好吧？冰锋说，又没治疗，干吗交费呢。——啊，对了，你爸爸怎么样啊？叶生说，还凑合，近来没有什么变化。今天谢谢你了，我请你吃饭吧。冰锋却还笼罩在刚才对自己的厌烦情绪中，推说有事，去不了。但马上不安起来，不知是否又犯了一个不该犯的错误。

　　好在叶生随即说，那就改一天，反正我欠你一顿。她性格中那种特别随和、简直像水似的东西，也使冰锋想到了"性"。这时她说，刚才那本书是竖版的，我看得慢，只挑着看了一篇短的，叫做《茉莉香片》。居然结在"他跑不了"这一句上，像是把人物推上悬崖就不管了。冰锋说，其实我还没有看过，你要是想接着看，就借走吧。

叶生的反应可以用幸福来形容：太感谢了。冰锋也就彻底安下心来，这个人不可能一去不返。

过了几天，叶生来电话说，书看完了，要还给你。但可以不去你们医院吗，咱们另外约个地方见面，我还该你一顿饭呢。那天路过一家柳泉居，是个山东馆子，新装修过的，离你们医院不算太远。冰锋说，那种饭馆很贵，不如你请我看个电影吧，最好是外国电影。叶生高兴地说，好的，好的。冰锋说，我后天下夜班，上下午都行。

第二天，冰锋接到叶生的电话：买到票了，明天上午十点，罗马尼亚电影《神秘的黄玫瑰续集》，这几天就这一部外国片子，只能凑合看了。已经演过一轮了，只有几家还在放映。三里河工人俱乐部，咱们在门口见面吧。

那是一幢坐南朝北的灰色建筑物。冰锋到了，叶生正站在台阶上等他。她梳着马尾辫，戴着眼镜，穿着牛仔外套、黑色粗条绒裤子，脚上是双回力蓝色高帮帆布球鞋。从书包里取出要还给他的书，外面包了层报纸，品相完好如初，就像根本没碰过一样。她说，这个作者我没听说过，写的小说跟以前读的丁玲、庐隐，还有茅盾、巴金、老舍，都不一样。主人公都是些个人，都面临着给自己找一块生存的立足之地的问题，他们不属于哪个阶级，也不受时代感召，真让我耳目一新。

冰锋看看那本《张爱玲短篇小说集》，绿色的封面上有一棵树的剪影，一个圆圆的黄色的月亮或太阳，里面的纸张又糙又黄。在他家里放了两三年了，还没有读过。书的主人是北航七八级的一位女生。她虽然学的是航空仪表与传感器专业，却是个狂热的文学爱好者。给冰锋留下印象最深的一件事是，毕业前一年，专程去上海看萨特的话剧《肮脏的手》。买不着坐票，只好一路站着，冰锋记得很清楚，从北京到上海的火车正点需要二十一小时三十四分，据她讲又晚点了将近一小时。演出散场后她追着导演胡伟民交流看法。住不起旅馆，在火车站候车室的椅子上凑合了一夜，天亮登上返程火车，还是站票，而且又晚点了。第二天冰锋听她说，脚都肿了，一按一个坑。她一度算得上是冰锋的女朋友——迄今为止，冰锋只交过这么一个女朋友。他对文学有些兴趣，完全是受她影响。她比冰锋低一届，学制四年，冰锋是五年，所以她反倒早几个月毕业，很想留在北京，但还是分回了老家长春。两个人在北京站一别，从此她就没有音讯了，写信去也不回。过了两三个月，冰锋才意识到他们已经吹了，尽管实在想不通缘由何在。她只是把这本书落在了他的宿舍。他看那书上的定价，够他买一大摞书的。

叶生说，快开演了，咱们进去吧。冰锋还是第一次在这里看电影。座位离门口不远，不断有人进进出出，每次都放进来一团亮光，两扇门相碰撞的声音也很大。前年他看过罗马尼亚电影《神秘的黄玫瑰》，续集里"黄玫瑰"依旧义肝侠胆，女对手阿卡塔依旧心狠手辣，但再次为他所挫败。除了主人公嗑瓜子那个动作有点潇洒外，实在没有太大意思。

散场出来，叶生耸了下肩，算是对这片子的评价。但接着说，等有好看的电影，咱们再去看啊。她说这话的口气，就像是一个第一天上班、自己还没长大的幼儿园教师，在哄一班小孩子。然后以一种翻开新的一页的姿态说，咱们去吃点东西吧。

他们去了不远的二七剧场餐厅。这里被称为"小燕京",面积不算大,但客人很多,好不容易才找到座位,还是和两对人拼的一个大圆桌。据说老师傅西餐做得很好,但他们点的是中餐,两菜一汤,只花了两三块钱。冰锋抢着把账付了。叶生着急地说,讲好我请客的。冰锋微笑着说,你不是请我看电影了吗?叶生并不特别强求,只是委屈地噘着嘴说,那下次吧,我又该你一次,一共两次了。

菜上得很慢。叶生说,你刚下夜班,下午好好休息吧,我也要回趟学校,两点钟有课。冰锋不知道她是避免彼此往来过于密切而刻意矜持呢,还是真的有事。叶生吃饭时,一手拿筷子,一手撩着自己长长的头发,以免塌到饭碗里。冰锋对于类似这样精心维护或努力追求某种"好"或"美"的举动,一向很是敬重,甚至不无怜悯。近来尤其觉得,这世界好像不是给这样的人预备的。显然叶生不是一个多么有心眼的人,担心也就随之消散。吃了一半,她说,下次见面,你再借本书给我看吧。冰锋问她想看什么。叶生说,随便,你喜欢的,我也喜欢。

吃完饭已经一点了,叶生说,我得赶紧走了,有二十里地呢。平时没事,她的举止也总有些慌慌张张,现在真着起急来,骑上车就走了。还是站在脚蹬子上的骑法,裤裆与车座之间,有个近乎正三角形的缝隙。她是迎着风骑的,一路都是这个姿势。路边有一排白蜡树,金黄色的小叶子在风中纷纷飘落。冰锋想起北京流行的有关女孩的三种称呼:"蜜""飒"和"唰",末了一个当然与叶生不沾边,但前两个好像也不大对得上号,只有她站着骑车的那一刹那,让冰锋觉得有点"飒"。

第三章

叶生在电话里对冰锋说,有个话剧《安娣》,就是尤金·奥尼尔的《安娜·克里斯蒂》,感兴趣么? 不过改成中国场景了,美国人导演,中央戏剧学院师生演出。冰锋说,好啊,上回听说他们演过没改编的这个戏,错过了没看上。叶生说,是晚上,你家里没事吗? 冰锋说,我就一个人,没事。过一会儿她又来电话说,买着票了。

开演前一刻钟,冰锋赶到东棉花胡同中央戏剧学院实验小剧场,看见叶生站在门口,穿了件卡其色短款风衣。找到位子坐下,叶生说,老师在课堂上详细分析过《安娜·克里斯蒂》,我们剧社还在学校里用英文公演过全剧,我扮演的是女主人公安娜。冰锋读过剧本,还记得安娜一上场,关于她的形象描写:"她是一个身材高高、皮肤白皙、发育丰满的二十岁少女,具有北欧后裔女子的健美体形……"觉得叶生演这角色倒挺合适。演出开始,叶生闭紧嘴巴,全神贯注地盯着舞台。平时不经心时,她的嘴常微微张开一条缝，露出整齐洁白的牙齿。

幕间休息时，叶生说，那次演出，是我上大学最高兴的一个晚上，虽然我们的演技很差，从头到尾只是背台词，舞台没有布景，服装都是凑合的，但还是非常难忘。"Gimme a whiskey——ginger ale on the side."——稍稍停顿——"And don't be stingy, baby."她用一种虽然年轻但已颇具阅历、有些疲倦的声调背诵道。

散场出来，叶生又说，你还记得第四幕里，海生说自己是"谁都瞧不起的胆小鬼"吗？这句话原文是"Oh, God help me, I'm a yellow coward for all men to spit at！"当时导演问，要不要改一下。大家的意见是既然用原文演，还是保留原样好了，而且"yellow coward"未必一定扯得上中国人。

叶生推着车，陪冰锋往东口走去。胡同不宽，一棵槐树的影子被月光完整地描在地上。叶生问，这话剧改编成中国场景，你怎么看？冰锋想了想说，我是一直生长在内地的，在我的印象里，海对中国人好像没有那么大的影响，中国人对海也没有特别向往，就像奥尼尔原作里的美国人那样。虽然场景换成了吴淞口、定海，还有宁波。这种嫁接稍显生硬，细节真实与否倒在其次。经过路北一处门洞，两扇院门开着，看去不大起眼，叶生说，听说这里是凤山故居，很漂亮，咱们去看一下。院里二门是一座巨大的拱券门，门柱石雕底座以上，直到顶部的朝天栏杆，还有拱门两侧，满是各种形象的砖雕，清冽的月光下，精美得令人叫绝。住户很多，不宜久留，冰锋出来看见门牌是十五号，此外什么标志也没有，不禁感慨北京还真有可玩的地方。

冰锋给叶生带来一本夏目漱石的《心》,他想她是学英美文学的,若不为写论文,大概没必要读翻译过来的英文小说。走到交道口大街,冰锋说,不早了,你赶紧回家吧。叶生问,你怎么回去?冰锋说,穿过两条胡同就到家了。你快回家吧,我正好散散步。叶生只好骑上车走了。

这以后叶生经常约冰锋出来玩,每次都是她先打来电话,冰锋答应了,她就说太好了;如果他那天有事,她马上说,好的,好的,咱们改一天。几乎每个星期天,或冰锋下夜班那天,甚至平常他下班以后,他们都在一起。

他们两一个骑车,一个坐车,直接在约好要去的地方见面。叶生总是早来,他赶到时她多半捧着一本书在读,既不着急,更不抱怨。见到他,她很高兴,但并不表现得过分。把《心》还给冰锋时,她说,这本小说都写了七十多年了,可是一点也不过时。书里有句话,让我吃了一惊:"他就是这样一个可怕的人,也是一个了不起的人。他一边毁灭自己一边前进。从结果来看,他只不过是在成功地毁掉自己这一点上很了不起罢了。"以后她继续向他借书,还书,每次他都要精心挑选一番。

叶生喜欢跟冰锋一起逛书店。去得最多的是王府井新华书店,此外还有沙滩北大街的都乐书屋和后门桥头的燕京书店,在末了这家,可以搜罗到一些从前错过的书,还打了折扣。他们在新开业不久的都乐书屋买了书,就在权充柜台的长条书桌上,将那枚刻有篆字"都乐"的石印盖在书的扉页。有一次,年轻的女老板略显神秘地邀请他们晚上七点半参加一个小型聚会，说有好几位名人要来。但等他们到了，又被告知活动临时取消了。

他们想方设法找到几家内部书店，一处在东单二条西口路南，走进一个院子，里面有两三间平房；一处从王府井书店大楼北边一个门进去，上到二楼；一处在朝阳门内大街，是一长条门面房；还有西四和东四两处新华书店的机关服务部，前一家门开在白塔寺大街上，后一家在东四北大街书店的尽里面。去得更多的是西绒线胡同东口路北那家内部书店。一幢朝南的三层楼，进了西边的小屋，交给工作人员一张有抬头、盖公章的介绍信，什么级别的公章无所谓，上写"兹介绍我单位××前往贵处购书，请予接洽"，便可以在这间屋和中间的大厅里买书。铁锋是推销员，手里有单位的空白介绍信，冰锋每次来事先填好就行了。

他们各买了一套《外国现代派作品选（第三册）》和《美国当代文学》，前一种里有"黑色幽默"一辑，将近二百页，不过多半是选译。冰锋从前买过的《外国现代派作品选（第一册）》和《外国现代派作品选（第二册）》，本来是公开发行的，现在也和这第三册一起改成内部发行了。他还买到这年和此前一两年内部发行的《西方现代派文学问题论争集》、《马尔罗研究》、《南朝鲜小说集》、《叶赛宁评介及诗选》、邦达列夫著《瞬间》、格洛托夫斯基著《迈向质朴戏剧》、L.J.宾克莱著《理想的冲突》、M.柏林编《当代无政府主义》、瓦利著《欧洲共产主义的由来》、霍尔茨著《欧洲马克思主义的若干倾向》、奥尔布赖特编《西欧共产主义和政治体系》、拉科夫斯基著《东欧的马克思主义》、纳吉·伊姆雷著《为了保卫匈牙利人民》、拉科夫斯基著《十二月转折》、舒尔茨著《"布拉格之春"前后》、贝利康著《永无尽头的春天》、麦德维杰夫著《让历史来审判》、亚历山大著《拉丁美洲的托洛斯基主义》和尼克松著《领导人》等。冰锋谈不上兴趣广泛，但对于自己完全无知，甚至根本没有想到的事情，还是希望知道一些，思考一下。叶生买了一本托夫勒著《第三次浪潮》，也是内部发行的，她说这书去年就读过，但被她嫂子借走了，不大好意思要回来。

有一次在西绒线胡同内部书店，冰锋正在书架前翻书，叶生轻轻拉拉他的衣袖，小声说，看，那是诗人江河。叶生兴奋地跑过去打招呼，冰锋也跟着点头示意。江河向他们推荐了一本马克·斯洛宁的《苏维埃俄罗斯文学》。还说，索尔仁尼琴的《古拉格群岛》一年多前就翻译出版了，这里买不着，要去东长安街的群众出版社读者服务部，但只卖给局级以上干部本人。他指指大厅东边紧紧关着的两扇玻璃门说，也许那儿也可以买到，但咱们进不去。告辞后，叶生说，只能求我爸爸了，可他现在去不了啊，我来想想别的办法。冰锋没有说话，情绪却忽然坏了。叶生并未发觉，回头看了一眼说，我有一本江河的油印本诗集《从这里开始》，可惜没带来找他签名。

他们还去北京展览馆参观了苏联现代绘画展览。冰锋说，他们的画大概从列宾起就落伍了。当时两个人站在一幅题为《骑自行车的姑娘》的油画前面，叶生转过脸来，头上盘的高高的发髻忽然散了。众目睽睽之下，简直像新近常听人说到的行为艺术，似乎是对冰锋的话有所呼应，有意向一统整个画展的死气沉沉的写实风格发出挑战。叶生披头散发地逃进附近的一处卫生间，回来又改成马尾的梳法了。冰锋记得她刚才的模样：发髻突出了脸型和五官的特点，眼睛和嘴显得更大，颧骨也更明显；不过戴了那副黑色大圆框眼镜，得以稍稍掩盖这种突出。她的头发太多，无论梳成马尾还是双马尾都能盖住两只耳朵，只有这种发型才显露出来。耳朵不大，也不过小，服服帖帖在脑袋两侧，不像有的女人留长发，是为了遮住招风耳。

冰锋与叶生打交道很轻松；偶尔感到沉重，是忽然想到她有那样一位父亲。叶生经常仿佛有些心不在焉，当冰锋留意什么时，却发现她已经在那儿恭候了，而她自己很少挑起什么话题。在她身上真应验了"女人是水做的"那句话，但这是流动而不肆意，清澈而不浅薄的水。她可以与冰锋讨论很深刻的问题，既不奉承他，也不与他争辩，顶多止于说声"好吧"，与其说是勉强，不如说承认自己还没想周全。她还时常流露出对于普通生活的热爱，凡是自己没见过、不知道的，一概有浓烈的兴趣。看得出来，这是一个天真、坦诚，又有些憨厚的女孩。冰锋不免想，她如果不是祝部长的女儿就好了；却并不因为这一身份，而对她有丝毫反感。这样就陷入了两难：既愿意和她在一起，又指望通过与她的关系达到某种说穿了就是不可告人的目的。开始还为与叶生持续来往而自责，但也知道，舍此确实别无其他可能接近祝部长的途径。好在叶生始终比他主动，但又似乎有意不表现得太主动，不给他任何压力，仿佛一切都是自然而然。

有一天半夜冰锋忽然醒来，想起祝部长罪孽深重，再也睡不着了。此后有好几天，他都没跟叶生见面。但她再来电话，他又答应一起出去玩了。冰锋并不时时为这种念头所干扰，他告诫自己只是在与叶生来往而已，等待着命运将他引上一条道路，不过还没有走到路口呢，也不知道什么时候能够走到。

冰锋所能把握的，只是小心不走上另外一条道路而已——他也知道，一个女人与一个男人来往，或者反过来讲，一个男人与一个女人来往，假如说仅仅是友谊使然，只怕很难相信是真的。但他努力不将这种来往转化为一场恋爱。所以时时保持一种距离。叶生似乎很快就有所觉察——她很随和，但并非不敏感，看起来大大咧咧，实际上小心翼翼；说得更准确些，对自己大大咧咧，对他则小心翼翼。她也就不要求彼此关系再进一步，好像对保持现状已经很满足了。有一次在街头遇见她的一位同学，叶生介绍冰锋说，这是我的好哥们儿。

叶生热爱运动，在学校是标枪冠军，冰锋则除了偶尔散散步，什么运动也不喜欢。叶生约他到工人体育场看第一届中国－澳大利亚"安保杯"足球赛。他们在工体南门见面，那里聚集着大量观众，各色人等混杂一起。叶生也跻身其间，穿了一身白色的运动衣、运动裤，一双回力白色高帮球鞋，头上戴了顶大红的棒球帽，不像惯常那样从尾洞里穿出马尾，而是用帽子压住满头长发，头发在汗带下面蓬松开来，就像一匹纯种黑毛长鬃马的鬃毛，只露出帽檐下的一张脸，脸色也不那么苍白了。

比赛还没开始，叶生已经进入状态，像其他球迷一样狂热，甚至有些粗野，——冰锋又想起她蹬自行车的姿势，这个女孩的身体里确实有种激越、勇猛的力量，此时可谓显露无遗。她一次次站起来挥舞双手大声欢呼,还凑到他耳边喊着"曾雪麟""赵达裕""左树声"之类名字。中国队以三比二取胜,她的兴奋也达到了极点。散场后,冰锋说,今天应该叫我弟弟来的,他才是球迷呢。叶生听罢,好像受了点打击,这以后就不再约他看体育比赛了。

他们去首都体育馆听了一场演唱会,多半是女歌手,叶生评价说,刘欣如真诚、潇洒兼而有之,实在难得;王兰也是这路数,但真诚不如前者;毛阿敏形象高贵,只是稍嫌做作;田震质朴;张菊霞强烈;王虹可刚可柔;其余各位,大体是在她们的路数上有些变化。

冰锋生在北京,从小就随父亲离开,其间一度回来,却没有留下记忆。关于北京的记忆是从父亲自杀后母亲带他来的那次开始的,那是非常冷酷、像黑白照片一般的记忆。十年后再来,留在了这里。他不像所认识的那些北京人那样,总是表现出兼具丧失感与优越感,二者都强烈到令人莫名其妙的程度——他们每每为这座文化古城面貌已被破坏殆尽而痛心疾首;而自以为优越之处,恰恰基于那些已经丧失了的东西。现在因为和叶生在一起,才开始对这座城市发生兴趣。至于叶生,不知道也感兴趣,还是只为了有机会和他一起打发时间。但她总是毫不懈怠,而且乖乖听从他的安排,即使去的地方毫无意思,也不首先表示出来。

他们尽量寻觅这座城市里那些有意思的地方。譬如景山前街到景山东街一带,很有情致,又不吵闹,大概旧日街道最好的景象也莫过于此了。还有从西直门走到高粱桥,路两边都是庄稼地,城里居然有这样充满野趣的地方,只是时逢深秋,不无荒芜之感;一路走到大柳树,路边的明渠又脏又臭,遂不免令人败兴。动物园后面的五塔寺特别幽静，建筑不算巍峨，却很精巧，来到此地，仿佛置身于现实世界之外。遇见一位游客，热心提示他们：宝座北壁向外鼓闪了，还有个小塔的塔刹塌了，都是唐山大地震时损坏的。还去了北海、天坛，叶生对鸟类很感兴趣，不过北京的公园里，除了麻雀也见不着别的鸟。

两个人都很留意北京的两种建筑：一是有些年代的墙，一是西洋式或中西合璧式的房屋。在老墙下面缓缓走过，很有一种历史的沧桑感。特别是离冰锋家不远的南门仓和海运仓两处老粮仓的高墙，裸露的大块墙砖略显风化，但很整齐，依旧坚实。还有朝阳门北小街南口路西九爷府的院墙，张自忠路三号院原段祺瑞执政府的院墙，西长安街新华门对面的花墙，东交民巷路北两堵洋式的墙，以及五四大街路北红楼南面和东面的院墙。他们还去了宣武区的两处地方，一是官菜园上街的观音院过街楼，拱券上面那一大二小三开间的亭廊已很破旧，木门窗都不见了；一是包头章胡同西口的拐弯抹角，拐弯处房屋的外墙角下部抹圆，上部则逐渐恢复为直角。其实冰锋住的胡同也有个拐角是这样的，只是没这么好看而已。

他们来到张自忠路三号院，先绕着段祺瑞执政府大楼外面缓缓观看——这座建筑确实值得仔细品鉴，特别是钟楼、女儿墙、拱券式门窗和外廊，还有那些砖雕；然后又转进楼房环绕的庭院，却没料到有那么多住户，简直杂乱不堪。东交民巷两旁的建筑，他们最喜欢圣米厄尔教堂和法国邮政局旧址——那里现在还是邮局，门上写着"人民邮政"。邻近的十五号院警卫森严，叶生说，据说西哈努克就住在里面。冰锋知道这儿离她家很近，暗自有种逐渐接近目标的感觉。他们走过正义路，街心有座名为"求知"的石膏像：一位少女双手捧着下巴，在读平摊在腿上的一本书。冰锋忽然笑了起来。叶生马上说，在你这口腔科大夫看来，她没准是牙疼吧。来到王府井南口，叶生说，北京饭店最早还是我妈妈带我去的，是尽东头最老的五层红楼，虽然矮点，外观看着却比西边两栋更精致，后来拆了，盖了这栋新楼。叶生难得跟他提起自己的家人。

他们也去看了新建成不久的三元桥。悄悄溜进西南角的一栋居民楼，一直爬到顶层，从楼道的窗户里遥望那座据说是苜蓿叶形的桥，冰锋拍了几张照片，可惜没带长焦镜头。有一次路过西苑饭店，他们站在马路对面，久久望着第二十五层和二十六层的旋转餐厅，转得非常缓慢，几乎难以察觉。叶生说，据说这是北京登高望远的制高点，等开放了上去看看咱们住的这个城吧，不知道能看到紫竹院、动物园，还是西直门立交桥？他们去六部口看北京音乐厅的工地，还是个大基坑，约好等建成营业了，来听一场音乐会。叶生说，听说密云国际游乐场明年要开业了，到时也想去玩玩。前些时在南朝鲜汉城召开的亚奥理事会投票决定，一九九〇年第十一届亚运会轮到北京举办，算算还有六年呢，那会儿咱们要是还在这里，一起去看比赛吧，一定有你喜欢的项目。我可以当个志愿者，不过已经是大龄女青年了，不知人家还要吗？

两个人一般都是穷玩，晚饭各自回家吃，中午若赶上饭点儿，就随便找家小吃店或便宜的小饭馆，即使是稍大的饭馆，点的也是中低档菜，无非是砂锅白肉、肉片葱头、肉片青椒、肉末粉丝、西红柿炒鸡蛋之类，一顿顶多花一两块钱。叶生对此完全无所谓，开玩笑说，我什么都吃，很好打发。那次去东交民巷，路过开业才几个月的崇文门巴黎美尼姆斯餐厅，叶生说，什么时候来吃个饭吧，这是马克西姆餐厅下设的，但那边实在太贵了，不过我还见过皮尔·卡丹本人呢。冰锋说，我不懂怎么吃西餐，准得露怯。叶生说，那就不去了，吃西餐确实有点麻烦，而且无论吃饭的，还是服务员，都那么小心谨慎，餐厅里安静得就像没有人，偶尔能听见一声谁的刀叉碰着碟子的声音。冰锋说，那还是去一趟吧。叶生说，你不会舒服的，所以不去。

他们还去逛北京新开张的几处夜市：东安门大街，地安门大街，西单路口东侧，还有西单服装商店门前。时已深秋，夜市不像夏天那么热闹了。二人边逛边吃，不再各自回家吃晚饭。冷面一斤八毛；馄饨一碗一毛四；烧饼每个五分，收二两粮票。还有灌肠，叶生是头一次尝到，冰锋说，十几年前来北京吃过，听名字以为是肉做的，那会儿灌肠添加了食用染料，是红色的。有一次在东安门大街夜市，叶生挑了两枝白色的晚香玉，两枝粉红色的剑兰，卖主说，一共六毛钱。冰锋小声说，一起买四枝，你让他便宜点。叶生说，算了吧，人家也不容易。你觉得哪个更好看？冰锋说，这个粉红色的吧。叶生说，送给你。说着就递到他的手里。冰锋说，我家里连花瓶都没有。叶生说，没事，找个杯子插上就行，我们宿舍也是这样。他们还去福长街六条逛天桥旧货市场，是个星期天，刚过八点就赶到了。叶生前些天没存自行车，铃盖被偷了，冰锋在这里帮她配上了。

北京的秋天不算长，冰锋和叶生开始游玩时已经过去了一半，正好来得及一起享受可能更美丽的剩下的一半。然而很快天就凉了,树上的叶子先是陆续黄了,继而纷纷落了。冰锋有时想,与叶生的交往是不是对自己的一种考验呢。他总是这样,脑子里忽然跳出一个"历史的我"或"永恒的我"去考虑问题,而另外总是还有一个"现实的我"或"此刻的我"存在。

叶生一直想去城外玩一次。冰锋提议去半年前开馆的曹雪芹纪念馆和附近的梁启超墓。那里离香山不远,得错过看红叶的最好时候,否则游人太多了。那天他们午后在动物园碰面,一道乘360路汽车。乘客还是很多。在卧佛寺下车,一路有几株黄栌,树上还挂着不少猩红的叶子。叶生长着一双大长腿,走路步幅很大,冰锋要努力跟上她。

曹雪芹纪念馆是一排十二间窄仄的房子,第四室的玻璃柜里陈列着据说是十五年前发现的题壁诗残片,二人看了大失所望,无论水平还是趣味,都不可能是《红楼梦》著者曹雪芹所写或所抄的。接着去了梁启超墓,墓园三面环山,望去苍苍茫茫,种了很多松树和柏树,沉沉一片绿色,很是庄严肃穆。冰锋说,虽然季节还早,但多少能体会孔子为什么要说"岁寒而知松柏之后凋也"了。花岗岩墓碑上所镌"先考任公府君暨先妣李太夫人墓"是美术字体,碑两侧及衬墙上还刻着人像浮雕,都很别致。坟墓也是花岗岩建筑,周围种了一圈鸡冠花,已经枯干。又去看墓前甬道旁梁氏的弟弟和儿子较小的墓碑,还有两座赑屃驮着的石碑,右侧的无字,左侧的有字,是康熙年代某位官员所立。墓园一角有口古井,自井口探看,只见铜钱大小一块天,投个石子下去,隔四五秒才听见落水声。

冬天的公共汽车通风差,有一股人久不洗澡或久不换袜子的臭味,他们与其他乘客挤了一路。冰锋透过车的后窗,看见天边的夕阳。隔着一排白杨树,叶子掉得差不多了,裸露着枝干,像是在那一轮暗红色的圆上胡乱画的粗细不等的黑色线条。夕阳沉落到底时,颜色变得更深,但不很澄明。天上有几缕云彩,染上了明亮的橙色余晖。他想,现在和叶生玩得这么好,似乎距离自己的目标越来越远了,尽管对他来说,那目标依然清清楚楚在那儿呢。他突然说,什么时候你到我家来玩吧。叶生立刻兴奋地说,太好了,明天行吗? 冰锋说,明天我得上班啊。叶生说,就明天吧,你下了班,我再去。冰锋说,我下班可晚,也许还得拖班呢。叶生说,没关系,我等你,你给我地址。冰锋说,这样吧,我下班给你打电话,你再出门。她告诉他一个电话号码 —— 是她家里的;冰锋想,对于她那个似乎一直遥不可及的家,终于把握住了一点切实可靠的东西。他嘱咐说,别太早来,不然傻等。叶生嘟囔道,你才傻。冰锋听了心里一沉,恰与车厢里黯淡的光线相一致:彼此竟然已经这么熟了。

第四章

第二天下午病人不多，四点多就没人了。冰锋对护士长说，我早走一会儿。平日最后一个病人多半是冰锋看的，下班比别的医生晚，护士长也就没说什么。他给叶生打电话，她马上就接了，似乎一直守候在电话机旁。冰锋说，我至少得一小时才到家，你别来早了。

此前叶生不止一次提出要到冰锋家里来玩，冰锋一直没答应。但他也知道，如果不让她来自己家，他更不可能去她家了，而不去她家，就什么都谈不上。上一次叶生重新提起，他还是没搭茬儿。她嘟囔道，哦，不方便啊。他知道她误会了。临别时冰锋说，其实来我家没什么不方便的，我一个人住，就是地方太小，又脏又乱。叶生说，怎么会呢。

冰锋出了医院的大门。天阴下来了，隐隐有阵阵雷声。才到新街口，开始掉点了，先是看见地上落了些一两分钱大小的雨点，继而头上和身上也感到了。大概这是今年最后一场雨了。幸亏带了件帆布雨衣，又大又厚，几乎把书包塞满了。他赶紧跑过马路，到了车站，雨越下越大，雨点隔着雨衣轻一下重一下地敲打着他的头。已经无法通知叶生了。

他下车时，雨还没停。走进院子，看见叶生在他家的屋檐下站着，穿了一件铁锈红色的日式两面穿腈纶毛绒风雪猴，但没戴衣服上连着的帽子，头上是一顶蓝黑色的贝雷帽，帽檐下露出宽宽的光洁的额头，黑色的长发拢在脸庞两侧。她的脸轮廓明显，戴这帽子很漂亮，甚至有点美艳，尤其还淡淡地涂了口红。帽子上别着一枚金色的胸针，样式简单，只是个大别针而已。手里捧着一大束鲜花，背着个大包，房檐很窄，台阶也低，不光脚上穿的回力蓝色高帮球鞋，连裤腿都被雨水淋湿了。

冰锋说，你瞧，我们这院子多小。叶生四下看看说，还好啊。葡萄架只剩下一张铁丝网，葡萄藤已经埋进土里，成了一个小土堆。杨树残留的叶子都被雨水打掉了，一片片服服帖帖地粘在地上。冰锋边开门锁边说，我家里更破，你做好思想准备啊。叶生轻轻地拍了一下他的后背，让他别再说了。

这时屋里已经该生炉子了，但上星期天冰锋忙，还没来得及装上。春天拆了炉子，把烟筒、拐脖洗刷干净，口用报纸包上，吊在房檐底下。得去胡同里找人帮忙，连搪炉子带安烟筒。冰锋说，你换双鞋吧，不然该感冒了。叶生说，我没穿袜子，脚可能有点捂了。冰锋说，没关系。就找了双夹脚趾的塑料拖鞋给她。叶生蹲下解鞋带，相当麻烦；终于露出两只白白净净、稍显骨感的脚丫子，相比她的身材好像略小一点。本来屋里就有股潮气，这下又添了淡淡的脚臭味。冰锋对气味特别敏感,不由得眉头一皱。叶生脸一下红了,赶紧把脚伸进鞋里,拉开屋门,踩着鞋后帮跑出去了。还没待他追到门外,她又回来了,原来把那束花落在外面窗台上了。是一束盛开的百合,绽开的粉红色花瓣中,伸出一簇簇紫得发黑的花蕊,屋里的空气立刻改变了。就出去那么会儿工夫,她已经把鞋重新穿好;这时从背包里掏出一个大花瓶,把花插在里面,摆在书桌上。花瓶材质并非水晶之类,但造型和花纹都很考究。屋里弥漫着浓郁得近乎呛人的花香。此举不仅掩盖了她刚才脱鞋的冒失,甚至还在二者之间建立起一种奇怪的因果关系。

叶生从书桌上拿了个杯子,问,能用吧? 去院子里的水龙头接了水,回来倒在花瓶里。冰锋说,买花干吗? 叶生说,我喜欢啊。她站在花瓶前,脑袋凑近那束花,本来稍显苍白的脸上仿佛映照着花色,语气流露出些许娇嗔。她的娇嗔很温柔,一点也不显得不讲理,虽然二者的距离很接近,多少有种危险的美。她忽然小声说,你讲过别买花的,买的时候我给忘了,别生气啊。

天已黑了。冰锋拉了一下灯绳,屋顶悬挂的日光灯却不亮。蹬着凳子去拧灯管上的憋火,还是不亮。他抱歉地说,憋火坏了,得换一个。手忙脚乱地在抽屉里找出来,安上,灯才亮了。这仿佛是故意渲染他生活在何等苦寒的境况之中。叶生却觉得很好玩,看着包装的瓦楞纸说,这叫憋火啊,不是启辉器么? 那个坏了的憋火根部有些发黑。叶生说,把这个给我吧,留个纪念。

并不明亮的灯光照着这小小的屋子,必要的家具之外,并没有多少空间。冰锋早晨已把被子叠好,床单铺平,看着倒很干净。纸糊的顶棚发黄了，墙上落着不少尘土。叶生凑到书柜前，眯着眼睛一排排仔细看着，不断发出欢呼，啊，你有这本！啊，还有这本！请问我能打开柜门吗？她一本本翻看那些书，又一一放回原处。回过头来像个小孩子恳求说，能借给我看吗？保证每次只借一本。又坐在书桌前的椅子上，问，你是在这儿写作么？冰锋自嘲地说，我还什么都没写呢。

叶生大概从未来过这样又小又穷的人家，但没有挑剔或蔑视之意，反而处处感到新奇，而且态度诚恳，毫无夸张做作。然而冰锋并不希望叶生在可能出现的各种反应中，总是选择最好的一种，尤其还是天真无邪、玉洁冰清的好。虽然这在她完全是本能的，也很轻松、简单，说实话根本就不存在选择。如果她对眼前的一切流露出些许不满，从而显示出彼此境遇的差异，可能反倒使冰锋觉得容易跟她打交道一些。

冰锋忽然说，住这儿，最怕的就是夏天下大雨——就像咱们那回在Apple家赶上的那种。房顶老是漏，找房管局修了好几回了。漏的时候得预备几个盆，这儿那儿摆上接水，一晚上滴滴答答的。有一回雨下得特别大，没完没了，顶棚鼓起一个个大包，开始不知道得赶紧把它捅破，结果一大张顶棚纸被积水压得哗啦一下掉了下来，把床上的被卧都弄湿了。说到这里，他苦笑一下，不再说下去。叶生沉默了片刻，轻声说，你真是个了不起的人。

叶生告诉冰锋，她又去参加了一次诗歌小组聚会，有几位新成员加入，都属于尚未崭露头角但很有实力的诗人，还来了个电影学院的女学生，在前些时上映的《我们的田野》里扮演过角色。他们聊起电影演员来,冰锋提到冷眉、殷亭如、张晓敏和林芳兵。叶生说,我喜欢殷亭如,今年春天还看过她演的《锅碗瓢盆交响曲》呢,她总是扮演工人、售货员这类角色,让人想起公主落难,她显然极力压抑自己天生的为那些角色所不需要的气质,但毕竟还有些许流露。然后接着讲诗社的事:有人给 Apple 支招,把事先滴了一点鸡蛋清和血的尿样倒进医院验尿的杯子里,化验报告果然说疑似急性肾炎,于是她向单位请了病假,这样就有时间写作了,但病假不能请太久,不然该吃劳保了。杨明写了一篇超过万字的文章,题为"顾城《一代人》批判",所论并不限于那首诗,但哪儿都发不出来。冰锋想起过去那段日子,不知道算浪费时间,还是确实有所收获。

  冰锋说,今天来不及做饭了,咱们出去吃吧。雨已停了,增添了一股寒意。来到胡同口一家个体的和平饭馆,菜做得不怎么样,还不便宜。冰锋付钱时,叶生说,我下次来,咱们在家里做饭吧。冰锋说,你会做饭吗?叶生说,不会,但可以跟你学啊。然后她说,不早了,我该走了。叶生骑上车,还是惯常的那个姿势,冰锋看着她被一盏路灯照亮,地上有她的影子;然后进入黑暗中,又被下一盏路灯照亮,影子已经看不见了;再被下一盏路灯照亮时,只剩下小小一点,然后就消失在远处了。

  过了几天,叶生来电话说,我还能再去你家玩么?星期天她早早来了,杨树的秃枝上落满了乌鸦,还在嘎嘎叫呢。冰锋听见门洞里停放自行车的声音,撩开窗帘,透过外面窗台上码的两摞蜂窝煤的间隙,看着叶生走进院子,还穿着那件风雪猴,头上换了顶粉红色的女式兔毛帽,脚上穿着回力白色高帮球鞋,步子很轻,不知怎地惊动了枝头的一只乌鸦,叫着飞了起来,声音没有刚才那股悠闲劲儿了,而显得有些紧张,其余的乌鸦也跟着尖叫着扑腾腾飞走了,就像那棵树忽然散了架。冰锋打开门迎接她,叶生回头看着飞远的鸦群说,这叫寒鸦,个头不大,全身一码黑,只有肚子那儿羽毛是白的。

家里已经装好炉子,是新搪的,生了火,就摆在进门不远。为了多留下一点热气,烟筒一直伸到尽南头的窗户才拐出去。叶生说,怪不得窗台上码了那么多煤呢。她要冰锋打开炉盖,炉火烧得正旺,她烤了烤手,又指着炉台上摆的一圈烤得焦黄的馒头片说,看着很香啊,我能吃一块吗?在冰锋眼中,此等举止其实类似"公主来到人间",但看她一副没心没肺的样子,只好说,请,请。叶生带来一小盒巧克力,冰锋记得自己有一次偶尔说起爱吃这个,她居然记在心上。

叶生忽然说,我想上厕所。冰锋说,只能去胡同里的公共厕所了。叶生说,你陪我去。冰锋说,我带你去,在外边等你。他们出了院门,不远处有个老师傅正在吆喝:焊洋铁壶嘞!有钢种锅换底!身边放着一副挑子,一头是个生着火的铁炉子,上面坐着壶水;另一头是装着铁砧子、黑白铁板和铝板的木箱。一阵风刮过,冷冷清清的胡同里扬起了尘土。叶生问冰锋,你家没有什么要修的吗?

公共厕所的两个门口分别标着"男""女",门是带弹簧的,开了可以自动关上,但无论男人女人,进出都是用脚踢开。叶生进去了,马上跑出来说,满员了。冰锋指指胡同口说,要不去那边那个?

就是有点远。叶生说,我等会吧,没那么急。一个老太太一边系着裤子,一边出了厕所。叶生又进去了。冰锋等了好久,她才出来,很神秘地告诉他:一个挨一个,蹲成一排,还真有点……不容易啊。冰锋猜她本来想说"撒不出尿来",就笑着说,你还没赶上冲厕所呢,清洁工都是大老爷们儿,喊一声"女厕所有人吗?"不等回答,就从男厕所这边顺着墙上的窟窿直接把水管子捅过去了。叶生听了目瞪口呆:这样啊? 她惊讶的表情看着很可爱 —— 这个女孩,无论什么样的出乎意料的表情,几乎都可以归结为真挚可爱。

冰锋说,中午在家吃饭吧,咱们去买点菜。叶生像个小跟班,随他去了旁边胡同的农贸市场早市。冰锋问,想吃什么? 叶生说,喜欢吃蔬菜,咱们在饭馆里吃不着素炒菜。冰锋买了一条刚死不久的胖头鱼,一捆菠菜,一个菜花,几根黄瓜。叶生马上跟他学会了砍价,故意绷着脸来对卖菜的说,商店里卖一毛五一斤,顶多两毛,你这儿怎么那么贵呀? 而且乐此不疲。

回到家里,叶生说,闲着也是闲着,我来收拾一下屋子吧。她把自己的一头长发打了个结,用报纸折了顶船帽戴在头上,问,像不像女特务啊? 然后在肩上搭了块旧毛巾,用鸡毛掸子拂去三面墙上落的尘土。接着擦了书桌,把乱堆着的书和纸收拾齐当。见书柜门的玻璃和隔板都有点脏,又动手擦了起来。她很小心,用湿抹布擦玻璃,用干抹布擦隔板。换了一盆水,又去擦屋门上的四块玻璃。管子里的水已经很凉,手都冻红了。玻璃上布满雨水留下的污痕,不大容易弄干净,她凑上去用嘴哈气,然后再擦。冰锋隔着玻璃看见她张着大嘴,被她发现了,假装生气地做了个鬼脸,反倒逗得他笑起来，她气得挥了挥拳头。叶生显然根本不会干活，动作生疏笨拙，但很投入，也很认真，忙得连话都顾不上说了。

冰锋去到屋前自家搭的小厨房里做饭。叶生已经擦干净门上的玻璃，伸了伸懒腰说，歇一会儿，剩下的下午接着干吧。她凑过来看他怎么煮饭，切菜，炒菜，红烧鱼。午饭很简单，但看起来对叶生来说，能在冰锋的家里吃饭，而且是他亲手做的，简直是一种幸福。尽管她并不张扬，反而比平日内敛，甚至略显羞涩——她不仅感到了幸福，而且在享受幸福。

吃完了饭，叶生抢着收拾碗筷，拿到厨房去刷。冰锋正在擦桌子，听见厨房里哗啦一响，紧接着是她的一声尖叫。他赶紧跑过去，叶生张着两手，手里的丝瓜瓤子沾满泡沫，一个碗在地上打碎了。冰锋问，没伤着手吧？叶生还在被惊吓的状态中，摇了摇头，懊丧地说，可是碗碎了。冰锋安慰她说，没关系，粗瓷的，而且早就不成套了。叶生这才稍稍释然，噘着嘴说，我在家不怎么干活，不要怪我啊。

叶生要接着擦窗户上的玻璃，冰锋说，窗台上码着煤呢，明年春天再说吧。她不无委屈地说，你是怕我又要闯祸吧。冰锋说，那就擦吧，但挪动那些蜂窝煤太麻烦，这样吧，里面整个都擦，外面只擦露出来的上半截。叶生好像不大满意，不过马上说，明年春天留给我擦啊。于是冰锋擦外面，叶生擦里面，她还不时提醒他哪里没擦干净，两个人忙活到傍晚，叶生才高高兴兴地离开了。

下次叶生带来了一套四个碗，是唐山产的骨瓷，她推说正赶上商店处理，价钱很便宜。叶生到冰锋家来，这样他们就不用再在街上闲逛,冬天已经到了,北京也没有那么多可去的地方,还省得在饭馆吃饭。不过得知小西天电影资料馆内部放映意大利电影回顾展,叶生托人买了两套票,都是晚场,晚饭又得在外面凑合了。叶生看起来有些迷离马虎,但与冰锋约见面——在冰锋看来这谈不上是约会——照例回回早到。回顾展放映了安东尼奥尼的《奇遇》《红色沙漠》,费里尼的《甜蜜的生活》《我的回忆》,维斯康蒂的《小美女》《罗科和他的兄弟们》,还有《艰辛的米》《布贝的未婚妻》《鞑靼人的沙漠》《随波逐流的人》等。那几位导演他们耳熟能详,但作品平生头一次看到,每次散场都要认真讨论一番,叶生推着车,陪着冰锋走了一站又一站。冰锋更中意安东尼奥尼,叶生更倾心费里尼,共同的印象是前者好像更深邃,而后者也许才情更大。冰锋喜欢《奇遇》和《红色沙漠》的女主角莫尼卡·维蒂,叶生则喜欢《罗科和他的兄弟们》里饰演罗科的阿兰·德龙。她说,这是我的偶像啊,自打国内公演《佐罗》,我就开始崇拜他啦,但没想到这部片子里他这么年轻、忧郁,但好像更帅了。

有一次叶生约好要来,但冰锋下班很晚。天色特别阴沉。他走进院子,看见她戴着灰色的毛线帽,穿着尼龙绸面两面穿的腈纶棉袄,坐在门前低矮的台阶上打瞌睡,屁股底下垫着书包,身边放着一本浅绿色封面的《园丁集》。冰锋到了跟前她才醒来,仰面望着他,眼神很是迷惘。冰锋觉得不大好意思。窗台尽头,两个空花盆摆在一起,他拿起一个来,示意给她看,下面的花盆里有一把钥匙。他说,这是给我妈来时预备的,但她病了,来不了了,一直没收起来。你来早了,可以开门进屋等我。叶生说,我去看看你妈妈吧。

冰锋说，不用了。叶生说，啊，好的，那替我问她好。两个人进了屋，冰锋赶紧摸一下烟筒，还好是热的，封着的炉子没灭。他取下盖火，添了块煤，有些后悔告诉叶生钥匙的事，好像有点冒失。

　　冰锋去厨房做饭，叶生力所能及地帮他打点下手。他炒了个辣子鸡丁：把青椒切成丁；鸡胸脯肉去筋，切成丁，用团粉、酱油、料酒浸泡，临下锅前用笊篱沥去多余的汁；把油锅烧热，关火，将鸡丁下锅，炒至油凉，取出；重新烧热炒勺，用剩下的油炒青椒丁；快起锅时将鸡丁加入，稍事搅拌，一并盛起。她边吃边说，你记得吗？咱们在东华门的蓬莱饭馆吃过这道菜，你这手艺快赶上那儿的了。有这本事，要是出国的话，开不了诊所，也能开个饭馆。

　　他们以前交谈的内容都很文艺，现在熟了，随便聊起天来。叶生说，前些天《谭嗣同》剧组在故宫乾清宫拍摄时，灯光过热，把地毯烧了一个洞，还是清代的呢，以后电影好像只能在故宫里拍外景了。对了，你的诗剧，写了多少啦？冰锋说，还没动笔呢。叶生说，快点写吧，等公演了，给我安排个小角色。冰锋说，八字还没一撇呢，再说中国什么时候公演过诗剧呢？叶生说，反正得给我个角色，谁呢？我要好好读点相关的书了，看看伍子胥的故事里都有哪些女角。

　　冰锋曾经学过人像摄影，也曾把这间屋子布置成暗房。拍摄一朵花，只有某一个角度最美——那一刹那，那朵花好像竭力向着镜头展现自己的美；拍摄一片花也如此，在那个角度，它们不约而同地各自成为最美的形象。其实人的脸也是这样。除此之外，至少有一个角度，还能显示出与通常所见其人的相貌、性格相异之处，如长得美的人有个角度丑，性格善良的人有个角度凶。他用这副眼光看叶生，的确她有的角度不太好看，但例外的是，无论哪个角度，她都显得和善、温柔。精神好的时候，堪称光彩夺目；一旦稍稍疲惫，眉眼之间就很忧愁甚至凄苦，其实并非心境使然，就是这个样子而已。

这时，外边传来一阵非常轻微的沙沙的声音。冰锋拉开门一看，下雪了。雪花仿佛是诞生自黑色的夜，缓缓地飘落人间，院里地面已经积了薄薄的一层，洁白而新鲜，还没有留下一处脚印。他说，得去关水管子了，不然明天早晨就冻了，还得烧开水浇开。这又引起了叶生的兴趣，非要问是怎么冻法，又是怎么浇法。

叶生没有骑车，冰锋拿了把伞，送她出门。那是把木杆塑料雨伞，叶生打的是红色的自动尼龙伞，一把总要十二三块钱，外面还不多见。她忽然说，你听，一朵一朵的雪花落在伞上，声音像小针在刺，简直可以用清脆来形容了。冰锋看见她说话已经带哈气了，想到冬天真的来了。他说，是啊，等到明天早晨，地上的雪都化了，满街泥泞，肮脏不堪，不过"千树万树梨花开"的景象，应该还是有的吧。

第五章

一个星期天,冰锋上午上班,另有一位同事值整天班。他给叶生打电话说,一共挂二十个号,看完就没事了,咱们可以见面。叶生说,我睡个懒觉,然后去什刹海滑冰,你下班了,到那儿找我好吗?冰锋说,快则十点,慢了十二点也说不准。叶生说,不要紧,我可以一直滑下去。值整天班的吴大夫是个老太太,手很慢,二十个病人,她才看了五个,剩下都是冰锋看的,完事已经过了十二点,到北海后门下车都快一点了。

冰锋走到湖边,一长溜柳树,枝条都干枯了。在众多滑冰的人当中,一眼就看到了叶生。她戴着白色的毛线帽,头发在脑后梳成一根又粗又长的辫子,穿着烟灰色的粗棒针套头毛衣,将一件外套围在腰间。脚上的冰鞋几乎是全新的,白色的真皮帮,白色的鞋带,有个小小的黑色鞋跟,不大像商场里卖的二三十块钱那类。她的动作特别飘逸,仿佛从某种禁锢中释放出来。瞧见冰锋,她招了一下手,接着又滑了一两圈,完成一个完整的旋律似的,很潇洒地转回来，在他跟前停下。

叶生用手背抹了抹额头的汗珠，说，累死我了。解下外套穿上，还是那件尼龙绸面两面穿的腈纶棉袄，是军绿色的，但她皮肤白，穿着很好看，后面下摆正好遮住屁股。她穿外套、毛衣，总喜欢大一号的，有时恰到好处，有时看着很垮。上了岸，换上一双彪马高帮粉白拼色皮面板鞋，看着很厚实。又围上一条白色的粗毛线围脖，把冰鞋的鞋带拴在一起，一前一后搭在肩上，然后和冰锋一起去找她的自行车。

叶生听冰锋讲自己不会滑冰，就说，那你干吗叫这名字呢？好像彼此关系已经亲密到可以稍稍不讲理了。又问，咱们去哪儿？冰锋指着银锭桥的方向说，听说鼓楼已经维修好了，要不要去看看？但没走出多远，叶生忽然喊道，不成，饿死啦！冰锋说，我请客，让你等这么半天。叶生说，我想起一个地方，据说又经济又实惠。咱们先到地安门，你坐3路汽车到东华门，在那儿碰头。

冰锋下车的时候，叶生已经把自行车存好了。他们来到王府井，亨得利表店旁的夹道里有家凤凰餐厅，是王府井商业职工食堂开设的，近日才对外营业，开到下午三点。点了一瓶啤酒，一个小拼盘，两个菜，两碗米饭，不到四块钱。山东风味，菜很可口。

吃完饭，叶生看了看手表说，都这会儿了，也没地方可去了，到我家去吧。这是冰锋期盼已久的，但一直不愿操之过急，她又迟迟未曾发出邀请。如今机会突然来了，他还有点意外，只是说，好的。叶生说，很抱歉，这么久才请你来我家。说实话，家里的人没有多大意思，我怕你看不惯。你能答应，真是太好了。

饭馆斜对过的小卖部墙上,挂着块写着"公用电话"还画了个话筒的牌子。叶生冲售卖窗口比划了个打电话的动作,里面有人拉开玻璃,把连着一根线的黑色电话机递了出来。叶生在电话里说,张姨,我要带一个朋友回来,很重要的朋友哦,晚上请小李做点好菜招待人家。挂上话筒,交了五分钱。冰锋说,不能空着手去啊。叶生说,不用客气。冰锋说,去买点东西吧。

他们进了百货大楼,来到卖营养品的柜台前,冰锋对服务员说,来一瓶蜂王精糖浆,一瓶维生素 E。叶生连忙拉住他的手说,家里来客人都送这种营养品,堆着好些呢。你一定要花钱的话,跟我来吧。她带他去了浦五房,指着玻璃柜里的叉烧肉和肉松说,这都是我爸爸爱吃的。售货员还特地给挑了块偏瘦的叉烧肉。但叶生刚才的话,却让冰锋心里像被针深深扎了一下,久久都不舒服。

冰锋乘车,叶生骑车,两人差不多同时到的崇文门电车站。他们走过马路,果然是冰锋去过的那条胡同,也果然是他曾经守候的那个院子。快到门口了,冰锋站住了脚。迈进这道门的一步,无论对自己,还是对叶生,都非同小可。叶生奇怪地问,怎么啦?其实我们家没什么好,我平常都尽量住在学校宿舍。

冰锋说,好的,你带路。大门旁柱子上有个门铃,门里开了个小门。叶生按了铃,里面传出一个中年男人的声音:谁呀?叶生大声说,我。小门开了,门卫站在门口,并不是冰锋几个月前见过的那个人,对叶生的态度很谦卑。

院子挺大,甬道两旁,几棵高大的悬铃木,粗壮的灰白色树干,枝头只剩下少量枯叶,还有一些干了的小球状果实。偶尔掉下一两片叶子，被风吹着划过地面，发出不像纸片而像金属片留下的声音。后面的草地已经枯黄，还有几丛光秃秃的灌木。北方不少树一年总有四五个月只剩下枝干，此时灌木不说比乔木难看，至少平庸乏味得多。

远处有四幢灰色二层小楼，两两相对，外观一模一样。叶生家是右边第二幢。朝东那面墙上，五叶地锦快要爬到二楼窗户了，残留的叶子锈蚀的红色，给建筑物增添了几分萧条没落的意味。看上去这家人已经住了不少年头，而且属于过去的年代。

大门接近这幢房子的远端。他们从一排窗户下面经过，叶生指着第一个和第二个说，这是我的房间。窗户又高又大。里面窗台上，忽然有一只黄色的狸猫钻出窗帘的缝隙，神情淡漠地看着他们。叶生说，这是我养的。那只猫打了个哈欠，伏下身子，但并未闭上眼睛，还是一脸迷茫。

叶生从挎包里掏出一串钥匙，手冻僵了，钥匙相互碰撞发出响声，她用其中最大的一把打开房门。门的上半部镶着四块磨花玻璃。进门前叶生似乎要对冰锋说什么，但犹豫了一下没有开口。冰锋却只感到兴奋、紧张：自己首先要能进入院门，然后进入房门，得是在没有别人的时候，但这家里的人好像还不少呢。

进门是个很大的门厅，一位打扮朴素的中年妇女候在门口，亲切地说，是陆大夫吧，欢迎欢迎，老听阿叶夸你，一看就知道她没瞎说。叶生说，这是张姨，对我可好了。走进去是大厅，挑空中庭，正中悬挂一盏水晶吊灯，没有开灯，那些挂件暗暗地发出反光。冰锋仰望二楼的屋顶，高得简直令人眼晕。大厅的一角斜放着一架黑色钢琴，上面摆着个很大的水晶花瓶，插着几枝暗红色的月季花。另一边是楼梯。叶生坐到钢琴跟前，打开琴盖，抬起两只手臂，转过头来兴奋地说，我弹一段给你听听吧？冰锋四处张望一下：不怕影响……休息吗？叶生吐了吐舌头说，对了，先上楼见见我爸爸吧。

楼梯分为两段，下段楼梯沿北墙上行，中间的平台在大厅西北角，上段楼梯沿西墙上行，直达二楼。水泥拦板漆成与墙一样的白色，上装木制扶手，转弯处做成弧形。快到二楼时，冰锋凭栏探看了一眼楼下，感觉就跟他在医院走出科室的门，在回廊边上俯视门诊大厅一样。

二楼正对着楼梯口是间花房，就在一楼门厅的上面，用玻璃隔断隔着，里面朝南都是落地的玻璃窗，每个窗户顶上卷着一小卷细竹帘子。窗前有一长排三层的阶梯形花架，上面摆着大大小小的花盆，不少花都开了。屋顶垂下一些钩子，吊着花盆，冰锋认得出的垂吊类植物有千叶兰、吊兰、吊竹梅和佛珠。几个大号花盆种着大棵植物，有棵文竹长得很高，郁郁葱葱。为了保持湿度，地上还放着几盆水，整幢房子暖气都烧得很热。靠西墙有个木制的工作台，墙上挂着浇水壶、喷雾瓶、修枝剪、铲子之类。

冰锋凑近玻璃隔断看着里面，叶生在他身边说，这是爸爸最喜欢的地方，如果他精神好，又跟你投缘，会带你来看他的花的。爸爸身体不好，我劝他搬到一楼，他说二楼有他的书房，还有花，离不开。其实我最喜欢的花是郁金香，这儿没有，总梦想什么时候去荷兰看一次郁金香和薰衣草。冰锋看着这间比他那十二平方米的家还要大的花房，忽然明白，进门时她大概是想叮嘱他对自己所过的生活有一点心理准备。然而一定也看出来了，他对此既不羡慕，又不嫉妒。倒是她今天略显反常，不大像平时那么洒脱坦荡了。

回廊东头连着一条直的走廊，南边第一个门是书房，门开着。一个很大的写字台，旁边是一长排书柜，一对褐色的真皮沙发，中间摆张茶几，前面放了个痰盂。祝部长坐在沙发上，转过身子，冲他们招了招手，以示欢迎。冰锋以前见到他都是躺在床上、闭着眼睛，现在要好好看看这个人。他头发花白，身材不高，体形肥胖，让冰锋想起在内科实习时学过的"典型的冠心病体征"：体重过高，高血压，高血脂，糖尿病，等等。反正他长得跟叶生一点也不像。记得体征里还有一条"情绪紧张"，教科书上说："冠心病在情绪紧张及遇事易兴奋者中患病率较高。"祝部长看去却是个集阴沉与威严于一身的人。他穿着一件手织的驼色开襟毛衣，一条藏青色的哔叽裤子，脚上是双黑色的圆口布鞋。

叶生介绍说，这是陆冰锋，陆大夫，还是个很棒的诗人呢。祝部长说，很多作家都是弃医从文的，中国有鲁迅，外国有契诃夫。冰锋很想对这种人云亦云的说法予以订正：契诃夫一辈子都当着大夫，一直未"弃"；鲁迅没有学完基础课就退学了，不曾接触过临床，谈不上"医"。但只是虽然低沉，却很清晰地叫了一声"伯父"——这对他来说，简直是奇耻大辱。叶生说，他带的礼物在楼下，是你爱吃的叉烧肉、肉松，还有笋豆，特地到浦五房买的呢。祝部长听了，面有悦色。叶生话说得亲切，语调又嗲，更令冰锋生出一种自己颇有些谄谀的不快之感。

还没说上几句话,听见张姨在楼下喊,阿叶,你的电话!叶生答应着,跑出去了。屋里只剩下冰锋和祝部长了,距离不过一米多远。冰锋的心咚咚咚跳着,难道等待已久的时刻突然降临了吗?怎么办呢?他感觉自己的两只手突然有了劲儿,不知道应该摆成什么姿势——是否直接扑上去,掐住那个人的脖子,一鼓作气把他给掐死呢?

祝部长指了指茶几另一侧的沙发,平静地说,坐吧。冰锋坐下了,两只手别扭地放在腿上。他忽然很沮丧。窗外日光暗了一下,是一只不知什么鸟儿倏尔飞过。对面书柜玻璃上模糊地映出并排而坐的两个人,柜子里一格格摆的都是领袖人物的全集和单行本。祝部长有气无力地说,听阿叶说,我住院的时候,你帮了不少忙。你是大夫,我的情况用不着瞒你,从前得的是心绞痛,这回变成心肌梗塞,这就叫量变质,辩证法啊。但一个人活在世上,早晚都得去见马克思,早一天晚一天又有多大区别呢?冰锋不知道该说什么,祝部长好像对他是否回答并无所谓。

茶几上有个白瓷盘子,上面放了盒开过封的红双喜牌香烟,还有个做工精美的金属翻盖打火机。冰锋不免纳闷,心脏病这么重,抽烟不是自杀么?仿佛故意要做给他看,祝部长抽出一支烟,点燃之际吸了一口,但马上就吐了出来。他举着指间夹住烟卷的那只手,偶尔用另一只手将飘散的烟赶向自己,鼻子深吸一下,看上去特别享受。忽然感慨地说,身体不行了,真是没什么意思了。人活到一定岁数,就活成苟且了。

一个中年男人敲了一下开着的门，走了进来，是祝部长的秘书。送来一份"大参考"，还有几封信，又出去了。祝部长说，稍候，我看一下。戴上老花眼镜，用小剪刀剪开一个信封，取出信，看了，放在一边；再剪开第二个信封，接着看。一举一动都比常人缓慢，仿佛生怕引起心肌梗塞复发。他们坐的沙发上方，墙上挂着两个条幅："衙斋卧听萧萧竹，疑是民间疾苦声。些小吾曹州县吏，一枝一叶总关情。""咬定青山不放松，立根原在破岩中。千磨万击还坚劲，任尔东西南北风。"署的都是"板桥居士"，还铃着章。冰锋站起来，凑近去看。祝部长在背后低声说，放心，真的，五十年代这种东西不贵。冰锋想，这家里一切都保存得这么完好，居然没有经历过任何冲击。

一阵脚步声，叶生回来了。她说，大川一会儿来。祝部长说，我去浇浇花，你们也跟着来吧。叶生会心地朝冰锋挤了挤眼睛。祝部长走得很慢，他们俩压住步子跟在后面。

花房里，花架一角是盆景区，有一棵种在碎坛状的泥盆里的榕树，盘曲的树桩又肥又大，顶着一大蓬嫩绿的叶子。还有一棵种在长方形紫砂盆里的腊梅，老态龙钟的枯枝上开满了黄色的花朵，看着油腻腻的，有点像绢扎的，不过能微微闻到芳香。根旁的腐殖土上，还长了几小片青苔。另外有一盆，几株主干扭合在一起，光秃秃的，罩着塑料袋。祝部长说，这是紫薇，到春天就发芽了，一年能开两回，六月一回，十月一回。他补充说，你看那边的蟹爪兰开得正好，其实可以通过控制光照来调节花期，很有趣，但我现在没有这个精力了。

祝部长边用一个装有细眼喷头的长嘴壶浇花，边对冰锋说，米兰，茉莉，杜鹃，栀子花，茶花，这些南方的花，对北方的土质、温度不大适应。冬尽春来的时候要特别留意，往往过得了冬，但到了花期，骨朵掉了，甚至枯死了。时不时要朝着花隔空喷水，制造一个潮湿温热的环境。过去没有南方的土，有人出主意，在花盆里放个锈铁钉子。后来我托人从南方运来一些土，全换过了。浇花的水也要养，自来水不能直接浇花。他指着墙角的几个大瓶子说，这有的是清水，有的是肥水，有的是杀虫的。然后又说，这是宝珠茉莉，你闻闻，多香啊。这是四季海棠，顶着满头满脸的花。这花越晒越好，水要见干见湿，干一点，叶梢马上焦了，湿了呢，又有可能烂根。一般说来不用怎么上肥，阳光顶要紧，等到天暖和了，可以搬到院子里，但又怕下大雨，打坏了叶子。有时也要修剪一下多余的叶子，免得压住花苞。记着，水合适，阳光灿烂，很少有落苞发生。还有这个，光照也得充分。那是一棵金橘，挂着不少小小的果实，叶子油绿油绿的，有股淡淡的清香。

　　转到背阴处，祝部长说，这些花不能晒，至少不用那么多阳光，仙客来，马蹄兰，吊兰，昙花，文竹，还有仙人掌类的。仙客来俗话叫萝卜海棠，花有好多种色，你看，白色的，浅粉，桃粉的，玫瑰红的，深红的，黑紫的，花朵有大有小。再看这叶片，深绿色，上面还有花纹。花骨朵先藏在叶片中间，盛开时就高过叶片了，开得齐刷刷的，但又不那么张扬，看着安安静静的。这花喜光，但不耐暴晒。屋里不能太热，水也不宜浇得太多。冰锋还看到一盆黄花兜兰，就是又叫拖鞋兰的，也在盛开，他记得五月在北海公园花展的香港展厅见过,没想到这家里也养了。在那次展览上,冰锋还第一次知道了"切花"。本来想提一下,随即打消了念头。他甚至想不到自己会与仇人站在一起聊天。

冰锋一边听祝部长说话,一边观察着他,或许被误解为特感兴趣,祝部长讲解更来劲儿了。终于告一段落,他对女儿说,晚上请人家在家里吃个饭。对冰锋说,我就不下楼陪你们了。站在花房门口,目送着这对年轻人下楼。

叶生显得很得意,踮起脚尖迈下一级级踏步,又忍不住低声说,我爸爸好像还挺喜欢你的。冰锋清楚意识到,有些东西已经逼近自己的底线,只要开口,就会爆发出来。在他眼中,叶生今天整个状态都不对。他有意打击她一下,把语气放重些说,他得注意身体啊。叶生果然愁苦起来:是啊,他这一病,邀请他参加的会议啊,出席的活动啊,还有去外地考察啊,都去不了了,部里给他保留的阅文室也好久没去了,现在只是在家里看看定期送来的文件。冰锋回过头,楼梯口已经不见祝部长了。

他们来到一楼,大厅东头有一条与二楼一样的走廊,叶生的房间在尽头处。简洁大方地布置着几件家具,靠窗户的整整一面墙上,贴着带花纹的淡红色墙纸。床上盖着泡泡纱床罩,冰锋还是头一次见到这东西,颜色是比墙纸更浅的粉色。枕头也被罩住,上面放着个很大的天蓝色毛绒洋娃娃。另一面墙上挂着两张镶了镜框的黑白照片,一张是叶生与一位中年妇女的合影,背景里有北海公园的白塔。她大概还在上小学,眼神已经有些迷蒙。身边应该是她母亲,也是高个儿,和叶生很像,但更漂亮,一看就是个有文化、有修养,性情也很好的人，母女俩相互非常依恋。另一张背景是体育场，叶生正在投标枪，看着比现在更清纯，神情隐忍而坚毅，也是一头长发，齐额束着一条深色的发带，穿着白色运动上衣和短裤，腋下隐约有块汗渍，平平的胸，两条瘦长有力的腿。照片照得很好，正好抓住了标枪脱手而出的那一瞬间。

叶生说，我本来住在楼上，上了大学，应该独立一些，就搬下来了。冰锋说，你爸爸身体这个状况，家里有人照顾他吧？叶生说，有两个阿姨，张姨在我家很多年了，我就是她带大的，现在家务归她料理，还帮爸爸浇浇花。但她一直坚持老规矩，从来不和我们同桌吃饭。小李买菜，做三顿饭，不在我家住。还有王秘书，现在爸爸病着，他没什么事可干，帮助张姨照顾一下爸爸，他也每天回家。司机小赵也是早上来，晚上走，如果有急事，打个电话马上就赶过来。我现在功课不多，一般都在家住。晚上张姨和我照顾爸爸。我哥哥嫂子有时也来。

叶生坐在单人沙发上，那只猫走过来，一下跳到她腿上，接着就打起瞌睡，仿佛她的腿只是凳子之类的东西。叶生凑过去亲它的脸，猫的态度照样漠然，甚至不很耐烦。叶生说，有一回我妈妈的忌日，去八宝山扫墓回来，在胡同里看见这只流浪猫，就抱回来了。那会儿它还很小，走路两条后腿向外一撇一撇的。爸爸不喜欢猫，怕把他的书抓坏了，又怕咬他的花，说好第二天送给人家。那天晚上我特别孤单，这只猫忽然来到床前，蹲在那儿。我看着它，它跳到床上，动作很轻，好像尽量不吓着我，也不让我反感。我正不知道怎么办好呢，它钻进被窝，就在我身边躺下，头也枕在枕头上，一声不响地睡着了。这对我真是莫大的安慰，当时眼泪都出来了。第二天我告诉爸爸，我要留下这只猫。爸爸说好吧，但别让它上楼。张姨把猫领到楼梯前，在它的脑袋上狠狠敲了一下。我看着很心疼，但它居然记住了，从不上楼。只是常蹲在楼梯前，歪着头望着上面。

外面传来一个男人洪亮的声音，叶生说，大哥来了。二人迎了出去。大哥正走进大厅，水晶吊灯照着他乌黑油亮的背头。他脱下黑色的呢子大衣，交给站在身旁的张姨，只穿了件淡黄色的衬衫，胸前绣着一个鳄鱼商标。体魄很大，衬衫紧紧裹在身上，领口敞着，脖子挺粗。叶生向他介绍冰锋，冰锋见过他不止一次，但他显然对自己毫无印象。大哥看着派头不小，正是当下走红的那类开拓型人物。他向冰锋伸出手，握起来强劲有力，说话底气也很足：祝大川。又递过一张名片，上面印着"博远科技信息开发公司总经理"。

张姨说，饭做得了，边吃边聊吧。大川说，还真有点饿了。就带头走向餐厅，是那条走廊南面的第一个房间。他问站在门口的厨娘小李：老爷子吃了么？小李说，专门给他做的，您放心，减了盐了，张姐送上去的。王秘书已经走了。大川还是上楼去了。餐厅里摆着一张大圆桌，上面铺着崭新的塑料桌布，每个座位前都有一套放着勺子的小碟。菜已经上齐了。屋里有一个酒柜，一台东芝牌的双开门冰箱。

大川回来，叶生和冰锋才动筷子。小李又进来问，菜够吃不？对口味么？她的厨艺绝对与大馆子里的师傅不相上下，冰锋明白，那天叶生夸奖自己做的菜好吃，不是故意奉承，就是情有独钟。有一道菜是香煎带鱼，每一块都又宽又厚，还特别入味。冰锋想起前几天去自己家附近卖副食品的四店,那里卖的可比桌上这盘差远了。售货员告诉他,今年元旦供应的带鱼每条重二到四两,因为带鱼汛期间老刮大风,影响了鱼品规格。

叶生告诉哥哥,冰锋是一位口腔科医生。大川问,哪个学校,哪级的? 冰锋说,北医,七七级。大川本来态度近乎敷衍,突然来了兴致,对冰锋说,公司有个业务是医疗设备进口,要代理一些外国公司的产品,这方面需要人才,愿不愿意一起创业? 不瞒你说,我们正在做一番大事业,公司设在深圳,那儿是特区。在北京虽然有老爷子的各种关系,但不是说有句话吗,好男儿志在四方。说着他欠身去取桌上摆得稍远的一瓶啤酒,领口露出一截大金链子。

冰锋对这话题毫无兴趣,但也点点头,表示明白,甚至理解。吃完饭,小李来把碗筷收走,桌布撤掉,给各位上了茶,还端上一个果盘。大川的态度更加亲切,简直是开诚布公:公司虽然另外有主打项目,但是个综合型的公司,还有别的业务,特别是医疗设备。CT啊,B超啊,需求量将会很大。上次老爷子住院,我在医院待了几天,想到这一块可真不小,得抢先手。进口设备办批文什么的,都有路子,不光是老爷子的熟人。你是医学专业出身,还是名牌大学,又是恢复高考头一届的,公司很希望有你这样的人才。冰锋说,我还没评上中级职称;到现在为止,还是想好好当个医生。大川说,将来政策放宽,没准可以办医院,到那时一定借重你。

冰锋起身告辞。叶生穿上外套,围上围脖,送他出来。他再次觉察到门卫森严。她好像有什么话要说,陪着他走向胡同口,却久久沉默不语。有一团落叶被风吹着,在路边打起旋儿,他们背着风前行，好像被人在后面一把接一把地推着。叶生终于开口了：刚才我大哥说的，你觉得怎么样，就怎么样。冰锋嗯了一声。他们只要一张嘴，就吐出一团哈气。叶生说，我知道你有你的志向，也有你的定力——虽然我不很清楚，但你花那么大精力学医，我想你是要当个好医生，我也相信你肯定能当成。还有你对文学的爱好，在我看来也下过大功夫，一听你说话就明白，决不是闹着玩或者凑热闹的。你是那种厚积薄发的人，而且不急于求成。我想你这个人无论干什么都会认认真真，坚持到底，不会半途而废。

　　冰锋觉得，叶生到现在总算恢复了正常状态，但他却不想接着这话头讲下去，尽管她讲得很真诚。两人道别后，冰锋边走边想，是啊，我不会半途而废。

第六章

一天晚上冰锋在科里值班，好长一段时间没有病人来看急诊，叶生打来电话。他们认识以来，这是在电话里聊得最久的一回。过几天就是春节了。叶生说，除夕晚上想不想去工体看晚会？电视台还实况转播呢，有票，七点半开始。没等他回答，又说，其实我也不大感兴趣，还是别去了。但那天你能找我来吗？咱们一起在院子里放炮仗吧。家里买了好多花，爸爸说，要驱驱晦气。冰锋说，我得回家看我妈啊。叶生说，那我打传呼电话给你拜年。冰锋说，大年三十，人家不管传呼。叶生说，那么咱们不能拜年了？冰锋说，不如现在就提前拜年吧。

叶生说，每年过年顶烦人了，部长要来，几位副部长要来，老干部局局长也要来，一拨接一拨，得一连应酬好几天。今年爸爸病了，但这些肯定是回不了的，至于他那些老部下就尽量回了。有的实在盛情难却，只能由大川两口子和我接待，客套话来回说。你又不来。冰锋只好报以沉默。叶生说，对了，今年地坛有庙会，咱们去逛逛吧。约定初三下午在地坛南门见面。

聊到最后，叶生说，有一件事，还是告诉你吧。那天你来我们家，爸爸、大川，还有张姨，都说你人很纯朴，可靠，脚踏实地，没有野心，可能现在错失机会，但将来一定有更大的机会在等着你呢。爸爸还问起你的家庭情况，我说是好人家。冰锋含糊地应了一声，挂上电话。叶生显然又回到那天那种"不对"的状态了，而且变本加厉；但也许她已经认定，这就是"对"。迄今为止，冰锋都是通过不承认或不明确自己与她的关系以保持心理平衡，这种平衡如今已有要被打破的可能。夜里他躺在休息室里间那张狭小的床上，心情纷乱，辗转反侧。

外面电话铃突然响了，死寂的夜里声音出奇的大，吓了他一跳。不会还是叶生打来的吧？好在是急诊挂号窗口的电话：来病人了，嗓子眼被鱼刺扎了。冰锋忙完之后，走到诊室门外，只有一楼大厅亮着盏灯，候诊室大半都笼罩在黑暗里。他还记得叶生上回坐在那儿，一身洁白，仿佛遗世独立。刚才折磨他的思绪重又袭来。他必须通过她去接近她的父亲，但又不愿利用她，尤其不想玩弄她的感情——这个人善良，简单，简直毫无设防。

今年的春节被称为"本世纪最晚的一次春节"。那天冰锋早早到了母亲家，先去粮店把节日供应的圆粒大米、富强粉和补助食油买了，又带回一斤肉和青韭、韭黄、蒜苗、大茭等几样细菜。铁锋也回来了，手里提了个塑料袋，装着几条冰冻黄鱼。他说，三里河新开了一家大型自选市场，价钱比平价贵四倍。今年虽然集体所有制单位上浮一级工资，年底奖金又发了一百来块，但照物价这个涨法，真不顶什么事。

他们聚在母亲的房间。灯光黯淡，母亲舍不得花电钱，屋顶的日光灯管是十五瓦的。室温只有十四五度，母亲和小妹都穿着棉袄棉裤，冰锋前些时送来的电暖器放在墙边，没插电源。

小妹悄悄告诉冰锋，妈妈把爸爸的小相架扔到垃圾桶里去了，还说这是谁啊，我给捡回来了。说着递给了他，相架的一角磕掉了一块漆。冰锋不敢相信，把相架举到母亲面前，小声说，这是我爸啊，您怎么啦？母亲像是敷衍了事地笑笑说，是啊，我知道。冰锋说，那您还扔？母亲纳罕地问，谁扔的？冰锋只好将相架放回床头柜上。

过了一会儿，听见背后母亲在问，这玩意儿搁这儿干吗？冰锋回过头来，她指着那个相架，一脸困惑不解的神情。显然已经忘记父亲这个人了。冰锋装作同样不明白地说，是啊。母亲要把那相架拂到地上，他赶紧伸手接住。她的阿尔茨海默病不可遏止地发展，竟然到了如此地步。冰锋不仅对这种状况，甚至对母亲这个人都失望极了。自己不仅丧失了唯一的知情者、当事人，甚至连正在谋划的复仇之举，也没有可以告慰的对象了。

对冰锋来说，这个年过得非常凄凉。饭菜吃到嘴里，没有一丝味道。一家人相互贺年，也显得那么空洞、虚假——母亲看似不明所以，别人各自举着盛啤酒或橘子水的杯子凑上去碰她的杯子，就算她也参与了，还教她喊过年好，她像个乖巧的孩子努力模仿着。冰锋的心思并不在她身上，而在别处：这家里已经没有父亲的位置了。虽然本来那位置就微不足道，仅限于摆在母亲床头柜上的一张照片,现在连这个也没有了。

吃完晚饭,小妹说,妈,春节晚会开始了。回到自己房间,打开电视。母亲还坐在原处。小妹又跑回来,高声喊道,妈,您不是要看吗?母亲应付事儿地啊了一声。过了会儿,突然想起什么似的,赶紧起身跟着女儿走了。当冰锋来到房间门口,她已经聚精会神地盯着电视屏幕了。但她不会记起演员都叫什么名字,也未必明白他们正在唱或说的是哪些内容吧。

冰锋向母亲告辞,她匆匆摆了摆手,眼睛仍然不离屏幕,好像生怕错过了什么。冰锋想,她大概连我也快忘记了吧。他给母亲买了一个既能随身携带,又可替代热水袋或脚炉暖被窝的煤球暖炉,刚才忘记拿出来了。小妹将他送出大门,他把装着暖炉的纸盒递到她手里,说,你留着用吧。小妹轻轻叹息,你又白花钱了。

冰锋出了门,怀里揣着那个装着父亲照片的小相架。外面很冷,他放下棉帽护耳,围好围脖,立起棉大衣的领子,又戴上口罩,但是一呼气就把眼镜片弄模糊了。他没有乘车,而是一个人步行穿过整个城市。车公庄大街,平安里西大街,育教胡同,后车胡同,前车胡同,西四北大街,地安门西大街,地安门东大街,张自忠路,东四十条,东直门南小街。一路静悄悄的,这城市好像与平时一样,早早睡了。真的只剩下他一个人了。接着陆续有人出来放炮仗了,变得越来越热闹。快到自己家已经接近十二点了,炮仗声噼噼啪啪响成一片,有几块天都被焰火映红了。不止一次,余烬未灭的烟花差点落到他的头上。

冰锋和叶生如期去逛了地坛庙会。多年来第一次举办,游客很多。他们先去看天桥艺人表演拉洋片、摔跤、硬气功、皮条和单杠，民间手工艺的摊位有卖风筝、空竹、面人、泥人、鬃人、兔儿爷和毛猴的。叶生买了一个风车，举在手上，风吹着哗啦啦转得飞快。风味小吃的摊位供应茶汤、果子干、白水羊头、宫廷素食、棉花糖、爆肚、烤羊肉串之类，她买了一串大糖葫芦。

叶生把风车交给冰锋，自己举着那串糖葫芦，一路吃着，在人群里挤来挤去。她戴着白色的毛线帽，围着白色的毛线围脖，穿了件大红色的羽绒服。冰锋提醒道，有个人在隆福寺专门用刮脸刀片割女青年的羽绒服，前几天按流氓罪判了八年呢。叶生说，不是已经抓着了么，那就没事了。过了会儿，她又说，假如人非得犯一种罪的话，还是应该犯流氓罪，当然不是割羽绒服这种下三滥的勾当。

晚上，他们去东长安街上的青艺剧场看布莱希特的话剧《高加索灰阑记》。趁还没开演的工夫，叶生说，你没看电视转播除夕晚会吧，听说现场连照明设备都没有，信号转播也是断断续续，简直糟透了。冰锋打断她说，下个礼拜天，我能去你们家吗？叶生说，好啊，欢迎！冰锋问，带我弟弟一起去行吗？叶生说，行啊，我正想见你们家的人呢。还有什么人，都请来吧。冰锋又问，上午，还是下午？叶生说，下午吧，正好大川两口子也来，上次他说想再跟你见个面。

剧本很精彩，中国青年艺术剧院的表演话剧味很重，演这个戏倒也合适。冰锋却有些心不在焉。他前几天想好的一个计划，已经按部就班开始实施：祝家门卫严，人又多，即使找到机会与祝部长单独相处，也不大可能有足够时间详细讯问，这一环节不如提前进行。还记得上次在书房里，祝部长看信的事，就写了一封信，正文是用从报纸上剪下的字粘成的，有些歪歪斜斜：

我是一个被你迫害致死的人。你这一罪行虽然鲜为人知，但并非不为人知。我的灵魂还活着，我要复仇。知名不具。

信封不能粘现成的字，那样传达室的人看着奇怪，会给没收的。冰锋在大学学生会刻过蜡版，油印刊物，于是用那种工工整整的字体写了。他戴着手套粘的信纸，写的信封。

冰锋和北京的几个诗歌爱好者通过信，对本市的信件送达时间有所了解。如果都在市内，所属的邮局距离不太远，赶上前一天最后一班取信时间前把信丢进邮筒，通常在第二天下午送到收信人那里。当然也有例外，或许第三天才送到，或许第二天上午就到了。但他决定赌一回。如果上午去祝家，需要在前一天第一次取信之前寄出，但那样信是第二天上午还是下午收到就没准了。好在叶生让他下午来。冰锋特地找了个离自己家比较远但又同在东城区的邮筒，戴上手套，在去祝家的前一天下午三点到五点之间把信投寄了。

冰锋带了铁锋一同前往。他需要一个见证人；尽管他的真正意愿，是想让弟弟成为自己的帮手。冰锋从未跟铁锋讲过父亲为何自杀，以及存在一个仇人的事。虽然铁锋蒙在鼓里，未必当得好见证人。今天只是安排他在场就是了，以后再找合适时机向他详述一切。

下午暖和的阳光照着兄弟俩，把他们的影子投在地上。挨在一起的两个身影徐徐前行，弟弟比哥哥矮半个头。铁锋穿了件 PU 仿羊皮猎装，手里提着个网兜，装着冰锋买的两斤橘子，两斤苹果。有个中年妇女蹬着一辆平板车，车上装着六箱酱油，从他们身边经过，停在前面。来了一个顾客。一瓶多少钱？三毛九。能赚多少呀？实话说，三毛三批发来的，交了税，一瓶赚四分钱。她又蹬上车继续前行。铁锋说，哥，我一直想跟你商量一下，干什么能挣点钱啊？厂子效益不好，奖金都快发不出来了。前些日子听说倒彩电冰箱来钱多，每个环节都收一道手续费。把交给上家的摊在给下家的价钱里，从下家收的就是赚头了，二百台彩电能赚一万多块，离货源越近赚得越多。这是紧俏商品，进一台彩电，还要搭配一台收音机，十台半导体呢。可惜我只找着倒了好几道手之后的。听说又开始查处了，要按牌价销售，可商店里哪儿有卖的啊。

到了大门口，冰锋按铃，听见门卫问，找谁？冰锋说，祝叶生。门卫不很客气地说，等一下！过了几分钟，小门开了，叶生站在门口，穿着大红色的羽绒服，没拉拉锁，只把前襟搭在一起，气喘吁吁的。她指着冰锋对门卫说，这是我朋友，下次他来，让他直接到我家吧。朋友这个词有些暧昧，门卫隐晦地露出会意的表情。冰锋看了一眼铁锋，他正东张西望，似乎没有听见她的话。真正有反应的其实是冰锋自己——这下解决了进门的难题，但叶生如此张扬，他还是不很舒服。

冰锋向她介绍说，这是我弟弟，陆铁锋。铁锋点头哈腰地说，您好！您好！叶生大方地说，欢迎，来吧。院里的悬铃木叶子已经掉光，枝头稀稀拉拉剩下一些干枯的小铃铛似的果实。叶生特地淡淡地涂了腮红，描了眼影。在冰锋眼中，这并没有超出她本来形象清纯的界限，不过原来时常流露的那种张皇，好像特别易受惊扰的神情不见了。

叶生掏出钥匙，打开房门。门厅里扔着两捆灰色的羽绒裤。大厅里钢琴上水晶花瓶里，插着一束白色的马蹄莲。张姨态度比上次更显亲切，把他们引到一楼的客厅，就在餐厅的对面。屋里摆着一圈黑色的真皮沙发。祝部长穿了一身银灰色的毛华达呢中山装，坐在正中间的一张沙发上，冲着来客招了招手。背后两扇大窗户之间的墙上挂着一个横幅：草书大字"龟虽寿"，后以小字抄录全诗，上款"祝国英部长雅属"，下款"××敬书"。是位有名的书法家，到处都能见着他的字。房间一角放着一个花几，摆了一盆君子兰，叶片宽阔肥厚，开着几朵橘红色的花。

祝部长已经能够下楼，说明身体状况有所好转，冰锋把这想法告诉他。祝部长显然很满意，但只是淡淡地说，不过稍稍稳定而已，还是不能掉以轻心啊。然后就将上次对冰锋说过的有关自己病情的话，对铁锋重说了一遍。冰锋想起听叶生讲，春节前后有多少人来拜年，那么这番话他大概也是一说再说吧。对面的一面墙都是书柜，有不少英文书，一层隔板上，放着叶生第一次去他家带走的那个憋火。

已经快五点了，还不见人送信进来。冰锋有些担心：这次他们待在客厅，是否还会像上次那样把信送去楼上书房呢？信会不会早到或迟到呢？或者它被留在传达室，没有准时送来？他甚至想，即使信准时送到，以祝部长的阴险狡诈，会不会看穿他是专门为了守候而来，否则怎么那么巧呢？

叶生似乎看出他不很安生,凑近了说,我跟你讲过吧,我们家的人很没有意思的。她用了一种淡淡的,但味道很清新的香水。她说,到我房间去,或者我弹钢琴给你听吧。

就在这时,张姨进来了,端着一个托盘,放着五六封信。祝部长照例与客人打声招呼,一封接一封地看起信来。冰锋转过身去,用眼角的余光注视着他的一举一动。叶生以为冰锋在看窗外,也把脸转向这边。夕阳映照的湛蓝的天空上,几缕泛红的云朵旁边,飘着一只白纸糊的风筝。一根线引向围墙之外,看不见放风筝的人。叶生问,你喜欢放风筝吗?冰锋说,小时候放过。叶生问,现在还放吗?冰锋把脸转向她,正好将祝部长看得清清楚楚。无法分心,只是重复地说,小时候。叶生开始讲自己放风筝的经历,提到了"双鱼""蝴蝶"之类。

冰锋看见祝部长拿起那封信——信封和邮票普普通通,但那些字看着不免怪异。他读了会有什么反应呢?会不会立刻查问:你爸爸叫什么名字?会不会因受刺激而导致心肌梗塞复发,就此一命呜呼?……万一他突然跪倒在地,痛哭流涕,道歉认罪,请求宽恕,自己又该怎么办呢?

祝部长慢慢用小剪刀剪开信封,把信纸抽出,展开,只瞄了一眼,就一并丢进脚边的字纸篓里了。神情没有丝毫变化,仿佛根本没看见这封信,或者类似的信早已收到过不止一封。

冰锋的心咚咚跳着,还在回味刚才那一瞬间发生的一切,脑子一时没有任何判断,任何评价。听见叶生在问,那么你呢?她也许已经讲完了有关风筝的话。冰锋望着窗外,那只风筝也被夕阳染上了些许红色。他尽量平淡地说,我小时候放风筝,在我们老家的一个空场上。有一次放得特别高,一轴线都快到头了。忽然有个不认识的大人走过来,伸手把线扯断,风筝一下子没影了。那人一句话没说就走了,只记得他穿着一身黑衣服。到现在我也不明白是因为什么。那以后我再也不放风筝了。叶生嗔怪地说,真是的,我给你讲那么愉快的故事,你给我讲这么悲惨的故事。就在这时,天上刮起一阵大风,那只风筝一个倒栽葱掉下去了。

大川来了,看上去很像结婚照上的新郎:一顶黑色的呢子礼帽;一身铁灰色毛哔叽西装,样式很新,贴兜,后面双开气,前襟两个扣子,系着上一个;一条棕红色斜条纹的真丝领带,用一个银色哑光的领带夹夹在淡蓝色的衬衫上。他像老朋友似的跟冰锋打招呼,冰锋把一直躲在自己身后的弟弟介绍给他,大川说,欢迎,欢迎。虽然客气,语调里却有种难以掩饰的冷淡。冰锋看了一眼铁锋,他好像并未察觉。

大川对身边一位看着比他年轻不少的女人说,这就是冰锋,我跟你说过的那个名牌大学生,还是学医的。那女人热情地说,是吗,幸会!大川说,蔡尚芳,我爱人。公司是我们一起张罗的,业务规划,团队建设,主要靠她。这段时间一直在深圳那边,明天就回去了,今天来看看老爷子。冰锋记得也在病房见过她,但她显然也忘记了。尚芳比叶生稍矮,留着齐肩短发,发尾烫成外翘卷,斜分刘海,脸型、五官长得很精致,外眼角稍稍上挑,眼神挺媚,脸上经过仔细化妆,看着比叶生艳丽多了,只是说话时嘴角微微有点咧,流露出几分强势甚至蛮横之相。她脱掉身上的紫裘皮大衣,边交给张姨边说，在友谊商店买了点东西，让郑师傅放在门口了。她里面穿着一件粉色的高脖领羊毛衫，一条黑色的粗花呢裙子，裙脚露出一双紫红色的长筒皮靴，靴跟又细又长。

叶生问，龙龙呢？尚芳说，留在家里了，阿姨带他呢。我们刚去部里参加了个会。叶生对冰锋说，龙龙是我的小侄子，你真的想不到他有多漂亮，多聪明，可惜今天没来。这是我嫂子，这么说吧，女人能干的正事她都干过了，女人干不了的正事她也在干，而且干得比男人还好。尚芳打断她说，你呀，老说这种二百五的话，男人女人听了都不乐意。她转过脸来对冰锋说，说实话，我这个小姑子，天底下就找不着这么好的人，一点心机都没有，整个人就像是透明的。然后故意压低声音说，你可得对她好点啊。大川赶紧说，别瞎开玩笑！冰锋被弄得很尴尬，幸好铁锋正仰头望着水晶吊灯出神，没有听见。叶生揶揄了尚芳一句：我哪儿比得上你啊，女强人。转过脸来小声告诉冰锋，别看我大哥有派头，其实什么都离不开她。

主客一同移步餐厅。菜比上次更丰盛，还开了一瓶红葡萄酒，除祝部长外，每人面前摆了一杯。那只猫出现在门口，很守规矩地没进屋子，在那里自得其乐地用爪子按住自己摆动的尾巴，尾巴又动起来，它转过身子扑过去，却扑了个空。大家都被逗笑了。叶生对冰锋说，你看看它，比我透明多了。

祝部长忽然清了一下嗓子，大家静了下来。他说，孩子们，我跟你们说几句话。我这一辈子，无论做什么，首先考虑的都是怎么符合组织的需要，组织的利益，我问心无愧，没有什么要忏悔和宽恕的。声音并不高,但坚强有力,威严稳重,脸上一时神采奕奕——很难想到在这么个病快快的身体里,还蕴藏着如此大的能量。在座的人,甚至包括冰锋,都被震慑住了。屋里的气氛一下变得凝重了。

大川笑了笑,试图打破这尴尬的场面:您又想起什么来了?屋里很热,他脱去上装,衬衫的前兜上面绣着"Pierre Cardin",解了领带,脖子上挂的大金链子又露出一截来,转过头对冰锋和铁锋说,老爷子这叫壮怀激烈,老革命,不服老啊。尚芳随即高声说,谁说爸爸老了?您精气神儿真好,这下我可以跟您告假,踏踏实实回深圳啦。除冰锋外,各位都笑了起来,紧张的气氛一扫而空。大家开始吃晚饭。祝部长解嘲地说,都是大病一场,所以有感而发。现在病好了,过去啦。快,吃饭吧。啊,今天还有客人。仿佛这才留意到那哥儿俩的存在,夹起一筷子菜,隔着好几个人,颤颤巍巍地放到铁锋面前的小碟里,铁锋受宠若惊地站起身来。他又要给冰锋夹菜,被身边的叶生拦住了。菜里有一道金钩青菜头,是用猪油烧的,还加了鸡汤、水淀粉勾芡。尚芳说,这是爸爸老家的人捎来的吧?我家阿姨在北新桥菜市场买过,服务员还介绍这菜怎么吃法,有什么营养价值呢,但不如这个新鲜。

吃完晚饭,祝部长由大川和尚芳扶着上楼休息,临走他还和冰锋打招呼:少陪了啊,今天没请你上楼去看看花,又有新开的啦。等大川夫妇回来,几位来到客厅,张姨端来一个大果盘,还说冰箱里有新买的冰激凌。大川问铁锋做什么工作,铁锋说,在北京电子管厂,跑业务。大川说,是吗?起身从柜子里拿出一个比火柴盒大一倍的小黑匣子，在他面前晃了一下，问，知道这是什么吧？铁锋说，这是寻呼机。大川说，去年才引进，上海是模拟的，得给基站打电话问是什么信息；今年广东有数字的了，可以直接显示。北京还没有呢。公司正在大力推广这种业务。你怎么看啊？铁锋说，这要是推广起来，能给大家提供不少方便，市场应该不小。大川笑着说，你也是个人才啊。

大川对冰锋说，记得上次我跟你说公司有主打项目，就是这个。先进口，以后合资办厂，进口设备，引进技术，国产化，这样就有实业了，不是空手套白狼。现在的这些公司，只干点倒卖批文、倒卖物资之类的事，我看维持不了多久。尚芳一直没说话，这时取出一张名片，欠起身来递给铁锋，铁锋双手接住，一直举着。她又递给冰锋一张，上面印着"博远科技信息开发公司副总经理"。

大川对冰锋说，医疗这块也是这样。我们正在跟外方洽谈，准备合资生产心脏起搏器。你们不是外人，但这两件事都先别说出去。他叹了口气说，现在国际上医疗科技发展很快，也许过几年，老爷子这个病就不至于这么束手无策了。当然一开始进出口还是大头，医疗设备什么的，都得进口。我还是等你的信儿，怎么形容呢，虚位以待，对吧？

兄弟俩离开时，两捆羽绒裤已经被移到大厅墙边，大川说，来，一人挑一条，号有大有小，拣自己合适的。冰锋说，谢谢，我有。大川说，拿吧，客气什么，厂家送的。冰锋摆摆手。尚芳说，别勉强人家。对铁锋说，你来一条吧。铁锋正盯着那捆裤子看呢。她抽出一条，说，这个准合适你，我给你捆一下。

叶生走在冰锋身边,一直没说话,到了大门口,终于低声说,今天有点对不起。铁锋抢着说,哪儿的话啊,谢谢啦! 说着扬了扬手里捆成一卷的羽绒裤。冰锋用比她更低沉的声音说,别送了,留步吧。叶生站住了,他甚至没有回头看她一眼。

走出一小段路,铁锋忽然拍了一下那卷羽绒裤,像是自言自语:居然有人说我是人才。似乎过于兴奋,又对哥哥说,我看这家那姑娘对你不错呀! 冰锋断然地说,我跟她只是认识而已。话说得丝毫不容商量,也不允许别人再作猜想。兄弟俩都沉默了。

冰锋的思路渐渐清晰起来。回想起今天祝部长的言语,声调,神情,正构成自己心目中仇人的形象。可以说已经讯问过了,对方也做了陈述,只差判决和执行了,而他在心里已经做出了判决。祝部长竟然连自己那一份责任都拒绝承认。这个人毫无悔意,甚至根本不愿面对那段历史;或许对他来说,被迫害致死的人根本就没有存在过。他已经成为一种代表——他因拒绝自己应负的责任而可以被认定为责任方的代表。找他复仇,就是找责任方复仇。他那种态度,确切地说,那些想法,比他本人还要可怕。说到底,祝部长只是一个载体,真正的凶手是他的那些想法。所以必须向他宣布罪行,然后做出判决,并予以执行——这将具有一种警世作用,就像伍子胥对楚平王的复仇一样。如果他寿终正寝,或者无所察觉地被杀死了,那些想法将毫发无损地更换一个载体继续活下去。这个晚上,冰锋与伍子胥终于达成了一致。

第七章

　　天气渐渐暖和起来。叶生提议,咱们出去玩一趟吧,到北京以外的地方。冰锋说,我得上班啊。叶生说,星期天,当天去,当天回,但一定要坐火车。冰锋说,那只能去天津了。叶生说,就去天津吧,我还没去过呢。听说有个水上公园,咱们去划船。她打听到北京几处公园的游船一般三月二十日就开航了,估计天津也差不多,于是约好在随后的那个星期天前往。

　　今年春天来得特别晚,供暖时间也延长到三月下旬。先看见街边柳树的枝条开始泛绿,过了两天,发现丁香枝头芽苞鼓胀,迎春的枝子也绿了,在阳光好又通风的地方,还开了几朵小黄花。往年这时候,玉兰早已开了,杏花、榆叶梅、山桃和桃花也开了。冰锋问,要不要再等几天啊?叶生却不愿意更改行程。

　　启程前一天,叶生来电话说,不如今天晚上你来我家住吧,离北京站近,早上一起走也方便。家里有好几个房间空着,被褥都是新的,还可以洗个澡。新买了人工温泉浴剂,一种是碳酸泉的,一种是硫磺泉的，放进浴缸，水就变成带淡绿色荧光的了，还有股香味，你可以试试。冰锋说，今晚我有事，还是明天一早在站前广场见吧。叶生也就不再坚持。冰锋却后悔了，可能真的错过了一个复仇的好机会。不过叶生也在同一幢房子里，未必找得到机会下手，最好还是等祝部长单独在家吧。但继而又自责起来，是否在给自己的迟疑、怯懦，为什么所羁绊，对什么割舍不下，找借口呢？

　　这天晚上，冰锋确实有事，要去见上大学时带他实习口外的徐老师。毕业后，他跟在北京工作的同学很少联系，除了偶尔互相介绍病人，就是去东四中华医学会口腔科学会听学术报告时打个照面，与徐老师倒是一直来往。徐老师新近晋升为副教授，在写一篇学术论文，冰锋帮着查找过一些资料，论文译成英文，他也出了些力。

　　冰锋吃过晚饭，来到徐老师家。是口腔医院宿舍楼里的一个两居室。徐老师长得又高又壮，显得屋顶都低矮了。他说，已经收到了瑞士方面的邀请，在那儿举办的国际学术会议上宣读论议。忙乎了这么久，好歹有了结果，还得谢谢你啊。出趟国真不容易，有什么要带的东西吗？别跟我客气。冰锋犹豫了一下说，想买一把刀，那种真正的格斗刀。徐老师说，是瑞士军刀吧？一把折叠小刀，带螺丝刀、开罐器、剪刀、镊子什么的。冰锋说，不，我要买的是格斗刀，不折叠的。徐老师说，那不应该去瑞士买啊。冰锋说，我不认识什么出国的人，就是认识也托不上，只能麻烦您了。徐老师说，那玩意儿能带吗？去年严打以后，刀具管制得可严了，你这是给我找事啊。好吧，我努力，为哥们儿豁出去啦。冰锋拥有一把格斗刀的想法并非心血来潮，听了这番话却有些不安。

第二天一早，冰锋乘24路汽车到北京站。叶生在约好的地方等他，肩上挎着一个挺大的包。广场上和车站里，旅客个个都那么疲惫，不安，困顿，肮脏，身上散发着旅途特有的气味，坐在自己的行李上，有的打起瞌睡，有的拉扯着孩子，孩子或在玩耍，或在哭闹。

气温还是偏低，叶生却已换上了春装。头发束成马尾，垂在脑后。淡淡地化了妆，又用了上次用过的味道清新的香水。穿着乳白色的大翻领长款风衣，腰带在前面打了个休闲结，里面是黑色的圆领羊毛衫，翻出白衬衫的两个领子，深灰色西裤，脚上是双头上尖尖的黑色中跟浅口皮鞋。显得很潇洒，但也变成熟了。冰锋想，她真拿这趟出行当回事；又想，她快毕业了，上班大概就是这个样子。没进车站大门，就开始有人回头看她，在候车室里，一个人为此还把自己绊了一下，差点摔倒。

他们乘的是八点十三分开车的71次京津特快。车票是两天前一起来买的，票价三块八。上了车皮漆成绿色的火车，座位面对面，都靠窗户。车厢满员了，还有人站着。火车开动起来，站台先是缓缓向后移动，继而呼地被甩出了窗口，那一刻叶生特别激动。两张火车票都捏在她手里，小小的硬纸卡片，上面打印着日期，进站剪票时铰了一个口。把两张车票对在一起，缺口的位置居然完全一样，这又引起她一阵兴奋。

叶生凑近窗玻璃，暖暖的春阳照着她的脸。冰锋从背包里取出海鸥4C型照相机，给她照了第一张照片。本来叶生提议拍彩色照片，可以托人把照好的胶卷带到香港洗印，但冰锋说黑白照片更有效果。窗外的田野上,麦苗刚开始返青,垄间的土地还裸露在外。叶生略显失望地说,过些日子花都开了,咱们还能再来玩一趟吗?

坐在冰锋旁边的男人起身打开了车窗。一阵风把细小的煤灰渣刮到他们的脸上和身上。叶生从包里掏出一个很轻巧的黑色塑料眼镜盒,取出一副蛤蟆镜戴上。金色的镜架,灰绿色的带反光涂层的镜面,右眼的镜片靠近上边印着"Ray-Ban"。墨镜凸显了她的脸的轮廓。但没戴多久,又收了起来。冰锋说,戴着呗。叶生轻声说,你看这车厢里多少人戴,都臭大街了。不过这是二川托人从美国带回来的,不是仿造的。我戴着好看吗? 冰锋说,好看。她高兴地微微一笑。

叶生说,听说前不久广州举办了一个"青春美大赛",其实就是选美比赛,国外常有的,但在咱们这儿就不得了了,好不容易办成,还不允许公开报道。冰锋说,头一回不得了,以后就司空见惯啦。叶生说,说得也是,不过还要笔试,考什么文史知识,总分一百分,容貌才占十五分。冰锋问,你想参加吗? 叶生耸耸肩说,人家已经办完了呀。不过我要是参加,大概能拿个第一名吧。说罢不好意思地用手捂了下嘴,但说这话时明显流露出一种自信。冰锋并没对她讲出自己的真实想法。诸如此类的消息,看似与他毫不相干,听了却多少有些落寞:时代真的变了,可能还很迅速、彻底;自己,还有伍子胥,似乎快要被挤到一边,没有立足之地了。

叶生从背包里掏出两瓶可口可乐说,你看,我买了这个。忽然叫道,呀,忘带起子了。冰锋把瓶盖边缘卡在小桌的金属边上,用手掌猛击一下,磕掉了瓶盖,递给叶生,液体冒着泡涌出来,她凑过去对嘴喝了一大口。冰锋打开另一瓶,两人碰了一下瓶子。喝完了,把玻璃瓶留在小桌上。女乘务员过来问,这瓶子不要了吧? 马上给收走了。

火车于九点五十四分正点到达。他们先去买了回程车票:五点零一分的80次津京特快。走到海河边,一溜柳树,枝条看着比北京的绿得多,叶生高兴起来。冰锋又给她照了几张相片。过了桥,一直走到天津食品街。这里刚开业不久,客人很多。天津物价比北京便宜,本来打算好好吃一顿的,但进了两家馆子,都得站在正吃饭的顾客背后等座,就去了狗不理。冰锋说,狗不理包子铺已经在北京开分店了。叶生说,姑且认为这儿的正宗就是了。他们点了两屉包子,一人一碗小米粥。

然后去了劝业场和滨江道的新华书店。在书店卖文学理论书籍的柜台,冰锋向女售货员索要她身后架子上的一本书,拿了两回都不对,终于在两本厚书之间,抽出薄薄一册《现代小说技巧初探》。售货员操着浓重的天津口音说,眼够毒的。冰锋对叶生说,这书出了好几年了,居然还能在这里找到。写得比较浅,但其中谈到黑色幽默,送给你供参考。图书从今年起大幅涨价,这本定价才三毛九。在收款台,叶生特意找着"购书纪念"的章盖在封底。

他们走到中心公园,乘94路电车去水上公园,车身是蓝色的。一路上看到不少漂亮的小洋楼。进了水上公园的大门,一阵冷风迎面而来,叶生取出墨镜戴上。湖边船坞挂着"寒流来袭,划船延期"的牌子,连工作人员都见不着。叶生遗憾地说,真是的,就想跟你一起划一次船。水上公园的水面比北京不少公园的都大,但不能划船就没有什么可玩的，景色也毫无殊异之处。他们坐在湖边的长椅上，隔着一堵矮矮的虎皮墙，看着对面的桥，小岛，岛上的亭子，不知道它们叫什么名字，也没有兴趣知道。有个老人提着一架收音机，大声播放着京剧，一路用手打着鼓点，从他们身边走过。

  不远处有一株玉兰树，长了不少白色的骨朵。旁边一丛迎春，倒是黄澄澄地开成一片。还有几棵丁香，芽苞已经长成小小的绿叶。叶生说，玉兰真是太有存在感的花了，像是一场早恋，第一个告诉你春天来了，教你什么是爱情。等大家都开花了，它就消失了。迎春身条、姿态都妩媚，也是女相。相比之下，那些草本的小花都是小孩，小小的花朵，没有性别感，可迎春始终不是主角，是跟着起哄的，像婚礼上的女傧相。又像有那么一类女中学生，看似和男生打得火热，但男生的记忆里没有她。丁香永远是先闻着味，再看见花。我们院里有一棵丁香，我老是忘了它在哪儿，走到半路突然被花香熏着了，原来在那儿呢，真是奇遇。它那么香，外表又端庄，像个高级的荡妇。但到夏天它就消失了，你又忘了它在哪儿了，丁香不开花只有绿叶的时候，实在太普通了。叶生像是在自言自语，又像是特地讲给冰锋听的——尽管他几乎无从置喙；但对她来说，他只要在倾听就行了，而她显然是第一次对别人讲这些话。他能感受到她在言说与倾听中获得了充分的满足感，但又察觉出隐藏其后的是无名的寂寞——这还是第一次在她身上察觉到。

  叶生把视线转向远方，看样子是浮想联翩，她说，花里最好看的还数樱花，清冷、矜持，是那种永远不会理你的姑娘。不像杏花、梨花、李花、桃花、碧桃，都嫌过度热情，尤其是桃花，像那种疯狂恋爱的女人，热情得都有点假了，就像是纸扎的花。海棠偶尔伸出疏离的一枝还是挺雅的，花的颜色也不错，但往往是一大丛枝条直直地伸向天空，花朵也过于繁复，还夹杂着好多叶子，喧宾夺主，或者根本不分主宾，花本身的姿态被削弱了。紫叶李开小粉花，也有个苤儿，但比起樱花还是嫌过于密集，而且也是开花时已经长叶子了，不像樱花，花快谢了才长叶子。樱花只让人看到花的姿态。赏花就是赏花，赏叶就是赏叶，不能互相掺杂。梅花格高，原因之一也是只有花，没有叶子。还有它开的时候别的花不开，别的花开的时候它不开。最贱的花是月季，一年四季都全心全意地开，像个特实诚的傻姑娘，败得也毫无顾忌。桃花也有败相，变成棕色的，一团烂纸似的，海棠花、梨花都有败相。玉兰也有败相，但它开得太早，落得也太早，大家不免心生怀念，忘了它的败相了。梅花和樱花就没有败相，樱花盛开随即凋落，总是令人惋惜，梅花呢，也是"砌下落梅如雪乱"。所以说起赏花之道，第一，花要有苤儿，小风一吹，摇曳生姿；第二，不能同时既开花，又长叶子；第三，花的颜色不能太艳；第四，花朵不能太多太密；第五，花要么开，要么落，不能枯萎了还留在枝头。

叶生说得很起劲儿，尽管戴着墨镜，却掩盖不住脸上平添的光彩。冰锋看见自己的脸映在两个镜片上。叶生从来没有这样灵光四射，口若悬河。他忽然觉得，她简直就是那些花真正的主人——准确地说，是自居为其中一员，却是开得最繁盛、最绚烂的一朵，她是那么自信，好似花中之王；然而她也与那些花一样，有荣枯，有生死。冰锋忽然想到多年之后，眼前的景色早已不在，不知道那时她在哪里，自己又在哪里。此刻叶生却还在滔滔不绝地说，那些没有花的树，或者不以花为主、开花不显著的树，在我看来都是男的。枫树是gay，是柳湘莲那样的年轻俊秀男子。枫叶不红的时候是没有存在感的，谁会去看不红的枫叶呢？银杏也是gay，不过很成熟，阅历丰富，家境也殷实。枫叶和银杏叶一个尖锐，一个圆润；颜色呢，一个红得热烈，一个黄得稳重。还有树干，枫树看着还有种青春气，银杏就更有成材的感觉，敦敦实实，从外表都能看出里面的致密度来。梧桐则是那种风流男子。松树呢，是铮铮铁汉，就像有一次你提到孔子形容的，"岁寒而知松柏之后凋也"。

说到这儿，她停顿了一下，转向另一个话题：我有一个南方的同学，在北京过了第一个春天之后对我说，特别喜欢北京春天的绿，是各种各样、层层叠叠的绿，什么新绿、嫩绿、鲜绿、翠绿，形容词都不够用了；可是南方呢，一年四季只是深绿。此刻他们眼前不过是一片乏味的景色，叶生的话却让冰锋想到了别的地方，很多东西。

但叶生随即打住，站起来说，咱们照相吧，好歹也算来了一回。背景没有多大意思，冰锋只好让她或戴墨镜，或不戴；或脱风衣，或不脱，又摆出不同的姿势，拍了不少照片。叶生说，咱们俩照一张合影，好吗？冰锋说，你是不是不相信我的照相技术啊？还要花钱找别人照。叶生说，我是要照……合影。冰锋说，你看那么多人排队，时候不早了，咱们得回车站了。

他们乘同一趟车回到中心公园，走过海河，到了天津站。叶生抱怨道，时间还早呢，刚才没有照合影。这时，一个举着照相机的男人凑过来问，小两口照合影不？彩色五块，黑白一块。叶生脸都臊红了，挥手把他轰走了。冰锋想，叶生刚才非要照合影不可，原本是认为他们的关系已经到了某一步，需要依从惯例确认一下——这是她未能免俗之处——继而再一步一步地循序渐进；但被那照相的一闹，就乱套了。不过他却看出叶生心目中他们的人生轨迹，无非就是朝着照相的讲的那个方向，心里一下沉重起来。

冰锋说，还是回海河边，把这卷胶卷照完吧，不然不知要等到什么时候才能洗照片。叶生悻悻然地跟着他去照相。135的胶卷，拍完三十六张，还多挤出来一张。叶生在火车站买了两盒十八街大麻花，北京没有卖的，一盒让冰锋送给母亲，一盒自己带回家里。

回来的火车上，他们的座位挨着。车厢里站着的乘客比来时更多。叶生拿出那本《现代小说技巧初探》，对冰锋说，你给我写几个字吧。冰锋说，人家的书，我写什么字啊？叶生说，今天从在车站会合起，上车，下车，玩，吃，买东西，换公共汽车，去公园，照相，现在又上车，咱们俩好像从来没有这么复杂地在一起度过一天，总得留个纪念。再说，这可是你花钱给我买的第一件礼物。你写上送给我，签个名，还要写日期和"于天津"。冰锋只好就着那张小桌写了，火车晃来晃去，字写得歪歪斜斜。他忽然有一种不能自拔的危险感觉。

叶生小心翼翼地把书收起来，然后说，北京马上就要有美国电影周了，五部片子，我最想看《金色池塘》，你无论如何要陪我去看。如果还有时间呢，就再陪我看一场，《克莱默夫妇》或《转折点》，其实《矿工的女儿》也很好，由你挑。当然了，最好是每场我们都一起看。不过听说有的有删节，也不知道影响不影响情节？

五一，咱们要到中山公园去看郁金香。下个月十八号和十九号我参加比赛，先是预赛，然后是决赛。记住这个名字啊，是第二十四届首都高等院校学生田径运动会，在北京林学院。你一定要来看我投标枪，这是我最后一次参加了。你来，我肯定能拿个好成绩。对我来说，你一个人就是一个啦啦队，哪怕不喊加油，也不鼓掌。还有，什么时候咱们去海边一趟吧，这个夏天，北戴河？她就这样由近而远地憧憬个没完，用充满浪漫气息的语调述说着这些憧憬。

叶生推说自己累了，倚在冰锋的肩上。只是一个姿势而已，并未施加任何分量。她的头发蹭着他的脖子，软软的，柔柔的，有股淡淡的洗发水的香味。冰锋知道她是在撒娇。叶生显然将天津之行看成彼此关系的突破性进展了，她对他来说已经不再是原来的她了，所以可以有限度地撒一点娇。她还想拉住他的手，但他故意双手举着一本刚才在车站买的杂志，没有给她机会。冰锋想起前不久他们在电影院里偶然握了下手，叶生就再也不松开了，她的手在发抖，黑暗中她一直在看他而不看银幕，他知道她爱他爱到什么程度。

叶生起初只是轻轻倚着冰锋，后来放松了，就真的靠在他身上了，冰锋感到越来越沉重，半边身子都麻木了。叶生的心思或许他早已知道，但今天第一次体会到它的分量，这分量他承受不起。火车晚点了，快到北京时天色已黑，车窗玻璃映出他们的影子，他看见身边叶生闭着眼睛，一副很幸福、很放松的神态。从这个角度看她，比扭过脖子去直接看她更自然。窗外有几点灯光，轻轻划过叶生的脸。忽然与一列火车交错而过，惊心动魄的喧嚣与震荡之中，那张脸融化在对面车窗连成的光带里；待到平静下来，重又清晰地显现在黑暗的背景上。

到了北京站,冰锋陪叶生去存车处取车,说,咱们各自回家吧。叶生说,我推车陪你走一段。冰锋说,都累了,明天还得上班,赶紧回家吧。叶生说,不!语气已不限于娇嗔,而有些任性了。二人交往以来,她第一次这样。冰锋说,你走吧,下礼拜咱们再去玩。叶生说,真的?去哪儿呢?好像非要他马上给出答案。冰锋说,找个地方呗,反正当天得回来,第二天要上班啊。叶生还是不走。冰锋催她。叶生说,我送你到车站吧。一直穿过整条北京站街,来到朝阳门南小街上的24路汽车站。本来往北的车要到外交部街去乘,但冰锋不愿意她继续送到那里,就在这儿乘往南的车,在东单绕一下。车来了,叶生说,等下一辆吧。车又来了,又说,等下一辆。还说,咱们一起去吃晚饭吧。冰锋说,不是说好各自回家吃晚饭吗,哪儿能一天在外面吃两顿饭呢?你回家,我也回家。叶生说,那你回家吃什么呢?我给你做饭去吧。冰锋说,我煮子儿挂面就行了,你回家吧。

冰锋好说歹说,叶生终于骑车走了。这次她不是惯常那个姿势,骑得很慢。在建国门内大街路口,他乘的公共汽车超过了她,叶生好像正等待着这一刻,一手扶把,另一只手冲车上使劲儿挥着。冰锋忽然不无恶意地想,现在跳下车,要叶生和他一起去杀了她父亲,她大概也会欣然答应吧。但车开得快了起来,他把头探出车窗,已经看不见她了。

冰锋回到家里,想起自己刚才在汽车上闪过的念头,不很舒服。他不着急做晚饭,坐在书桌前,屋里只开了面前的一盏台灯,没拉窗帘，外面窗台上码的蜂窝煤挡住了他的视线，隐约听见呼呼的风声，玻璃上映照出他那张神情严峻的脸。的确不能不认真考虑一下这一切了，复仇之举尚且不知如何施行，又行将陷入与叶生的爱情纠葛之中。冰锋受不了叶生身后总有一个她父亲的影子，也受不了她父亲身后总有一个她的影子。他一向反感那个"巧合"。叶生今天的种种表现，让他知道自己确实是在利用她的感情。她是无辜的，他虽然想要避免但确实是在伤害她，这一点早晚会被她发现，那时他将无法面对。与叶生的这种关系势必破坏自己的复仇计划，强迫自己在爱与复仇之间做出抉择；选择后者就要继续利用她的感情，复仇之举也将变得不纯粹、不干净了。

冰锋想，自己的故事与伍子胥的故事相比，只是多了叶生这样一个女人。复仇应该堂堂正正，清清白白，总不能带着负罪感去了结一件有关罪责的事情。伍子胥为了复仇，借助吴国之力，费尽周折，历尽艰辛，却始终心安理得；而叶生并不是冰锋的吴国。或许应该另找办法，另辟道路——他还不知道是怎样一条道路，反正在那里看不到叶生的影子。

第二天冰锋刚上班，叶生就打来电话，邀他当晚去看《金色池塘》。他推说太忙，要她稍等一两天。过了一天，叶生又催冰锋去看电影，被他再次推后；但电影只演一周，已经不能再推了。叶生的热情向来恰到好处，让人能感觉到她的意思，又不给人以压力；现在她却未免着急，也不那么客气了。

冰锋终于下定决心，打电话到叶生的大学宿舍。管传呼的老头态度很粗暴：找谁？等会儿！隔了好久，叶生都没来接电话。冰锋觉得静静的听筒里好像装了一个哒哒哒走着的钟表。这简直是在考验他,提醒他放弃打算做的事情——他确实感到难以舍弃,知道自己也有点爱上叶生了。好不容易电话那边传来她呼吸急促的声音。冰锋问,你在干吗?叶生说,正换运动衣呢,要去操场,再过两周就比赛了,打算再冲冲刺,名次兴许能更好一些。对了,你肯定来看吧?

冰锋说,我最近准备考研究生,会忙一段时间,咱们不能见面了。叶生没当回事地说,啊,我不影响你,也许还能帮点忙,我去给你做饭,你可以腾出更多时间。冰锋说,我是说,不见面了。叶生一下子不说话了。冰锋也沉默不语。过了好半天,叶生才说,那我比赛你也不能来了? 冰锋继续沉默。这沉默是一种力量,既针对她,也针对他自己。她终于嘟囔道,那好吧,好吧。

叶生的反应竟然如此怯懦。冰锋还以为她会纠缠不休,但她只是像一只受伤的小动物爬回自己的洞里去养伤了。假如她再坚持一下,冰锋就会觉得很难办。叶生终于可怜巴巴地问,那咱们就不来往了? 冰锋断然地说,是的。沉默了片刻,他说,就这样吧。叶生的声音微弱到几乎听不见:好的。冰锋又说,就这样吧。她还是说,好的。两人这样一连说了好几遍。冰锋希望叶生主动挂上电话,他就可以心安一些,叶生却怎么也不挂,只好由他把电话挂了。

冰锋仿佛看见一个踽踽独行的背影,几番想回过头来,终于没有回头。叶生甚至未曾问自己和她分手的真正原因——他给的借口听着太牵强了——或许她觉得,要是问出原因,就再也没有转圜的余地了吧。冰锋想,我对她是否太残酷了? 然而这段关系——

他不禁问自己，我们之间究竟有什么关系呢？——结束得如此不费周折，又令他感觉不曾真正结束似的。

冰锋虽然有个箱式简易型135放大机，但无心重新把家里布置成暗室，就托一位在报社当摄影记者的朋友冲洗了那个胶卷，都给印成了四寸照片。三十七张，拍的都是叶生。连同底片一起挂号寄给了她。是寄到她家的，那个曾经寄匿名信的地址，信封上写的是"祝叶生同志收"，格式和笔迹完全不同。临封口时，他将照片重新看了一遍。多数照片里，叶生都开心地笑着。那些戴墨镜的，脸型轮廓偏硬，不无冷峻之相，冰锋拍照时未曾察觉，现在却看得清清楚楚。有一张没戴墨镜的，神情特别凄苦张皇，这本是她常有的表现，但拍下来，固定了，也就被强化了，仿佛预感到冰锋即将与自己分手似的。他没有附信，因为是挂号，信封上只好留了医院的地址和自己的名字。

才过几天，医院大楼前的两棵白玉兰开花了。又过几天，柳枝长满了嫩绿的小叶，路边的杏花开了。再过几天，桃花也开了。冰锋想起叶生说过，"春天的脚步"被用得滥俗了，但感觉确实如此，这不是形容词，是动词。如今他觉得，所谓春天的脚步，不过有的步子快点，有的慢点，除了个别先行者，最终都能达到步伐一致。不过这些事情已经无从与她讨论了。

小孙告诉冰锋，曾经接到一个女人打来的电话，要求转告他，照片已经收到。还留下了两个电话号码，分别是叶生家和她大学宿舍的。他没有回电话。从此不再有她的消息了。

第三部

第一章

五一劳动节，口腔科所属的工会小组组织三十岁以下的职工去香山游览。冰锋闲着没事，就报了名。报名的人不少，但来了一看，总共不到二十位，科里只有他一个。工会小组长给各位买了门票，一人发了一份午餐：一个小圆面包，一瓶塑料瓶装橘子水。这种包装是新上市的，大家看着新鲜，一阵欢呼，有人当下就咬开瓶嘴喝了，但咬得很费劲儿；好不容易喝上了，又嫌不够甜，纷纷抱怨起来。

进了公园东门，天气不错，太阳也不毒。开始是集体活动，路过香山饭店，到了双清，合影一张，宣布解散，改成自由活动。一拨人去碧云寺、植物园，另一拨去爬鬼见愁，虽然安装了吊椅索道，他们还是决定徒步登到山顶。冰锋也在爬山之列，七八个人，脚步有快有慢，不久就散开了。

后面传来一个女人的声音：陆大夫，等我一下。冰锋回头一看，是外科的一位护士，跟小孙很熟，常来他们科玩，见着冰锋总是客气地打声招呼，多少也算熟人。去年参加全市青年护士护理知识竞赛，得了三等奖，全院年终总结大会上，院长特地提到这件事。但冰锋忘了她的名字，只记得姓丁。

她仿佛猜出了他的心思，说，您还不知道我的名字吧，我叫丁芸芸。冰锋说，别您您的，你就行了。芸芸身材瘦小，皮肤很黑，剪着齐耳短发，眉毛细细的，眼睛睁大时圆圆的，鼻梁略窄，但挺直，一口白牙，相貌说是平淡也行，说是本色也行。戴了顶白色遮阳帽，背着个军用背包。冰锋听小孙说过她们俩一边儿大，二十四岁。

二人结伴上山。芸芸说，陆大夫，我们科也要改革了，咱们医院改革，你们科是试点，不知都改了些什么？冰锋说，嗬，这么严肃的问题。说实话，到现在为止没有什么大动静，最早奖金大家是一样的，各个科室也没什么区别，基本奖，全勤奖，废品回收奖，就这几样。出了差错，请假过多，干私活，还有病人提意见，都扣奖金。后来改成奖金跟每天的工作量挂钩，每个医生都有定额，完成以后，多看病人多些收入。每天下班由护士长统计，每月发一回。

芸芸很认真地听着。冰锋接着说，我只是个住院医，改革跟我有关的主要就是这些。奖金确实比原来多了，但并没多太多，所以有的老大夫每天都是干到完成定额为止，宁肯不要那点奖金。剩下的病人还是我们这些年轻大夫看，天天都不能准点下班。定额每个医生也不一样，这么说吧，职称或职务越高，定额就越少。我们主任基本不上班，两位副主任在院里有兼职，都有理由不常看门诊。

芸芸问，那下一步改革呢？冰锋说，听说要拉开各级医生收入差距，外地有的地方已经有专家门诊了，一个专家号收两块钱呢。

这么一来，科里的主任医师，就是主任；副主任医师，就是两位副主任，应该都会多上点班了。但几位老主治医可能更不愿意多干活了。据说改革有个重要内容就是收费价格适当调整，不知道除了专家号这么高，还有什么别的内容。芸芸说，那跟我们护士就更没关系了，小孙也跟我说过。冰锋知道，刚才他讲的，大概她已经都从小孙那里了解过了。

到了闻松亭，冰锋问，咱们是走容易的道，还是走难的呢？芸芸说，当然走难的了，咱们是来爬山的啊。他们离开人们通常登鬼见愁走的那条老路，左拐，沿着公园残破的外墙边一条踩出来的小道上山。墙内墙外有不少酸枣树，还没有开花，几棵松树，长了些小小的黄色果实。稍远处是大片的黄栌。一点风都没有，树林虽然还是新绿颜色，但纹丝不动，无限寂静，令冰锋想到远古时候，人类甚至动物都还没有之前，大自然也许就是这般景象。不由得心生敬畏，好长一段路没说什么。

芸芸忽然说，你带饭了吗？冰锋这才想起来，都到中午了。他说，就是发的那个面包，但汽水已经喝光了。芸芸说，我的也喝了，我另外还带了水和吃的，一起吃吧，够两个人的。他们找了块大石头，各坐一边，中间腾出地方权当饭桌。芸芸从背包里取出一个军用水壶，一个维生素面包，两个茶叶蛋。倒满一壶盖，递给冰锋。沏的是花茶，虽然凉了，但酽酽的，看着很解渴。冰锋说，别让我喝脏了。芸芸说，没跟你介绍过，我是当兵出身，没那么讲究。冰锋说，那你先喝。芸芸说，你就喝吧。冰锋喝了，芸芸又倒满一壶盖，转个方向，自己接着喝。两人交替用壶盖喝水，吃午饭。

芸芸说，我是护士，改革还没轮到这一块，但以后不知道怎么样。可能对医护人员的要求会越来越高。医院里的人事关系倒是比外面简单些，像你们大夫，尤其是你这样的 —— 小孙跟我说过 —— 有本事就不用求人，得罪了谁也不怕。说这话时，她用一副景仰的眼光看着他。冰锋笑着说，我可没那么大本事，但也是慢慢适应，一开始分到这里也不习惯。记得上班刚一礼拜，科里发电影票，我跟杜大夫是一起分来的同班同学，各领到一张。第二天护士长说，大概没你们的，得要回去，她去问问。一会儿管工会的技工小褚来了，真把票要回去了，说如果你们补交这个月的会费，就还给你们。老吴大夫看不过去了，说把我那张给他们吧。别人都不吱声。她还给院工会打电话，说这么做不合适。到了中午，全科人都去看电影了，就剩下我们俩。说实话，今天是我来医院头一回参加工会活动。芸芸低声说，幸亏你来了。

吃完了，接着上山。芸芸走在前面。她无论坐、站，都挺着腰板，人直直溜溜的，即便爬山时也尽量如此。穿了条牛仔裤，屁股上有个红香蕉苹果模样的金属商标，脚上是一双新的解放鞋。冰锋本来想说，我只看见牛仔裤的形状，没看见你的形状。但觉得关系没这么近，开这种玩笑不合适。转念又想，想起开这种玩笑，说明彼此的关系已经不那么远了。芸芸一口一个陆大夫，冰锋说，别这么叫，叫我冰锋，或者老陆。

冰锋平时不大运动，有点爬不动了，芸芸伸出手来拉他，还时时提醒他小心。她虽然个子小，却挺有力气，精神头儿也足。一直爬到山顶。冰锋前年来过，差不多也是这季节，景色相同，唯一的变化是添置了三台观光望远镜。冰锋问，要看一下吗？芸芸说，站在这儿看看就行了，不用花那个钱。

下山时，芸芸说，我叫你陆哥吧。冰锋说，行啊，这称呼听着挺新鲜。芸芸说，我在广东当的兵，那边人喜欢这么叫。在公园门口，冰锋买了两块紫雪糕，花了一块二。芸芸说，那么贵，别买了。冰锋递给她，她咬掉一片裹在外面的巧克力，吃得很开心。

两人乘360路汽车回城，车上人很多，将他们挤得紧紧挨在一起，没法说话了。车窗外，路边种着不少女贞树，先是一块绿色的，接着是一块很亮的浅黄色的，望去仿佛突然被阳光照亮似的。其实光线并无变化，是大自然在刻意渲染效果——一种有关阳光灿烂的善意谎言。到了动物园，冰锋要换乘107路电车，往东；芸芸住在百万庄，坐102路电车，往西。冰锋说，我送你上车吧。芸芸说，别客气。冰锋还是送她上了车。车门随即关上。她转过身，隔着门上的长条玻璃，轻轻冲他挥挥手。

第二天中午，芸芸来口腔科找小孙玩，拿了几个李子，顺手递给也在休息室的冰锋。她穿着护士服，头发全被白帽子遮住，更显得面色黝黑，但五官算得上端庄，而且有开朗坚毅之相。

下班了，冰锋路过外科诊室，朝里面探了探头，芸芸正好出来，两人就一起走了。她穿着米色涤卡上衣，深蓝色裤子，脚上是一双黑色灯芯绒面的布鞋，肩上斜挎着个红色的女式人造革包。到了汽车站，两人要乘的依然不是同一方向的车。冰锋要过马路，芸芸跟在身边，他觉得奇怪，她说，我下班没什么事，送送你。到了车站，冰锋说，咱们还是到对过去，我送你吧。芸芸说，陆哥，跟我客气什么，就在这儿等你的车。语调里流露出部队出身的人那种说干脆也行，说潇洒也行的劲儿。冰锋只好站住。车来了，芸芸招招手说，明天见！说完就走了，并没有目送他上车，乃至等车开动。冰锋在汽车上看着她走在车头前面的人行横道上，脚步很快，果然是军人的样子。他想，这是个大方、爽朗，一点也不黏黏糊糊的女人。

以后中午休息，芸芸常到口腔科来。每次都是来找小孙的，但都要跟冰锋打个招呼，趁别人不注意，带给他点吃的，无非水果、瓜子之类。下班他们俩也总是一道走，但并不相约，每当冰锋路过外科诊室，芸芸就出来了。虽然一起走的只是到汽车站那么一小段路。

有一天，口腔科的大夫、护士们正各吃各的饭，芸芸来了，举着一根咬了半截的黄瓜。小孙说，这就是你的午饭吧，那么瘦还减肥。芸芸说，你们听说了吗，昨天晚上工体出事了，中国足球队愣输给香港队了，世界杯小组赛没能出线，散场后观众都急了，一通打，一通烧，听说抓了不少人呢。冰锋忽然担心起来，叶生会不会也在其中呢？他还记得那次看足球赛，她一副热血沸腾的样子。隔了一个多月，这还是第一次想到她。但随即自嘲起来：这个年头闹事的，都是那些对社会现状不满的人，穷人，没有前途的人，怎么会有叶生呢？倒是该给铁锋打个电话。赶紧拨过去，是本人接的，他松了口气，但还是问，没事吧？铁锋说，没事啊，怎么了？冰锋说，昨儿晚上没看球去？铁锋说，我能不去吗？可是没票呀。等了半天，也没等着退票，就回家了。电视转播也错过了。这帮孙子踢得真臭。

下午看病人的间隙，冰锋想起来，昨天和前天，是首都高校运动会，叶生比赛的日子。也不知道她的成绩如何，取得名次没有。她说过，这是最后一次参加这项赛事了。叶生房间里那幅投掷标枪的照片上，她的身姿，她的神情，一瞬间在冰锋眼前特别清晰，简直令他吃了一惊。

过了几天，冰锋值夜班，科里别的人都走了，芸芸来了，带着从食堂打的两份晚饭。她说，我陪你一会儿吧，不过到九点我得走了。两人在休息室里，一边吃饭，一边说话。只有一个患急性牙髓炎的病人，冰锋给做了开髓引流，很快处理完了。回来后，他提起她那次参加青年护士护理知识竞赛的事。芸芸说，报名的时候我心里没什么底，反正医院鼓励参加，还可以占用上班时间。但一着手准备，就知道自己还是应该参加。我在部队是卫生员，比起正规护校毕业的，可能多点工作经验，但底子真是太薄了。正好趁机补补课。筛了好几轮，选出六十五个人参加决赛。有必答题、抢答题、笔算题、外语翻译题、正误题，最后评出一二三等奖，一共二十个人得奖，我得了三等奖。唉，都是外语不行，拉了分。陆哥，你要是有空，能教教我英文吗？前些日子紫竹院举办英语之角，就在水榭对岸的无名亭，我还报名参加了呢。但程度太差，实在跟不上，就没再去。

她讲得很真诚，也很恳切。眼前的这个人，仿佛想要攀登到某一高处，毕竟力有不逮，却又不肯放弃。冰锋又感到了那种对于"好"的努力追求，这是他素所敬重的。但他对此的反应，却是说了句在自己看来有些俗气的话：上个月不是文明礼貌月吗，我听小孙说，你们全科收到四十多封表扬信，你就有四封。

芸芸依然很真诚地说，我也就是尽心尽力，其实连这个都谈不上，就是恪尽职守。——你能体会这之间的区别吧？都说护士是白衣天使，有人找对象还专门挑护士，觉得一定特别会照顾人。刚开始干这行可能真有这份心，但实在是遇见的病人太多了，各种各样，不同程度，上一个应该同情，下一个比这还重，而且这工作又太紧张，也太累了，都磨练得坚强起来了，也就是心变硬了，很难再动感情了。我看大夫也差不多。但其实病人要求的并没有那么多，那么高。只要把自己那份工作做到位，技术过关，不出问题，比方扎静脉针一针见血，打屁股针不痛，病人已经觉得你是特别关照他了，如果态度再好一些，他就该夸奖你充满爱心了。又比如我在病房的时候，到点给病人发药，哪怕晚一分钟，他就抱怨你丢下他不管了，但准时到达病人床头，又有多难呢？这不是唱高调，但我确实不愿意混日子，既然干这行，还是希望有点出息。

这样的话，很能打动冰锋。那种实实在在的感觉，似乎在他过去交往的人里，还没有哪一位身上有过。这时芸芸看看墙上的挂钟说，我该走了，十点钟必须到家，不然我爸妈该不放心了。明天见。他站在科室门前，看着她的身影消失在楼梯口。她这番话，好像同样体现出一种对于"好"的努力追求。冰锋来到栏杆前俯看门诊大厅，芸芸正好穿行而过，脚步飞快，地上的影子追着她。她并不知道他在看她。他一直看着她推开大门出去了，心里有些恋恋不舍。

下一个星期天，冰锋值半日班，一早芸芸就来告诉他，她也值半日班，下班一起走。不到十二点，都完事了。出了门诊大楼的门，芸芸问，你着急回家吗？冰锋说，不着急。芸芸说，陪我逛逛街好吗？冰锋意识到，他们的关系好像进了一步，但还是答应了。芸芸说，那咱们在食堂吃完饭再走吧。冰锋说，医院食堂的饭实在太难吃了。芸芸说，五月十号起副食调价，听说饭馆价钱涨得厉害。冰锋只好跟她去了。

路边的洋槐花早已谢了，叶子被晒得蔫蔫的。和各种花竞相开放的春天相比，夏天反而是个安静的季节。芸芸穿着白色短袖衬衫，粉色碎花裙子，都是的确良的，总是粘在身上，脚上穿着柔色尼龙袜，平跟塑料凉鞋，裙子下摆与袜口之间，露着一截小腿。她的腿很黑，很细，但看着矫健有力。他们沿着大街一路往南，逛了新街口百货商场，燕枫服装店，西四百货商场，造才时装店，东方服装店，西四家具店，冰锋只是陪她，但她什么都没买。路过西四新华书店，芸芸随着他进了门就站住了，说，我在这儿等你，不着急啊。冰锋明白她大概没有逛书店的习惯，到外国文学的柜台匆匆看了看，本来还打算去后面的机关服务部的，怕芸芸久等，心想不如下次自己单独来一趟吧，就赶紧和她一起出来了。

又走过一家商店，橱窗里摆着一台彩电，一个饭锅，一个不锈钢锅，一个气压出水热水瓶，站着的男模特儿穿着西装，打着红领带，旁边坐着一个穿连衣裙的女人和一个孩子，背板上写着"一对夫妻一个孩"。街上很热，屋里悬挂着两个大吊扇，却也不太凉快。芸芸挑来拣去，特别仔细，冰锋站在一旁，并不觉得自己没有耐性。她终于选中了一条豆绿色的柔姿纱连衣裙，和外面橱窗里女模特儿穿的款式相近，问他，好看吗？她个儿矮，穿上很难说好看或不好看，但他还是说，好看。她说，那我买了啊。交了钱，营业员填好收款单，和钱一起用高处一根紧绷的铁丝上挂着的铁夹子夹好，根根铁丝从商店四周的柜台向一角的收银台集中，那里比柜台高出不少，一位收银员坐在上面。营业员一扬手，铁夹子顺着铁丝嗖的一声飞向收银台。他将那条裙子叠好，用纸包上。夹着盖过章的收款单和零钱的铁夹子，又从收银台顺着铁丝飞了回来。

芸芸本来还想去西单的，但天气太热，两个人都汗流浃背。正好走到缸瓦市102路电车站，芸芸说，不如到我家坐会儿吧，一趟车就到了。车上更热，还很挤，即使在窗口，迎面吹来的也是阵阵热风。在百万庄下车。这里离母亲家不远，冰锋想是否应该就此辞别，可还是跟着芸芸走了。他们一前一后走在路边的阴凉地里。冰锋买了一个郑州三号西瓜，地上立的纸牌子写着"保甜，保密"，两个人忍不住笑了起来。

那是座相当破旧的四层简易楼。芸芸住在顶楼，楼道里很脏，墙上到处都是乱涂乱画的痕迹。他们与一个穿着圆领衫、浑身汗臭的男人擦肩而过，以后有段上楼的路程，就穿行于那个人留下的浓重的臭味之中。房子的结构与母亲家相仿，是两居室。芸芸说，这间我爸妈住，这间我哥哥嫂子住，他们都出去了。两间屋子的门都关着，过道相当逼仄，光线很暗。

冰锋把西瓜递给芸芸，她打了一盆凉水拔上，然后说，我家没条件，你拿凉水擦擦身吧，我平时都在咱们医院里洗澡。冰锋闻闻自己身上都臭了，芸芸也差不多。他到卫生间里，脱了衬衫、长裤，擦了个身。衣服都汗湿了，一时不能穿回去。回到过道，坐在凳子上，只穿着内裤，很不自在。芸芸说，我也擦个身吧。从卫生间出来，只戴了个白色的布质胸罩，又厚又硬，穿了条浅粉色的泡泡纱裤衩。她长得短小精悍，身上的皮肤也很黑。

两个人对坐了一会儿，芸芸说，咱们在一起吧。声音很小，像是试探，又像是自言自语，仿佛假如冰锋拒绝，她就可以否认自己说过一样。以后他回想起此事，"做爱"一词当时还不通用，若说"发生关系"未免生硬，"干那件事"则显得粗俗，觉得她的话相当得体。冰锋回答，我也这么想。芸芸半欣慰、半感激地一笑，然而却是真诚的。但她随即起身，到她父母的房间里去了。剩下冰锋，不知如何是好。

芸芸从屋里搬出一个钢丝折叠床，打开，支好。她说，这是我每天晚上睡觉的床。这样一来，过道就剩不下什么空间了。冰锋能想象到芸芸的父亲，母亲，哥哥，还有嫂子，夜里从房间里出来上厕所，在黑暗中为了避免撞到芸芸的床，小心翼翼地贴着墙边移动的样子。芸芸又进去搬出一床褥子，铺好，再铺上床单。她搬折叠床和褥子的动作，既谨慎，又麻利，像是既怕碰坏什么东西，又怕耽搁久了，对不起有点尴尬地站在一旁等候的男人。冰锋觉得，这更能体现出一种他所敬重、所怜悯的对于"好"的努力追求——而且不仅是她的，同时也是他的"好"。他被感动了。

芸芸又到另外一间卧室去了一趟，出来递给冰锋一个粉红色的小纸盒，是上海市乳胶厂生产的金香牌避孕套，十只装，大概已经用了四五只。芸芸用比刚才更小的，已经成了耳语的声音说，我哥哥的，不知合适不合适。我也不知道怎么用。冰锋取出一只，芸芸把剩下的送了回去。她回到过道，仰面躺在折叠床上，先摘掉胸罩，又脱去裤衩，都塞在枕头底下，闭上眼睛，用依然轻得几乎听不见的声音说，来吧。她的身上，连胸罩和裤衩遮住的地方颜色都不浅一点。

冰锋也脱了裤衩，先按了按芸芸旁边空的地方，看折叠床放得是否牢靠，担心两个人一起把它给压塌了。然后稳稳当当地爬到她身上。两个人都是第一次，像是共同完成一项工作，安静地相互配合，甚至近乎无声地彼此切磋，动作都很谨慎小心，谈不上如醉如痴，更没有所谓高潮——冰锋想，也许得等下回或下下回吧。他只听见折叠床嘎吱嘎吱地响。两个人的汗流在一起，刚洗干净的身上又黏糊糊的了。过程之中芸芸还一直留心门外，一再问，没人开门吧？我妈没回来吧？完事之后，冰锋很想与芸芸并排躺一会儿，可是那床只有六十公分宽，紧紧贴在一起都很玄，稍不留心就会把其中一个挤下去，所以不够惬意。

芸芸忽然轻轻叹息道，都是因为天太热了。冰锋说，我会好好待你的。两个人都出了一身汗，虽然与刚才在街上相比，并不觉得特别难受，只是彼此看来样子有些难受而已。芸芸问，再擦个身吧？然后有点不好意思地说，我爸妈怕费水，没装淋浴，我说了也不听。其实那卫生间特别小，还放着很多杂物，也没法装淋浴。医院里每周三、六浴室才开放，上午男职工洗，下午女职工洗。

冰锋说，下次到我家去吧。这句话似乎感动了芸芸，她抱住他的身子，在他与她之间是她小小的乳房，拥抱之际他感到了它的小，但惟其如此，他感到她将自己托付给他的那份诚恳，真挚。他想，一定要好好待她。冰锋凑过去亲了芸芸一下,他的动作像刚才一样生疏笨拙,但她还是感受到了他的情意,害羞地低下了头。然后他们各自穿上了衣服。

冰锋说,咱们出去吃个饭吧。心想也算是一种纪念。芸芸说,我妈妈快下班了,你赶紧走吧。西瓜也来不及吃了,真对不起。今天我非常高兴,真的,一辈子从来没有这么高兴过。她把他送到门口,说,等过些日子吧,咱们一定好好吃个饭。冰锋想起她中午提到饭馆涨价的事。这真是一个有定力,也会过日子的女人。

第二章

冰锋第二天上班，在休息室里间换白大褂，外面电话铃响了。是芸芸打来的：是你，太好了。午饭给你准备好了，在你们科的烤箱里呢。吃完不用刷饭盒，我来取。以后你就别去食堂吃饭了，我也带饭，多做出一份，不麻烦。休息室里有个很大的高温柜，用于消毒托盘、探针、镊子、口镜之类，辟出一角，供医生护士们加热带来的饭菜。大家工作素来很忙，中午常常连到医院食堂吃饭的工夫都没有。

冰锋打开高温柜的门，里面有一大一小两个铝饭盒，分别装着米饭和炒菜，菜是青椒鸡丁和西红柿炒鸡蛋。一看就知道是早上现做的。冰锋从白大褂的兜里取出口罩戴上，发现也给换了一个新的。中午饭他吃得很可口。

下班路过外科诊室，芸芸不在。冰锋觉得奇怪，走出医院大门，看见她站在路边一棵槐树下等他。树上垂下些扯着细丝的青绿色的吊死鬼，地上也有弓着身子在爬的，她不断挪动位置，以免爬到脚上。冰锋想起古书上讲的"尺蠖之曲,以求信也","信"就是"伸"——好像是说自己。芸芸穿了昨天买的那条连衣裙,转了四分之一圈身子给他看,还说,其实我有一双高跟鞋,但穿不惯。芸芸穿着一向简素,今天脚上是双一字带的黑色平跟皮鞋,已经是不同以往的打扮了。到了胡同口,她轻声说,今天去你家吧。冰锋说,好的。想起此前与叶生来往那么久,彼此只摸过一次手;如今自己好像已经没有什么底线了。

下了公共汽车,芸芸问,家里有菜吗?冰锋抱歉地说,没有。打算提议去外面吃饭,又记起昨天她的话,就没说。他们来到四店,芸芸买了一块钱的猪肉,又去农贸市场买菜,她嫌冰锋挑选得不够仔细,一一重新来过,但态度亲切,并不令他不舒服。

刚进家门,芸芸就说,你告诉我,米,油盐酱醋,做饭、炒菜的锅,还有煤气灶,都在哪儿,剩下的就别管了。她很麻利地做好了晚饭。虽然是家常菜,口味很好,而且与中午冰锋吃的不重复。见家里没有冰箱,她说,明天早上我再给你做要带的饭吧。吃完饭,她去厨房把碗刷了。这些事都干得自然而然,就像是她的本分一样。对于冰锋有几分寒酸的家,芸芸毫无挑剔,只说,奇怪,你们家没有电视呀?冰锋说,没有,我不看。芸芸说,那晚上怎么过呢?光看书啊。

芸芸把桌子擦干净,外面天上忽然被一道闪电照亮,紧接着是轰隆隆一阵雷声,听着好像天都炸裂了。很快就听到雨点啪哒啪哒落在院子里的地上。窗户透进来一股凉快的气息,他们赶忙起身关上。雨点打在玻璃上,一下又一下,声音清脆。芸芸低声说,湝雨呢。黑暗的背景下，雨滴连成一道道粗细不等的线，弯弯曲曲流淌下来。

冰锋把床上的毛巾被拉开，抱歉地说，对不起，只有一个枕头。芸芸把冰锋的枕头往里推推，自己脱了裙子，连同衬裙叠成枕头，放在旁边。然后关了灯。这一次他们自如多了，也快意多了，但不约而同地没有发出任何声音。院子不大，稍有动静，别人家就能听到。记得从前每到周末，隔壁陈家的大女儿带着新婚丈夫回来，两口子整夜怪喊怪叫，薄薄一墙之隔，冰锋静静地躺在床上听着，反倒有些不好意思。不过人家毕竟是正经结了婚的。

雨一直在下，时而打闪，打雷。在闪电的一瞬间，能看见夜空之下，院里那棵大杨树像是要扑到窗户上。冰锋想，居然没漏雨，还挺给面子。夜里天气凉，两个人合盖一床毛巾被。这是一张一米二宽的单人床，芸芸把身子尽量贴紧冰锋躺着，从脸蛋一直到脚丫子。她的皮肤稍显粗糙，接触起来涩涩的。也许床还是太窄，但她显然非常享受这种躺法。之后就睡着了。她的睡相很好，一动不动，连呼吸都调匀，轻微，令人感到稳重，安全。冰锋尽量贴着墙，好在芸芸个子小，不大占地方。墙上返潮，还长了硝，对着床的墙上挂着一大块布。贴上去很凉，能感觉到硝霜隔着布被压碎了，轻微地响着。

冰锋醒来时，早晨的阳光透进窗户，芸芸枕着她的一只胳膊仰面躺着，睁大眼睛望着纸糊的顶棚，脸上有种自如、舒展的表情。但她马上就起来了，从挎包里取出一件叠得平平展展的衬衫和一条裤子换上，又拿出一个很小的化妆包，略略化了化妆。然后去厨房做饭,一份是冰锋的,一份是自己的,各装了两个铝饭盒,饭盒是她带来的。等冰锋起来,她很快把毛巾被叠好,摆在枕头上面,摆得整整齐齐。他想,这要是床棉被,她一定会像军人那样叠得见棱见角吧。锁厨房的门时,他发现芸芸把灶台、碗柜和窗台都给收拾了,好像从来没有这么干净过。

他们一起在胡同口的早点铺吃了早点,一人一个油饼,一个薄脆,一碗豆浆,冰锋的加了糖,芸芸的是淡的。快到医院门口时,芸芸说,你先进去吧,饭你自己拿着。

冰锋回味着过去的这一天,却想不出应该如何形容。后来有一回他陪芸芸逛街,走进一家家具店,那里摆了一张长沙发,芸芸坐上去,也让他试试,虽然并不打算买。这是带弹簧的沙发,跟他以前坐过的硬的不同,他忽然觉得芸芸第一次来家以后,自己就是这种感觉:实实在在落座了,然后软软地陷下去,陷下去,简直不想离开。

下班后,她还是在医院大门外等他。走到半路,芸芸说,今天我得回家了,我爸妈让我每天晚上十点之前必须到家。昨天我骗他们说,临时替同事顶个夜班,但不能天天这样。别生气啊。然后小声说,早上忘了告诉你,我可高兴了。她被自己的话弄得很不好意思,脸都红了。不过冰锋还是稍感失落,本以为她会一直住在他家呢。

他们走进新街口北大街南口的副食商场,到蔬菜区看了看,芸芸说,这韭菜倒是不老,星期天我去给你做盒子吃。家里有饼铛吧? 穿过相邻的新华自选商场,她撇了撇嘴:东西这么贵,还这么多人。出了门，是西直门内大街东口。到了车站，冰锋想抱她一下，被她阻拦住了，说，别这样，大庭广众的。临上车时，她回头说，明天还给你带饭啊。

星期天，冰锋很早就被一阵敲门声吵醒了。外面有个男人在喊，牛奶！是你订的吧？他懵懵懂懂爬起来，没等开门，那人又说，给你搁这儿了，赶紧在门道装个箱子，不然丢了不管啊。冰锋把门打开一个缝，人已不见，外面窗台上放着一个白色的玻璃瓶，封住瓶口的纸用猴皮筋箍着。他拿进来，不再锁门，芸芸说好今天要来。

冰锋重又躺下，还没睡踏实，芸芸就来了。她轻轻敲了一下玻璃，没等他起来，就推门进屋，好像知道留了门。很快脱光衣服，上床钻进他盖的毛巾被里，身上有一股急着赶路带来的热气。她说，我给你订了一份牛奶，每天早上你喝了再上班。冰锋想告诉她，母亲带着他们兄妹仨刚回北京时，订过半磅牛奶，兑两磅水，一家人喝，铁锋和小妹伸出舌头抢着去舔纸盖背面偶尔沾上的一点奶油，但他忍住没说。两人起来后，芸芸先化了妆，然后开始收拾屋子，扫地，擦玻璃。她带来一瓶玻璃擦净剂，说是一块钱一瓶呢，虽不便宜，但经用，擦了也干净。边干活边对冰锋说，我看见对门的葡萄结了不少，不过还都是青的，咱们也在窗前种点东西吧，丝瓜、扁豆什么的。

芸芸带来一捆韭菜，一小包虾皮。在厨房里，冰锋看着她忙乎：和面；洗净韭菜，切成末儿，放入虾皮，加盐、味精，倒上香油；将醒好的面团揉成剂子，各擀成圆圆的一片，用小碗倒扣着割成皮子；往馅里打一个生鸡蛋，拌好；放一勺馅在面片的一边，对折，按紧，折出花边；在饼铛里倒点油，加热后将盒子平铺入锅，小火烙至两面金黄。出锅时，香味十足。她的动作熟练，利落，从容，甚至带有节奏感。冰锋想，这个人真的很有意思，说好今天来做韭菜盒子，果然来做了，一点也不给人惊喜。本来事先可以不打招呼的，但她显然不愿意，或者没想到。唯一给他的惊喜是，她做的韭菜盒子太好吃了。

冰锋忍不住又想到了叶生，几个月前，她也在这里收拾过房间，和他坐在一起吃饭。但她只是对自己从未接触过的生活感到好奇，尽管真诚，毕竟像是闹着玩；芸芸则是踏踏实实过日子的人，未必有多大乐趣，但确实担得起一个家来。这是个很能干也很会操持家务的女人，只可惜一向英雄无用武之地罢了。

下午他们又在一起睡了。吃完晚饭，收拾停当，芸芸说，我该回家了。冰锋说，非走不可吗？芸芸说，我爸妈管得特别严，绝对不许我夜不归宿。我不能让他们着急。只能星期天有空过来。接下来的话声音很低，但他还是能听见：他们说，必须先结婚，才能住在一起。冰锋不知道如何回答。芸芸说，咱们俩算是好了吧？冰锋点了点头，又觉得不够，补充道，当然算了。

他送她出了屋门，说，你等一下。拿起窗台上的花盆，取出那把钥匙，略显郑重——至少不显得随便——地交给了她。这是向她也是向自己表明，他不是那种随便占便宜的人，他一定会对对方负责，他已经对彼此的关系给予了某种确认。芸芸没有推辞，把钥匙加到自己包里的钥匙串上，高兴地说，放心，我不会弄丢的。那我走啦，《四世同堂》七点三十五开始，我得赶回去，路上得一个钟头呢。其实周三晚上还会重播，但快到九点才演，电视在我哥屋里，我嫂子嫌太晚了，有意见。冰锋又想起她家那狭窄的过道，一家人小心翼翼、尽量互不干扰地生活着⋯⋯他向来没觉得自己家没有电视机是种欠缺，现在却多少感到歉疚了。

芸芸和小孙很熟，显然将自己与冰锋在搞对象的事告诉给她了，科里的人大概很快都知道了。李副主任兼着医院的工会主席，曾一再动员冰锋参加市总工会举办的鹊桥联欢会，现在不再提起，应该是知道他有女朋友了。芸芸干脆把饭菜拿到口腔科来热，中午也在那里吃，大家或许注意到了，冰锋每天吃的都跟她一模一样。但因为他们没公开，所以别人也不挑破。冰锋上班很忙，中午偶尔有空，芸芸约他到医院后面的小湖，那里有座假山，山顶有个亭子，坐上十来分钟，随便说说话。湖边有几株老态龙钟的垂柳，半湖都是张张搭在一起的荷叶，伸出几枝粉红色的花苞。来这儿的多是住院病人或病人家属，很少见到穿白大褂和护士服的，冰锋觉得未免招摇，芸芸则不以为意。但下班后虽然一起只走一小段路，她却总是在医院门外等他，不想让院里的人产生某种猜想。看来她愿意公开承认他们在谈恋爱，而且引以为荣；但对二人的关系已经到了什么程度，却严格保守着秘密。她告诉给小孙的，也一定是挑着说的。

芸芸星期天来和冰锋睡一觉，做两顿饭，收拾一下屋子，吃完晚饭就回家了。有空的时候，她就织几针毛线活——是为冰锋织的一件深灰色的膨体纱毛衣，但不敢拿回家去，所以进展缓慢，后片还没有织好。她说，我不会织什么花样，就是平针，但一定要为你织一件毛衣。冰锋想起那次她临走时说的话，觉得自己可能让她为难了；但又发现，二人确定了关系之后，她其实并不急于结婚，当然也不会就此同居——家庭、单位，还有整个社会环境都不允许。她似乎愿意暂时保持现状，很享受这种正规谈恋爱、偶尔越越轨的过程。

芸芸只爱看甘肃出的月刊《读者文摘》，每期必买，平时放在包里，有空就拿出来看一篇，即使来冰锋家，也是如此。再就是追着看眼下每星期天连映两集的电视连续剧《四世同堂》。有时边做饭，边哼唱那片头曲："千里刀光影，仇恨燃九城……"总是唱这前两句，配合着烧饭、炒菜的动作。像是在与自己认真切磋，如何能唱出小彩舞唱的京韵大鼓的韵味。冰锋觉得很好玩，但没敢笑出来，芸芸显然不是一个能开玩笑的人。后来连他脑子里都常常飘过那旋律了。她还和他讨论电视剧里的某个人物，或某段情节。冰锋几年前读过老舍的原著小说，很不喜欢，尤其是善有善报、恶有恶报的人物命运设计，他想，无论历史还是现实，哪儿有这回事，无非是老百姓可怜的自我安慰罢了。他对芸芸说了，她有点不高兴地说，我不懂你这是什么意思，再说，咱们聊的是电视剧，我又不想读什么小说。冰锋本来还想说，自己读过《骆驼祥子》，再读《四世同堂》，觉得写这本书时，作者的境界与觉悟好像还不如当初他笔下的祥子高呢。但芸芸对此肯定无法理解，那么也就没有必要谈了。

芸芸见冰锋不搭自己的茬儿，就说，晚上你也找个地方去看吧，真的很好看。唉，你们家怎么不买电视呢？要是有电视就好了。我们家的彩电是十四寸的，干扰还特别大，屏幕上老闪雪花，总是一边看，一边转拉杆天线。冰锋一直在跟她商量去买一台冰箱，已经到商店看了几次,买的门道也摸清了:最近展销华日牌电冰箱,在交款提货处多花一百块钱,就可以从人家手里倒过来一张冰箱票。他问,那么是买冰箱呢,还是买彩电呢? 芸芸想了想说,还是买冰箱吧,对你用处更大。

平常冰锋与芸芸说话的内容,也与从前他与叶生聊的大不相同,虽然他已经记不太真切与叶生聊过什么了,现在他和芸芸之间,话并没有那么多。叶生是个文艺女青年,和她说的其实都是些不着边际的话,冰锋现在挺烦"文艺"的了,觉得不接地气,而且搞创作,自己的才情未必够,叶生大概也如此,都比 Apple 差远了。酝酿已久的关于伍子胥的诗剧搁在那儿,几乎被他遗忘了。

有空的时候,冰锋陪芸芸去逛商场,或者逛各种各样的展销会,尤其是服装、轻工展销会。从前和叶生也一起去过这种地方,但她留意的是新,芸芸看中的则是便宜,虽然多半是看,很少真掏钱买什么。芸芸是个过日子锱铢必较,而且不辞辛劳的人,为了便宜几毛钱,不惜穿过半个北京城,挤公共汽车,奔波在太阳地里,从这家商场来到那家商场。冰锋陪着她,觉得对此也可以理解:大家都是过穷日子的,只是程度稍有差异而已。像叶生那样无忧无虑、随心所欲的人,毕竟少见。只是偶尔怅惘,他离曾经预期的那个自己,真是越来越远了。

芸芸对冰锋说,有个朋友家晚上组织舞会,咱们一起去吧。冰锋说,我不会跳。芸芸说,什么时候我教你。冰锋微笑,算是婉拒。芸芸说,那我自己去啦。冰锋说,小心点,别惹事啊。芸芸说,就是快三、慢三这些,不会惹事的,再说人家音乐放得很低,窗帘挂得严严实实，邻居听不着，对面楼也看不见，而且到九点半准散，我刚好能赶回家。她还在演乐胡同工人俱乐部报了一个女子健美班，第一次冰锋陪她去，在院门外面等着。她出来时样子挺累，精神头儿却很好，说，教练真不错，编了一套操，学员们跟着音乐，又压腿又踢腿的。

星期三上午，冰锋接到一个电话，是 Apple 打来的，问，你看不看《一个死者对生者的访问》？一出先锋话剧。冰锋想答应，但又担心叶生也去，就问，都谁去啊？Apple 说，就两张票，一个记者朋友送的。离你们医院不远，人民剧场，今儿晚上七点。冰锋和她约好在门口碰头。中午见到芸芸，冰锋犹豫要不要告诉她，随即想，自己秘不示人的东西也许太多了，能示人的还是示人吧。又说，不好意思，人家就给了一张票。芸芸说，没事，我又不爱看话剧，我还得回家看重播的《四世同堂》呢，上星期天家里停电了，漏了整整半集。不过你下班离开演还早呢，我陪你找个地方吃点东西吧。

离医院不远有一家新开业的个体饭馆，专门卖饺子。芸芸问，八两或九两饺子，怎么收粮票？售货员说，都收三两粮票。芸芸说，那就九两吧。是猪肉西葫芦馅的。一块四毛四，冰锋付了钱，芸芸嘟囔道，还是贵啊。这是他们俩第一次在外面吃饭。饺子端上来，各吃了一个，肉少到几乎成了素馅的了，芸芸忍不住要理论一番，被冰锋劝住了。但她还是大声说，这倒好，猪肉价格放开了，自有应对的招儿。饭馆里没安空调，热得人不能久待，两人赶紧吃完，就分手了。

路边的几棵国槐，开了不少淡黄色的花，闻着不如洋槐的花香。

冰锋走在树下，想起从前读过一篇小说，描写一对青年男女在一家饭馆里初次见面，点了两碗馄饨，男的正在谈文学，女的忽然打断他说，馄饨少给了一个。作者意在贬损那女人境界低，过分实际。现在冰锋却觉得，计较馄饨个数的女人生活态度不无可取之处，而高谈阔论文学的男人未必多么高尚。如此写法，毕竟还是与现实的人生有些隔膜。

快开演了，Apple才匆匆赶到。蓬松的爆炸头，纯棉的白色短袖T恤，白色三骨裤，一副意气风发的样子。前不久冰锋翻看《诗刊》《人民文学》等杂志，都有署名"平果"的组诗，放在显赫的位置，还给了很大的篇幅。他想，这一定是Apple，有几首他记得她当初在聚会时念过。果然如杨明所预言的，Apple轰轰烈烈地登上诗坛了。也出现了一篇批评文章，针对的是她作品中的性爱内容，认为格调不高；几位评论家著文反驳，于是她又被称为"有争议的青年诗人"，影响更大了。不过辩护者举了聂鲁达的《二十首情诗和一首绝望的歌》为例，冰锋觉得反倒坐实了她描写的是性爱，而在他看来，那只不过是象征手法而已。此外他也听朋友隐约提到，外间有些关于Apple私生活方面的传闻。他想，这大概与批评她的人一样，都是读了她的诗，信以为真了。

中场休息时，冰锋说，好久不见了，你最近发表的诗，我都读了。Apple说，谢谢。什么时候找个机会坐下来，听听你的意见。态度虽然诚恳，听起来却近乎敷衍。冰锋想，过去诗歌小组聚会时，得到赞许，她就兴奋不已；受到批评，她也虚心接受，那种日子或许一去不复返了。这两方面的意见，现在可能都听得太多了吧。他问起诗歌小组的现状，Apple说，偶尔聚聚，名存实亡了，主要是各位都很忙。冰锋说，那是好事啊。

散场后，冰锋说，这个剧未免流于形式，至少不够深刻。Apple说，毕竟破了唯物主义。冰锋说，但也没访问出什么来啊。出了剧场大门，冰锋正要道别，Apple忽然说，我跟你说件事。两个人在台阶下一处稍僻静的地方站住。Apple绷起脸，语调严厉地问，你跟叶生到底是怎么回事？冰锋一直纳闷她今天怎么会忽然心血来潮约自己，原来是为这个，就说，没什么啊。Apple说，你们没谈恋爱？冰锋说，没有啊。Apple说，呸！你连这个都不敢承认，这孩子真可怜啊。

冰锋本来打算告诉她，自己有女朋友了，甚至可以说出芸芸的名字、身份；但又一想肯定会传到叶生那儿，对她进一步造成伤害，而她毕竟是无辜的。就说，我们并没有正式谈恋爱，她也许有什么想法，但我不清楚。Apple说，这孩子可是第一次谈恋爱。学校里不少男生觉得她是个大美人，尤其是那股清纯劲儿最难得，抢着中午帮她打饭，在自习室替她占位子，但她从不理会，就像一直睡着了。遇见你，突然醒了过来。可是你把她悬在半空中，就不理了。

冰锋说，我们没有说是在交朋友啊。Apple说，你这就有点卑鄙了吧？我真奇怪，你身上有什么值得她这么喜欢呢？一个挺穷的小大夫。也许因为你是理科生，又喜欢文学，但你也没写出什么东西来呀，甚至都不知道你能写什么，我们聚会了那么多次，你拿出过哪怕一行诗？冰锋没想到她居然这样说，一时哑口无言。

Apple说，叶生不喜欢同龄人，喜欢比自己大几岁的，成熟一些的,你大概就是这点长处,可是我也没看出你怎么成熟来。这孩子就是爱情小说看得太多了。Apple 的话很伤人,而冰锋并不愿意被她伤害;但这种伤害要过些时候,等他再次回味起来,才能深切感到。此刻他只是诧异,她身为才华出众的诗人,怎么会关注这种世俗的事情。临分手时,Apple 叮嘱道,你要跟她分手,当初就不该跟她来往;现在既然已经分手,以后就不要再来往了。

观众早已散尽。Apple 骑着自行车,消失在空空落落的护国寺街的尽头。冰锋还在原地没动,站在一盏孤零零的、有很多蚊虫绕着飞的路灯底下。他一直对自从打了那个电话,叶生就再也不和自己联系了感到意外。虽然不止一次,隐约觉得叶生的身影出现在候诊室的人群中,待他出去张望,却又没看到她。他不免想到,她的性格中有另一面——他记起她骑车的姿势,滑冰的动作,还有在球场看台上的表现,柔软之下另有一种刚强的东西,决绝的东西。但他也想,没准自己想多了吧。她对自己的感情并没有那么深,所以才不再坚持,毫无抵抗地接受了分手。于是他对因断绝与叶生的关系而断送向她父亲复仇的机会感到后悔,觉得自己真是一事无成;儿女情长是一回事,自作多情是另一回事,但怎么能再找到机会呢?

现在听了 Apple 的话,原来叶生为此很是痛苦,冰锋才明白自己想错了。他想,也许可以用周敦颐《爱莲说》里的"出淤泥而不染,濯清涟而不妖"来形容叶生,虽然他并不认为那篇文章写得多么好。叶生确实是既不同流合污,又不得意忘形。不过他又想,这样的女人,爱起来也不容易。相比之下,倒是与芸芸来往轻松多了。

第三章

下班路上，芸芸对冰锋说，我们科吕大夫正准备考研究生，一有空就在那里背英语单词，着了魔似的。他好像跟你是同一届的吧？冰锋说，是啊。芸芸说，你怎么考虑呢？冰锋说，看这形势，当医生的要没有个硕士学位，将来在医院里怕是很难有发展的机会，弄不好还会被淘汰。芸芸说，那你也考吧，我支持你。冰锋说，好的，我准备一下。迎面走过来两个中年男人，都是胖子，一个光着膀子，另一个穿着汗背心，却卷到胸口，露出圆鼓鼓的肚子，手持一把折扇，悠闲地扇着。芸芸说，天气这么热，也得注意劳逸结合。

冰锋想起自己曾经以考研究生为借口，跟叶生断绝了来往。现在芸芸当回事地说了，他的回答讲出了这一向的真切体会，自己听了都不免为之所动；虽然只是随口答应，但也应该认真考虑一番。

第二天上班，趁休息室没人，冰锋给徐老师打了个电话，说，考研究生的事，想跟你商量一下。徐老师说，好事啊。你毕业时就应该考，当然现在考也不算太晚。说实话，想干这行，早晚得考，不然就在你们那小科室里混吧，但后分来的学历高，你连晋升都困难。说吧，口内，口外，口矫，正畸，黏膜，颌面外科，想考什么？最好是口外，有我呢。

冰锋说，是啊，考什么呢？我倒是对下颌智齿拔除后的干槽症有点兴趣，这两年也积攒了一些病例。徐老师说，那就是考我们科陶教授的啊。行，我帮你打声招呼。今年考时间紧了点，但我想你没问题，无论专业还是外语。把手边的事都放下，专心准备吧。当初在口外实习时，陶教授曾经很看好冰锋；后来他没报考研究生，陶教授还让徐老师传过话来，表示惋惜。

下班后，冰锋告诉了芸芸。她特别高兴，说，我怎么能帮上你呢？这样，每天我去给你做晚饭吧，然后再回自己家。冰锋说，那可不行，我受不了。要是没考上呢，怎么还这份情呀？芸芸略显生气地说，你对自己太没信心啦，说话还这么见外。冰锋说，真有可能啊，别人都准备了至少半年了。芸芸说，你准能考上，我真的很看好你。冰锋说，那就求你别给我压力。芸芸说，好吧，我听你的。但我是你的预备队，随时吩咐就是了。

第二天，徐老师托人送来一包材料，带话说，自己很快就要动身出国，陶教授那儿已打过招呼，他对冰锋的印象仍然很深，连说了两遍"好啊"。但也强调，关键还在考试成绩，外语千万别丢分，总之抓紧时间吧。

回家吃过晚饭，冰锋开始看徐老师带来的材料，是复印的国内外这几年发表的几篇关于干槽症的论文。内容都看得明白，也知道有必要看，但很奇怪，就是无法专心，一行行字都从眼前滑过去了。院子里水龙头放水的声音，坐在那儿乘凉的邻居聊天的内容，甚至一只野猫从对面的房顶走过，还有窗外地上月光投下的杨树的淡淡的影子，似乎都跟他密切相关，等待他倾听一番，或观看一下。需要花费很大精力，才能回到面前的论文上来，但马上又离开了。他以为是自己上班太累，就躺下睡了。第二天早晨起来，面对那堆复印件，还是不能集中精神。

这样过了一个星期。一天夜里，冰锋把材料推到书桌一旁，站起身来。他明白纯粹是在浪费时间，甚至已误入歧途。第二天又给徐老师打电话，直截了当地说，我不考研究生了。徐老师有些摸不着头脑：哦……好吧，我明天一早的飞机，这就回家收拾行李，等我出国回来再说吧。冰锋坚定地说，我想好了，真的不考了，对不起啊。徐老师说，好吧，随你——对了，那东西你还要不要了？冰锋说，要，多少钱都要，请您一定帮这个忙。

徐老师如果不提买格斗刀的事，冰锋大概都给忘了。但这时提起，像是强行要他在二者之间做出抉择。他挂上电话，心里不大舒服。而真正令他不舒服的，是他的确在二者之间做了抉择；或者说，让他在考研究生这个"者"之外，清楚意识到还存在着另一个"者"，而这是他这些日子一直在回避的。给徐老师打这个电话，冰锋心里一块石头落了地，另一块又悬起来了。但他没有把不考研究生的决定告诉芸芸，她对自己寄予厚望，一时难以启口。每天下班，芸芸和冰锋一起走到车站，并不追问他功课准备得怎么样了。看得出来，她对他真是充满信心，而这在她其实是一种自信。冰锋心里愈发沉重起来。

星期天,芸芸照例来到冰锋家。但她说我倒霉了,咱们今天就不那个了。徐老师给的材料乱丢在书桌上,冰锋心思散乱,一直没顾上收拾,看起来仿佛他天天都在废寝忘食。芸芸将它们归整到一起,说,我可不懂啊,不会给搞乱了吧?她看了看冰锋的脸,皱皱眉头说,才忙了一个星期,你就瘦了,这样不行啊。今天咱们放个假,出去逛逛吧。

他们去了紫竹院。公园里新辟出一个荷花渡景区,湖面满是碧绿的荷叶,许多红色和白色的荷花正在开放。芸芸又提到曾来这儿学英语的事,还说,现在你这么忙,更没空教我了。冰锋想自己实在对不起她,但真不知道怎么跟她说好。然后去逛西单夜市,晚饭花了一块八,一人一盒中式快餐:四两米饭,一个白菜炒肉。芸芸把肉片都夹给冰锋,叮嘱他多吃点。

过了几天,冰锋接到徐老师的电话,他已经从瑞士回来了。他说,你要的东西有了,有惊无险,来取吧。冰锋问多少钱。徐老师告诉他,人民币换成美元,美元再换成瑞士法郎,各是什么汇率,然后说了个数目。冰锋说,好的。他那点存款几乎都用上了。中午去了银行,因为是提前支取,营业员一再提醒他,利息损失了多少。

冰锋下了班,买了四瓶啤酒,提着去了徐老师家。徐老师拿出一个鼓鼓囊囊的大信封,搁在桌上,用一只手按住,说,巴克直刀,美国产的。冰锋急着要拿过来,他的手指却不放开,略显严肃地问,说实话,你到底要干吗?冰锋说,我……一直想去趟小兴安岭,看看原始森林,想带着防身用,万一碰见黑瞎子呢。徐老师说,这还说得过去。把信封推了过来。又说，别跟人瞎显配啊。冰锋拿起信封，感觉有些分量，放进了自己的背包。

他们喝着啤酒，徐老师说，别嫌我烦，再嘱咐你一句，无论如何，这刀不能用在人身上。我是你老师，教你的可是救死扶伤。冰锋感到他话里有话，似乎察觉到了什么。他的确有些烦了，徐老师的话太多了，人最难做到的就是适可而止。

徐老师开始兴奋地讲起自己的出国见闻，冰锋告辞时，好像还没有讲到尽兴。在门口，他说，这儿还有个小件指标，送给你吧。我自己打算拿大件指标买个松下21遥，你想买什么，趁我提货时一块去。惠新东街四号，出国人员服务总公司营业部。冰锋说，谢谢，可惜真的没有钱了。

回到家里，冰锋从信封里掏出那把刀来。有一个黑色的牛皮护套，一部分刀柄露在外面。长约二十厘米，刀柄与刀身大致相当。刀柄黑色木质，一侧有指槽，表面有花纹，尾端是钢制的。护手不大。刀身是不锈钢的，刀颈很短，刀刃很宽，刀尖尖锐，刀背不太厚。他拿在手里挥舞了一下，轻重倒是适当，但并未舞出那股潇洒劲儿。

冰锋坐在书桌前，端详着举在手上的格斗刀。这把刀的美，来自于它的整体结构，各个部分的和谐，刀刃和刀背的曲线，还有刀尖的形状；是一种冷峻的，淡漠的，完全不诉诸人的情感，类似信念本身的美；一种坚决的，果断的，省略了所有过程，直接予以最终解决的美。冰锋的手缓缓转动着，忽然，有一束反光从刀尖滑向了刀刃，倏忽即逝，却似乎隐然有声。仿佛是安歇已久，偶尔才精神抖擞。

其实冰锋并不确定，他几乎倾其所有买来的这把刀，究竟用处何在。他自信有能力致仇人于死地而不露痕迹，就像曾经想过的，对付祝部长这样一个垂垂老矣，又重病缠身的人，两只手就足够了。但他还是准备携带一把刀去，用来显示自己的决心与力量；即使是以备万一，也需要一件武器。然而问题在于，刀与它的对象之间，距离是那么远，现在更遥不可及了。

无论如何，这把格斗刀对于冰锋是一种提醒。它以自己的真实存在，以自己咄咄逼人的外形，无可置疑的性能，明确而又执着地提醒着他。令他无从回避，不能视而不见。

徐老师用来装刀的大信封上，印着他所在医院的名字、地址和电话，冰锋给撕掉了，另找了张牛皮纸包上。他想起《东周列国志》里的一段话，抄在牛皮纸上：

  昔越王允常使欧冶子造剑五枚，献其三枚于吴，一曰湛庐，二曰磐郢，三曰鱼肠。鱼肠乃匕首也，形虽短狭，砍铁如泥。先君以赐我，至今宝之，藏于床头，以备非常。此剑连夜发光，意者神物欲自试，将饱王僚之血乎？

他重看一遍自己那笔写得并不好看的字，忽然激动起来。仿佛某些暌违已久的东西，又回来了。

冰锋想，有了刀，还需要配套的家伙事儿。第二天下班回家，乘22路汽车到西四下车，在路南的绳麻商店买了一捆麻绳。家里顶棚的一角破了个不大的窟窿，站在床上才够得着。他把刀和绳子藏了进去。笔记本，一些写了诗句的散页，母亲写的那张纸，贺叔叔的信，父亲留下的那册《史记》，还有父亲的小相架，也都存放在那里。顺手把那些材料取下来看看，上面落了一层尘土。

星期天芸芸来的时候，冰锋已经起来了，正光着膀子坐在书桌边，重看《史记》里的《伍子胥列传》。伍子胥被他冷落得太久了，似乎都有些生疏了。见她来了，冰锋把书扣在桌上，像往常那样招呼她。

芸芸手里举着一个纸口袋说，我给你买核桃来了，据说能补脑子。但她似乎马上就对什么有所察觉，目光从那本《史记》移向桌面的别处——那一沓关于干槽症的材料，已经不见了。她问，你在干吗呢？语调里流露出一丝难以掩饰的严厉。冰锋向她摊开双手，什么也没说。芸芸急切地问，你不考研究生了？冰锋觉得解释起来太复杂，而且很多话根本不能讲，就说，我考不上。她说，怎么会呢？咱们好好准备，加班加点……他为阻止她劝说下去，一字一句地说，真的考不上，而且我也没有心思考。

芸芸不说话了。她颓丧地在床边坐下，那样子像是自己而不是他打了一个大败仗。这还是她第一次对冰锋表示失望。冰锋想劝劝她，但觉得还不如不说。想起讲过的别给自己压力的话，简直像是卑劣的谎言。过了好久，芸芸重重叹了口气，看表情似乎多少有所纾解。她站起来整理床铺。眼见她今天没有兴致像往常那样上床了，冰锋把搭在椅子背上的圆领衫穿上。

芸芸收拾房间、做饭，间或跟冰锋随便说几句话，似乎想缓和一下气氛,但总有些力不从心。吃过午饭,终于喃喃地说,我家里有点事,冰箱里有剩菜,晚上你凑合吃吧。明天早晨我给你带饭。然后就走了。她的个子本来就矮,今天腰略有点弯——这在军人出身的她是从来没有过的——看着更瘦小了。院里的杨树枝头,两只喜鹊交替地喳喳喳叫着。

冰锋并未挽留她,甚至对她离开都没有太大反应。他的注意力在现实中有些涣散,不仅仅是针对芸芸;什么东西在脑子里涌现,相当强烈,难以遏制,必须全心全意——那个搁置已久的诗剧的构想,实际上也就是他念兹在兹的伍子胥的前半生,突然变得具体、丰富起来,有些片断,简直活灵活现在眼前了。他找出一张白纸,匆匆写下来,很快就拟好了四幕诗剧的简要提纲:

第一幕:费无忌向楚平王进谗言,伍奢入狱,言及两子。楚王的使者来找伍氏兄弟,伍子胥张弓对之。妻子贾氏自杀。伍子胥逃走。伍奢、伍尚父子被杀。

第二幕:伍子胥携白公胜逃亡,途中过昭关,遇渔父、浣纱女,二人先后自杀。到吴国,吹箫乞食。

第三幕:公子光向吴王僚引荐伍子胥,对伐楚之议加以阻挠。伍子胥与白公胜退隐乡下,得知楚平王死讯。专诸刺杀吴王僚。公子光立,是为吴王阖闾,重用伍子胥。孙武练兵。

第四幕:吴国兴兵伐楚,伍子胥入郢,寻找平王坟墓,鞭尸,与申包胥的对话。

此外还有几句补充说明：

在这个提纲里，对于历史过程做了适当省略，譬如伍子胥与太子建先去宋国，又去郑国，太子建在那里谋反被杀，还有吴楚之间最初的战争，都没有直接表现，必要时可以借助吟诵人做些交代。

冰锋连晚饭都没有顾上吃，写下进一步的设想：

舞台分成两部分。后部或一侧是吟诵人的位置，类似歌队，约八到十二位，有男有女，如居后部则站成一排，如居一侧则站成两排。打扮得像出土的乐师陶俑。他们进行不同组合的集体朗诵，也有独诵。

舞台的主体部分不用布景，人物服装则尽量仿同历史真实状况，或者采用戏曲服装，给观众以这些人物从历史深处跌落到一个近似真空的空间的感觉。在第一、三和四幕中，舞台有时分为两个区域，可以通过灯光明暗加以区别，一个是伍子胥及身边人物的情景，一个是这一情景之外的另一情景：第一幕分别是楚平王与费无忌，狱中的伍奢，刑场上的伍奢、伍尚；第三幕分别是公子光与吴王僚，专诸与吴王僚，孙武与吴王诸姬（在这一幕中，这些都可以用哑剧的形式表现，内容则由吟诵人道出）；第四幕是山中的申包胥（在这一幕中，两个情景的界限被打破了，申包胥与伍子胥隔空对话）。

每一幕都通过人物的对白和独白再现一个个情境，吟诵人的朗诵不仅穿插于这些情境之间，而且突入情境之中，对人物的表现直接做出反应，或赞叹，或质疑，或评议，或引申。无论人物的台词还是吟诵人所念的，都是不押韵的自由诗。

冰锋写满了几张纸，看了一遍，放在桌上，然后走出屋门。小院里的邻居都睡了，各家窗户黑洞洞的，偶尔看见玻璃上反射的月光，似乎里面影影绰绰亮着一盏小灯。杨树和葡萄架的影子被描绘在地上，一枝一叶都很清晰，就像是一大幅黑白版画。忽然有些许浮动，但却听不见风声。四下里安静极了，什么地方有一只油葫芦在轻声鸣叫。他忽然想起两句诗，赶紧回到屋里记下来，打算安排给某位吟诵人：

痛苦涌起如山脉
思想破碎如群岛

又在一旁注明，吟诵人的见识可以不受时代背景的限制。

第二天下班，芸芸还在医院门外等他。冰锋忍不住告诉她：我在构思一部诗剧，是写春秋时代伍子胥的。芸芸鼻子哼了一声，打断了他的话：咱们活在当下好不好？冰锋被噎住了，一股火气上来，话说得也很硬：我根本不知道怎么活在当下。芸芸抿着嘴，不再说话。冰锋想，她大概从来没听说过伍子胥吧。两个人默默地来到胡同口，经过一段大街，到了平常分手的路口。芸芸低着头，轻轻嘟嚷了一声：再见。走向自己要去的车站。冰锋站住了，望着她的背影。正好这时车来了。上车之际，芸芸回过头来，木然地看了看他。

冰锋回到家里，匆匆吃了晚饭，从顶棚的窟窿里取出笔记本，还有那些纸，打算继续细化、完善昨天的构思，但忽然想起芸芸的话，一下子就败兴了。再一看，拟就的提纲只是罗列史实，谈不上什么构思。他明白，自己将精力投注于写作诗剧，不过是另外一种"活在当下"，与将精力投注于考研究生没有什么差别，都是在回避真正重要也是他唯一应该干的那件事情而已。从他起念要以伍子胥为题材写点什么，无论是诗剧还是别的，就已经隐约感到了这一点，今天却被芸芸无意中给点破了。冰锋悻悻地把笔记本之类放回原处，手碰到了那个包着刀的纸包，还有那团绳子，这更令他感到沮丧：时至今日，还怎么复仇呢？一点门路都没有了。空有这颗心，又管什么用呢？

第二天早晨，冰锋在科里换白大褂时，发现兜里的口罩又换了一个新的，还有一张没有上下款的纸条：

> 昨天对不起。今天多给你做了一个菜，要吃完啊。

平时芸芸给冰锋带饭，菜都是一荤一素，三日之内绝无重复。今天是木樨肉、炒扁豆，还有两块红烧带鱼。冰锋心里一暖，觉得不应该那么生硬地处理这件事，尤其是对她那样说话。有个人将希望寄托在自己身上，的确是一种负担，但怎么说也是值得珍惜的。

中午芸芸来了，对着众人近乎盲目地招了招手，坐在小孙身边，低着头，避免目光与冰锋对视，安静地听着别人聊天。她本来话就不多，大家并未发觉有什么不对劲儿的地方。但在冰锋眼中，芸芸那样子非常落寞，也很委屈。他很想站起来，直接招呼她一起出去，但忍住了。他想，她大概也在忍着吧。

下班的时候，芸芸站在一楼门诊大厅中间，等着冰锋。过去她从来不这样。病人在身边来来去去，她像是海流中的一座孤岛。又穿了那条豆绿色的连衣裙，还有那双一字带的黑色平跟皮鞋。他们俩一起走出医院，还是走到汽车站，各自上车，但芸芸一路上和他挨得比平时近些，如果不是医院的同事下班都走这条道，她也许会拉住他的手。不过他们俩都知道，彼此的关系远远超过了这个动作，所以并无所谓。她没有再跟他提考研究生的事情，他也没有提写诗剧的事情，但他发现，这样一来，两个人也就没有太多可说的了。后来芸芸说起，民族文化宫有个妇女儿童生活用品展销会，哪天一起去逛逛吧。冰锋说，好的。其实现在就可以约定时间，但是谁也没有提出来，他们好像都不太着急。分手时芸芸说，星期天我去你那儿啊。

第四章

　　下个星期天，芸芸早早就来了。他们又睡在一起了，在那张比她的折叠床宽一倍的床上，她还是很享受地躺在冰锋身边。吃完午饭，芸芸打算把小厨房彻底打扫一下，一盆盆地从院里的水龙头接水，又一盆盆地将脏水在那儿倒掉。冰锋陪着她，小厨房待不下，只好站在门外。

　　对门的刘老太太走过来问，劳驾，这个月的水费，还是一个人吧？说话时眼睛直往厨房里边瞟。芸芸正在擦煤气灶，背对着门口，穿着日本牛筋布三骨裤的瘦小屁股偶尔闪现一下。冰锋想，芸芸只是每周日来，一个月没有几天，这么问纯属没事找事，但还是说，算一个半人吧。刘老太太说，得了，您呐。回屋去了。

　　冰锋心里却很不是滋味。科里的人虽然早就知道他们好了，但本人既然没有挑明，大家也就装作不知道——芸芸的人缘很好，他们容得下她。她家里人不知道，他家里人也不知道。他们俩就这样游走于那个模模糊糊的"好了"的狭小区域，一切尚在未定之天。

这层窗户纸却忽然被邻居莫名其妙地捅破了。冰锋有些不知所措。芸芸一定也感觉到了，只是没有表示出来而已。她收拾完厨房，去水龙头那儿洗手，冰锋看见对门的窗户上，浮现出刘老太太满是皱纹的脸。他说，咱们出去走走吧。

他们去了隆福寺，来到东四人民市场，前货场正在拆除，据说要盖一座八层大厦，后面照常营业。他们逛了西货场，又去东边的楼房，从一层逛到三层。什么也没买，但那些布料、衣服，还有日用品，芸芸一样样看得很仔细。从摆在一旁的哈哈镜前走过，她赶紧躲开，还说，我可不把自个儿照得那么丑。该吃晚饭了，先到白魁老号，芸芸还是嫌正经吃顿饭太贵，就在快到西口的雅乐餐厅，点了八两炒饼，一碗榨菜肉丝汤。两人兴致挺好，特地绕道益茂大院、广汇大院，到了街上。说是大院，其实比胡同还窄，曲里拐弯，路面不平，房子也很破旧，冰锋常来隆福寺，但从没走过这里。

冰锋想，也许该和芸芸领证结婚了，但不知怎么提出才好。刚才走过紧邻长虹电影院的艺虹照相馆，橱窗里摆着一幅很大的彩色结婚照：新郎穿一身黑色西服，打着红领带，胸前口袋插着三角形折法的红色手绢，手里捏一条白丝巾，微微倾身凑向新娘；新娘穿着拖地的婚纱，头上戴着缀了一圈蕾丝的头纱，手里捧着一束塑料花。他们站在一架楼梯布景的前面，只有五六级踏步是真的，剩下的是贴在墙上的照片。身边摆着一大盆万年青。背后墙上是一面窗户的布景，窗帘杆和透明蕾丝窗帘是真的，其余也是一张照片，窗外是纽约或巴黎街道的景色。冰锋暗自叹息，自己迄今为止所有的追求和抱负，或许就此断送了吧。

第二天下班，两个人还是结伴而行。芸芸说，咱们在外边吃点东西，晚上遛个弯吧。到了胡同口，路过一家门面很小的个体饭馆，她带头进去了。地方不大，一共三张桌子，没有别的客人。服务员站在柜台里面问，吃点什么？芸芸说，待会儿再点，先来壶茶。

冰锋想，昨天刘老太太的话她也听见了，照相馆橱窗里的照片她也看见了，大概要和自己谈结婚的事吧？芸芸却说，你听说了吗？麻醉科的护士小柳辞职了，嫁到深圳去了。她可真行，到了也不来个信，好像生怕谁要去找她。这是咱们医院第二个去深圳的人了。冰锋不知道她是什么意思，没有接茬儿。

芸芸停顿了一下，又说，不如咱们也到深圳去发展吧。冰锋说，深圳……那儿要咱们吗？我才是个住院医，虽然学校的牌子还算硬，但一直没考研究生，怕是不够份儿吧。他发觉自己讲的又是泄气话，而芸芸正表露出对他的新的期待，他这态度可能重蹈覆辙，就找补了一句：你突然说起这个，容我想一下，好吗？

芸芸说，你说在北京，咱们还有什么可牵挂的？冰锋说，牵挂倒不能说没有，我妈，她得了阿尔茨海默病——就是俗话说的老年痴呆，现在是我弟弟妹妹照顾，但我不能丢下不管，一走了之啊。说出这话，他自己都觉得是在找借口，虽然最近这些日子，他的确常去看望母亲。芸芸不说话了。冰锋说，再说回去，怎么也得等我升了主治医吧。

芸芸喝了一口茶，说，我只是提出这个事，谁也不是说走就走。需要找关系，不光可靠，还得管用。深圳是个新天地，你要是非当大夫不可，那儿也有医院；要是不那么坚持，机会可能就更多了。

冰锋说，那倒不一定。对于这句模棱两可的话，芸芸显然有自己的理解，马上说，这就好办了。冰锋未作辩驳，说实话，他已经不像上学和刚毕业时那么热爱这个职业了，确实不是非当医生不可。

芸芸又说，不过要是能找到关系，我倒不用考虑那么多。我们家不指着我。我只是个护士，顶多干到护士长，也就到头了。也许深圳有机会，很想去闯一下。但眼下没有学历恐怕到哪儿都难。咱们一起去吧，你创业，我给你打下手。我也不是没有长项啊，当兵那会儿是在广东，我会说广东话。如果咱们去那边发展，尤其跟香港人打交道，方便多了。你要不要听我说几句？冰锋说，好啊。芸芸清了一下嗓子，一本正经地说，你揾边个？係唔係真既？你可唔可以话卑我知？她的脸上突然有了神采，简直像变了一个人。冰锋忍不住笑了：你还有这手儿，行。

两个人之间一下变得轻松了，也亲切了。芸芸回过身去喊，服务员，点菜！点了一盘肉烧茄子，六毛，一盘素炒黄瓜片，三毛五，还有两碗米饭，她抢着付了钱。冰锋看着她点菜时一副胸有成竹、指挥若定的样子，觉得自己刚才真是错会她了。芸芸绝对不是那种稀里马虎、将就凑合的人。自从他们俩好了，他就发现，她似乎并不愿意将自己的人生方向——或者说人生内容——就此固定下来。而他其实也不愿意这样，总想着这样一来，就真的什么都干不成了。

菜上来了，价钱便宜，口味也过得去，芸芸有些得意，连连给冰锋夹菜。就是筷子头尾不分地胡乱插在筷子笼里，桌面摸着油腻腻的，地上至少一天没扫了。吃饭的客人渐渐多了起来，几张桌子都坐满了,还有一拨三个人跟他们拼桌,都戴着柳条帽,工装上泛出汗碱,抽着劣质烟,屋里一时烟雾腾腾。芸芸已经吃完了,冰锋匆匆把碗里的剩饭扒进嘴里,说,咱们出去走走吧。

胡同里比他们下班时人少多了,茫茫夜色中,路边人家门口偶尔坐着几个纳凉的人,高一声低一声说着话,有的扇着蒲扇,有的端着茶壶。芸芸说,我是个粗人,没什么文化,但有时也能感觉到,时代变化得很快。这社会好像开始分层了,过去大家都混在一块,或者说,出身、条件差不多的都混在一块;现在你要努力的话,可能有机会升上去,不努力呢,就会掉下来,而且恐怕不止掉一层两层。冰锋不能不承认她的眼光敏锐,说得也到位,但只是含糊地说,是啊。

他们来到后海,天已经全黑了,路灯黯淡,在外面纳凉的人大概都回家了。这里很像江南某个河边的村落,顶多是小镇,不是旅游点,而是那种寻常过日子的地方。芸芸见冰锋沉默不语,忍不住说,你在想什么呢?冰锋说,没想什么,你看,多好的景儿。

他其实是在回想着她今晚的建议,还有刚才那席话。芸芸曾经要他考研究生,现在似乎放弃了这想法;但又提出去深圳,相比之下动静更大,简直是要将他的整个人生改弦更张,而且连她自己也包括在内,或者说参与其中了。冰锋按理说压根儿不能考虑,但也许正因为这是个彻底解决的方案,他的立场似乎有些动摇——更准确地说,原来的立场仍然坚定,但在此之外增添了一个新的立场,或视点。他想,与芸芸携手远走高飞,离开一直纠缠他,压迫他,让他不得安宁的这一切,开始一种不同既往的生活,其实倒也轻松了。和芸芸在一起有一段时间了，冰锋觉得她对自己来说，或许是一种新的可能性，是人生的一个转机。这也算顺应时代潮流吧。

但他立即把这个自己之外的自己给扼杀掉了。他们走过银锭桥，冰锋说，我一直没告诉你，我上一辈有些事，还没了呢。他心中突然涌现出要跟芸芸讲明一切、求得她的理解的愿望，一时强烈极了，不禁在桥上站住了。今晚两个人一直很融洽，芸芸以为他在开玩笑，就拉着他的手，要他继续往前走，说，上一辈的事管他干吗？还是忙咱们自己的后半辈子吧。啊，我得赶紧回家了。

冰锋不再说什么，芸芸也没有发觉。他们穿过烟袋斜街，在鼓楼大街各自乘车回家了。

冰锋到了家，看见窗台上放着一个又大又厚的信封，是平邮的，信封右下角龙飞凤舞地写着"杨明"二字。就着台灯撕开一看，是几本文学杂志，还附了一封信：

冰锋：

久不联系，也没有你的消息，不知近况如何，你的诗剧写得怎么样了？很遗憾我们的诗歌小组散掉了，非常怀念那段一起切磋诗艺的日子。这里是几位诗友新近刊载的作品。我那篇是计划写的长文的一部分，终于发表了。估计会产生反响，也想听到你的意见。后续部分发表后，我再寄给你。

中国当代文学，包括诗歌在内，几年前即已"从头开始"。第一次浪潮主要是意识形态上的反拨，那些作品已经结束了使命，与此同时，自己的生命也结束了。第二次浪潮则需要作家创作出那种既直达人类灵魂的幽微之处,又直达历史与现实的幽微之处,真正拥有强大而持久的生命力的作品。这是一个难得的机会,我们必须抓住。错过的话,可能就再也没有出头之日了。希望我的文章能对文学的第二次浪潮起到启示录的作用。祝

  笔健!

杨明

"祝"字前面,原来有一句"对我来说,言不再轻,人不复微,在此一举",被划掉了。冰锋把杂志都翻了翻,其中一本南方的市级刊物,末尾一页补白的位置,有署名"叶生"的《诗二首》:

    一

  泪水也是要积攒的啊
  一滴滴收藏在眼睛里
  虽然心中还有一片汪洋

    二

  你梦里没见到我
  我见到你的梦

  我见到你忘了你的梦

我忘了告诉你
我连我都忘了

冰锋还是第一次读到叶生的诗,觉得哀婉凄切,令人感伤。近来他偶尔也想起她。他曾在报上看到消息,中央美院陈列馆举办美国马里兰艺术学院版画展览,展出该学院版画系三十二名师生的五十幅作品,打算去看看,想起叶生也会感兴趣的,怕撞见了,就打消了念头。铁锋约他去工体观看首届柯达杯世界锦标赛,共有十六支十六岁以下的少年足球队参加,他想起叶生在看台上起身欢呼的模样,于是也回避了。有一次路过正义路,街头那座名为"求知"的石膏塑像,近来换成了汉白玉的了,他想起曾和她一起在这里开过玩笑。还有前两天,他在王府井书店买到一本冯尼格的《五号屠场 囚犯》,算是"黑色幽默"的重要作品,想起叶生已经毕业了,不知道对此是否还感兴趣。

冰锋躺在床上看另外几本杂志,差不多每本都有Apple的作品,末尾或附一篇鉴赏文章,或附两篇观点相反的争论文章,看来她在持续走红。杨明的文章题为"后朦胧诗时代(一)",是半论辩半宣言的写法,一再举顾城的《一代人》为例,估计是根据叶生说过的那篇旧文章改写的吧。冰锋对文学已经失去了兴趣,想起过去拉帮结队地搞文学,更感到可笑。虽然他记得杨明讲过,搞文学就得抱团,共同打出旗帜,才有可能成事,就像海明威说的,一个人单枪匹马是什么也干不成的。他没有给杨明回信,也不知道这篇文章是否会接着写下去,一共要写多长。

到了星期天，芸芸又来了。她脱光衣服上了床，迷迷糊糊地说，昨天晚上没睡好，特别困。在冰锋身边躺下，很快就睡着了。冰锋也睡了个回笼觉。做了一个梦：叶生躺在他的身边，将一只手伸进他的被子，打着了手上的一只小小的打火机。他并不害怕，反而担心那火苗熄灭了。火光照耀下，他的脸离她的脸很近，近到只看见她的一只又大又黑的眼睛。她忽然害羞起来，低声说，别看我了。他用一本书立在两个枕头之间，但在书之外还是可以看见她。这个梦随即结束了。半睡半醒之间，冰锋感觉刚才的梦境特别美好，仿佛伸手可及，但又流逝在即。他安安静静闭着眼睛，希望流连于其中，不愿彻底醒来。

芸芸醒了，兴冲冲地对冰锋说，咱们来吧。就光着身子骑在他的身上，一上一下，劲头十足。冰锋觉得，她那样子很像骑在战马上的拿破仑——他在一本书上见过那个小个子戴着皮帽，穿着军装，挥舞着战刀的画像。一个念头忽然闪过：这个骑在自己身上的女人，为什么不是叶生呢？叶生的个头大，皮肤白，会是什么感觉呢？他也奇怪，怎么想得这么卑鄙下流，对两个女人来说都是如此。但他仍不乐意马上中止这种遐想。芸芸见他不太起劲儿，有点扫兴地从他身上爬下来，直接下了地，穿好衣服，去做早饭了。

冰锋继续躺在床上，看着芸芸在门口进进出出，头发都没梳，心想，她是不是自己情感空白的一个替代品呢？他一直不愿意承认这一点，但他记得，在与叶生断绝来往之后确实想过，找个女朋友，无论如何也要找个女朋友。他承认，那时真的感到了寂寞，感到了感情的空白，而这个空白需要补上。

冰锋觉得不大对得起芸芸。这时她已把早饭做好，摆在桌上。冰锋赶紧起床，和她东拉西扯起来。但在说话的间隙，还是不免在心里将她与叶生做着对比：这真是两个完全不同的女人，一个活得那么简单，除了感情什么都无所用心；一个活得那么精细，将人生规划得如此周密，甚至感情都被置于这一规划之下。他强迫自己停止这种无谓的比较，但心情并不随之轻松。

　　芸芸走后，冰锋再次站在自己之外的某个立场想到，其实当初与叶生来往，未必不是一个转机，如果和芸芸好了对他来说是个转机的话。假如能将叶生从她的背景，从她的家庭关系——具体说来，就是与祝部长的关系中剥离出来，那么对冰锋来说，未必不意味着一种崭新的，与过去毫不相干的生活，就像那天芸芸提出要去深圳，他一度想到的那样。但就像那天他随即做出的更正一样，不，比那天态度还要坚决，彻底——他只能固守自己的立场，别的都做不到，他要完成替父亲复仇的大业，必须留下来，哪儿也不去，包括深圳在内。他在心里彻底拒绝了芸芸的提议。至于复仇之后怎么办，只能到时候再说了。

　　现在冰锋可以——两三个月来第一次——正视与叶生断绝来往这件事了：离开她不是为了不复仇，而是为了复仇。复仇之举因此变得纯粹了，简单了。这样他可以问心无愧地执行自己的计划，因为已经与她没有关系，不构成对她的伤害了。然而他也知道，这样的想法未免空洞无力：自从不再与叶生联系，根本就接触不到祝部长了；迄今为止，他并不承认自己放弃了复仇计划，但实际上已经放弃了。

冰锋翻出自己关于伍子胥的笔记，重读一遍。不再从写作的角度去考虑，只是想藉此激励自己。他想起因为公子光从中作梗，吴王僚没有接受伍子胥讨伐楚国的建议。伍子胥明白公子光自有野心，要等他的事办完了，才有机会办自己的事，于是把刺客专诸推荐给他，自己和白公胜一起到乡下种地。直到专诸刺杀了吴王僚，公子光当了吴王，是为阖闾，伍子胥才被召回重用，其间竟有六七年之久。冰锋觉得，自己现在的情况与此多少有些相似，虽然并不知道究竟在等待什么。

第二天下午，冰锋正在上班，忽然接到小妹的电话，语气急切而慌乱：出事了，妈妈摔倒了，后脑勺受了伤。我出去买东西，回来看见她躺在地上，昏过去了。怎么办啊？你快回来吧！冰锋说，我这就回去，你别着急。小妹在电话那边哭了。冰锋说，我尽快赶到，你别等我，赶紧想法送她去医院，最好是宣武医院。叫医院的急救车，或者给红十字急救站打电话。

冰锋打电话时，杜大夫和小孙都在休息室，很关切地看着他。冰锋对杜大夫说，替我跟主任请个假，我那病人，左下六上次做的失活，该塑化还是干尸，你接着弄吧。说着就脱下白大褂。小孙说，这病是得送宣武，那边有熟人吗？冰锋说，没有。小孙说，你等一下。拿起电话，拨了本院的一个号码：小丁，跟你说……冰锋顾不上等她打完电话，就出了门。临离开诊室前，看见杜大夫已经坐到自己的位子上了。

冰锋在一楼楼梯口遇见了正要上楼的芸芸。她说，小孙都跟我说了，我在宣武急诊室有个熟人，是去年一起参加竞赛的。我请个假,直接去那儿等你们。冰锋说,好的。谢谢你。丢下她,奔向门口。

出了医院大门,旁边的出租汽车站既没有车,也没有人,门上贴着一张写着"服务时间早8:30—下午3:30,有事请打电话×××××总调度室"的纸条。冰锋去传达室借用电话,打了过去,一个男人很不客气说,车都派出去了,什么时候有车回来不知道。传达室值班的老于和冰锋认识,说,我帮你找一辆吧。打了个电话,然后说,一会儿就到,稍候。

冰锋道了谢,在屋里坐不住,来到医院门口,焦急地望着胡同的远处。他从来没有叫过出租车,现在为此无端耽误在这里,也不知道该不该叫,但乘公交车回家肯定太迟了。只盼望着母亲能够挺住。其实这些日子他下班后,隔三岔五就去看她,比过去勤得多,好像已经有所预感。

母亲的阿尔茨海默病一度进展很快,近来却有稳定下来的迹象。大前天晚上冰锋最后一次见到她,问,还记得我是谁吗?母亲腼腆地笑了笑。冰锋追问,我是谁呀?母亲显得有些不高兴了,嗔怪地说,我怎么不记得呢,你们当我是傻子呀。冰锋说,那快说啊。当时弟弟妹妹都在身边,母亲用指头依次指着冰锋、铁锋和小妹说,你,你,你,对吧?

足足等了半小时,才看见一辆红色的波罗乃兹来了,停在医院门口。冰锋迎上去,老于也出来了,在他身后喊,就是这辆,放心,打表,六毛一公里。车子看着挺旧。冰锋上了车。没开多远就堵车了,他着急地催促司机。司机说,其实你还不如到大马路上招手拦车呢,那还快点。一路上冰锋只惦记着,快点!快点!母亲现况怎样，小妹独自一人如何应付，各种麻烦，还有后果，全都顾不上想。

终于到了家。房门锁着，上面贴了张纸条，是小妹的笔迹，写得歪歪斜斜，几乎难以辨认：

我们去宣武了。铁锋直接去。

冰锋突然感到特别失落，尽管小妹是按照他的吩咐做的。对面的门开了，一个须发皆白、有些驼背的老头出现在门口，好像正等着他来，一口气说了一大堆话：她们走了，往哪儿打电话也找不着救护车，等不了啦，人快不成了，还是麻烦院里的老胡蹬平板车送的，走了有一会儿了，你赶紧追过去吧。

冰锋只点点头，退出楼门。院子里静悄悄的，几棵槐树上的蝉在一齐鸣叫，简直声嘶力竭，令人心烦意乱。母亲窗前的大片玉簪还在开放。邻居们大概都在午睡，好像什么事情也没有发生。可就在这时候，有个人即将死去，而她的儿子阴差阳错地被抛到这一进程之外，完全无计可施，仿佛是个局外人。冰锋感觉像是被这个家遗弃了。他清楚地预感到，自己将错过一切机会，再也见不到母亲了。

他跑到街上，见着车过来就挥手，也不管是不是出租车。不久来了一辆蓝色的拉达，也很旧。冰锋上了车，随手带上车门，司机并不急于发动，回过头来说，这车不打表啊。冰锋看见，中控台上方显然是新安装的计价器并无显示，旁边倒是贴了张写有收费标准和办法的说明书。他没说话。司机说，确实规定七月一号以后必须用这个，可它坏了。报了个钱数，正好是刚才冰锋乘车价钱的一倍，然后说，不成，您换一辆？冰锋说，成，走吧。

冰锋的心里，刚才那个预感越来越强烈，而且具体；就发生在这辆出租车载他去的地方，而他离那里越来越近。本来以为阿尔茨海默病患者一般都会活很长时间，母亲却突然发生了意外。她这唯一的知情者，尽管已经忘记了一切。对于冰锋来说，母亲犹如一片旧战场。她虽然丧失了记忆，但她身上系着别人的记忆。她以她的存在证实着父亲的曾经存在，证实着父亲的悲惨遭遇乃至死亡的存在。祝部长未必知道母亲的存在，但如果得知母亲即将不存在了，他会更坚决也更容易地推卸责任，甚至根本否定父亲的存在。

冰锋回想着自己与母亲的关系，忽然感到特别后悔，后悔到急于对什么人说出来，哪怕是前面这位刚敲了他竹杠的司机，但他还是克制住了。他望着那个司机的后脑勺，已经秃顶了，直到接近发际才有一圈可有可无的头发。冰锋想，他与母亲之间长期以来有些隔膜，并没有多关心她，照顾她的事情基本上交给了弟弟妹妹，除了最近一段时间，甚至不常去看望她。其实母亲才是父亲的遗物，照顾她，爱护她，才是对于父亲一生缺憾的补偿，其意义并不亚于为他复仇；尽管父亲生前与母亲的关系不算融洽，但她毕竟是他的人，毕竟没有离开他，抛弃他。可是现在想到这个已经晚了。

在离宣武医院大门不远的长椿街上堵车了，冰锋等不及，匆匆付了钱，跳下车，跑向医院。心里重又急切起来，一路上什么都顾不上细想，只是不断念叨着：不要啊。不要啊。他直奔急诊室，走廊里到处搭着病床,病人在呻吟,家属举着输液瓶,或者忙些别的什么。他看见小妹、铁锋,还有芸芸,都在门口站着,显然是在等待他的到来,要将噩耗报告给他。

远远看见他,小妹大哭起来。冰锋知道,根本没有什么意外惊喜,他来晚了。小妹和铁锋只顾哭,芸芸说,对不起,没帮上忙。这时铁锋说话了,断断续续,语无伦次,冰锋大概明白了他的意思:非常感谢这位护士,她帮了大忙——母亲在送来医院的途中已经去世,这里不愿接收,是她托了关系才勉强同意的,现在遗体已经送进太平间了。医生在"死亡原因"一栏填的是"急性脑卒中"。

芸芸问,你要不要去看看?冰锋摇摇头。他想的是,母亲死了,他也就无所牵挂,不会连累什么人了。母亲死了,可能仅仅是为了使他没有后顾之忧。母亲死了。现在只剩下自己和祝部长了,假如有一天祝部长也死了,那么就只有他一个人继续活在过去的年代里了。所以不能再迟疑,再拖延,再虚度时日了。不然母亲就白白告诉他这一切了。然而她生前真的已经将什么都遗忘了吗?

第五章

母亲丧事办完后的星期天下午,冰锋随手翻着新的一期《读书》,芸芸坐在床头织毛衣,一只袖子刚刚起手,身边的毛线团被扯得转来转去。床上换了新床单。这时窗户上露出一个戴着运动帽的脑袋,铁锋来了。芸芸和他只在宣武医院见过一次,以后她就没再露面。铁锋忽然在这儿遇见她,未免稍感意外,但马上热情地打了个招呼。

芸芸态度大方,边起身给他沏茶,边说,暖壶里的水是新烧开的。俨然以家庭主妇自居,不像偶尔来做客的样子。铁锋带来两斤大久保桃,顺手递给了她。芸芸满意地笑着说,在这儿吃晚饭吧,我去买菜。她现在不急着回家了,说是《四世同堂》已经播完,接下来没有什么可看的电视剧了。

铁锋透过窗户望着芸芸远去的背影,直到消失在门洞了,才回过头来。冰锋想,他别是要打听什么吧,自己与芸芸的关系,好像一下子很难跟别人,尤其是家里的人说清楚。铁锋却根本没提这件事，而是感慨道，咱妈没啦。回过头来想，她老人家挺替儿女着想的，没有拖累咱们太久。我谈不上是孝子，但也算尽心尽力了。冰锋说，多亏你和小妹照顾啊。

铁锋接着说，现在我得替自己考虑考虑了。我来就是想跟你说说这事。前些日子打算当回倒爷，五十吨计划内钢材，一倒手，交完工商税，能赚两万多块，另外有个倒乳胶手套的路子，要不就在动物园那儿支个服装摊，东莞、江门有货源，但都需要本钱，一下子凑不上。又有朋友商量合伙投资日本哈哈快餐车，提供中式热快餐，也卡在这个环节上了。左思右想，不如现实点，去深圳试试吧。现在想去那儿的人不少，早去的可能机会更大一些。冰锋看着弟弟，不置可否地笑了笑。真有意思，他也提到深圳，看来那的确是个人人向往的地方啊。

铁锋说，咱哥儿俩一块儿走，怎么样？互相有个帮衬。冰锋摇摇头说，不。说得一点商量的余地都没有。铁锋问，为什么呢？总得给个理由吧？冰锋犹豫了一下，决定实话实说：爸爸的事还没了呢。铁锋说，怎么没了呢？不是给他平反了吗？工资也补发了，咱家的房子，咱妈的退休待遇，小妹的工作，都给解决了啊。

冰锋说，这就算了了吗？铁锋说，那怎么才算了呢？说实话，我挺满意的了。我一直念咱爸的好，虽然对他也就影影绰绰记着一点，他当初到底是怎么回事我不很清楚，但说起来我也用不着很清楚。冰锋说，他的仇还没报呢。铁锋略显吃惊地瞪大眼睛说，报仇？没听谁说起这个呀。你找着这个人了？冰锋没有说话。

父亲的事情，只能讲到这儿为止。冰锋仍然不想与任何人具体分享父亲的遭遇，包括弟弟在内。他记起那次给祝部长写匿名信，曾经打算让铁锋当见证人，结果没有用上；但即使用得上，大概也不是那块料吧。弟弟谈不上有什么信念，又不肯脚踏实地，人当然不坏，却未必能有多大出息。铁锋抱怨说，你倒是不着急啊。我可怎么办呢？现在厂子就发那么点工资，真是混不下去了。

芸芸回来了，一个人在小厨房里做饭。铁锋赶忙站起来，把吃饭用的小圆桌收拾干净。她得空进来打声招呼，问，哥儿俩聊什么呢？铁锋似乎急于找个人说说心里话，也顾不上彼此只有一面之缘了：我跟我哥说，在北京活得太没意思，想挪动挪动了。我想去深圳。当然不是胡闯乱撞，得挖门子，找路子。讲到这儿，他把脸转向冰锋：对了，上回你领我见的祝大川，祝总经理，他怎么样？

冰锋摆摆手说，我跟这家人已经不来往了，也不想再有联系了。铁锋说，别介啊，好歹也是个关系，咱们上哪儿一下就认识个总经理呢？冰锋斩钉截铁地说，我不会去找他的，我希望你也别去。我说真的，听见没有？铁锋不吱声了。

芸芸很快就把饭菜做好了，还是家常便饭，比平时添了一个菜，还有两瓶啤酒。只有一把椅子，一个凳子，芸芸坐在床边。三个人碰了碰杯。芸芸问，你们刚才说的什么总经理呀？在深圳？铁锋说，哪儿啊，人在北京，公司开在深圳，大着呢，正在招兵买马。看见冰锋沉下脸来，赶紧说，得，你不让我找他，就算了。

芸芸又问铁锋在哪儿上班，铁锋漫不经心地回答着。这一顿饭，他的兴致始终不高。吃完了，芸芸刷了碗筷，要把桃子洗出来。铁锋说，别忙了，我该走了。芸芸说，我也回家了，我住甘家口，你去哪儿——啊，这么近？正好同路。两个人一起走了。

下个星期天，芸芸躺在冰锋身边，还像习惯的那样枕着自己的一只胳膊，仰望顶棚，忽然说，你认识一位祝总经理吧？冰锋一愣，想起她指的是祝大川，就说，不熟，而且已经不来往了。忽然觉得不对劲儿，坐起身来问，你怎么知道这个人？芸芸照样那么躺着，慢条斯理地说，我前天下夜班……跟铁锋一起去他们家了。

冰锋一时气愤不已；芸芸没看着他，并未发觉。她接着说，蔡总也在，我看她才是公司的大拿呢。再说她爸爸还在位，有权有势，而且正管这一块。冰锋说，你还见到他们家什么人了？芸芸说，见着祝部长了，祝总的爸爸。冰锋问，他身体怎么样？芸芸说，不怎么样吧，病病歪歪的，就打了个招呼，没说什么。停了一下，又补充道，祝总、蔡总都说，老人家身体不好，但事业为重，而且机不可失，他们近期要回深圳拓展业务，只能拜托家里人照顾了。

冰锋稍稍松了口气。自己关心的问题已经有了答案，但内心深处好像仍然被什么所驱动，继续问，还见着谁了？芸芸说，嗯……还有祝总和蔡总的儿子。那孩子长得真漂亮，还聪明，人家可真会生啊，将来一定是个人物。冰锋不再作声，从床脚那边下了地，转过身来严肃地说，那种人家，最好不要再去打扰。看样子他们没有见到叶生。他既庆幸避免了麻烦，假如铁锋说起芸芸与自己的关系，对她肯定是个巨大的打击；又稍感失落，不知道她现在怎么样呢？

芸芸独自躺在床上，伸开双臂，叉开双腿，半条胳膊和一只脚搭到床帮外面。过了会儿,她说,你怎么看着不大高兴啊? 冰锋说,你们没提我吧? 以后见面千万别提我。当然我希望,不要再跟这家人见面了。不过他也知道,铁锋和芸芸肯定还会去找祝大川夫妇。芸芸说,我们没提,是祝总主动提的,看起来他还是对你有兴趣啊。你有学历,还是名牌大学。他问,你有什么打算?

冰锋穿好衣服,走开了。芸芸也起来了,整理着床铺,只穿着胸罩和裤衩,都是乳白色的,更显得她身躯乌黑。她的动作比平时粗鲁,显然也不高兴了。终于忍不住说,你明明有门路,干吗不告诉我呢? 冰锋断然地回答,第一,这根本不是门路;第二,就算是门路,我也不会用的。

芸芸不再吭声,也穿上衣服。她今天穿了条当下流行的黑色健美裤,正把裤脚的襻儿套在脚上那双浅棕色中跟皮鞋的底上。冰锋用眼角的余光看着她,觉得那么小的个子,这么打扮并不好看;但他却不想跟她说了,因为好像无所谓 —— 他只是对自己的这一反应,稍稍有些诧异。

芸芸开始准备午饭。冰锋不愿和她这么生分下去,就跟到外面,站在厨房门口。芸芸打算做糊塌子,但带来的西葫芦挺老,她用一个刮子去皮,语气亲切地说,你还是考虑一下吧,机会难得啊。咱们一块去,有什么不好呢? 冰锋心里忽然厌恶起来;现在她这么动员他,显然是为自己着想;这个女人已经精明到根本不顾及别人想法的地步了,但这还能算是精明吗? 就冲这个,我也不去。—— 彼此的隔阂竟然这么大了,仿佛大地中间横亘着一道巨大的冰缝,而他们各自站在一边。他语气坚决、不容商量地说,你去吧,我不去。

芸芸仿佛没听见他的话，继续说，祝总、蔡总都很看重你。去深圳的事真的可以找他们，公司正好开展这方面的业务，需要咱们这种懂医的人，尤其你是科班出身，上来就能管一摊呢。起步这么高，太难得了。冰锋说，我不去，尤其不会通过他们去。芸芸说，那你就是对咱们的事不上心。冰锋不再开腔，觉得继续说下去势必大吵一番，似乎没有必要。

但是芸芸却不愿意停下话头，边用擦子把西葫芦擦成细丝，放进一个大碗，边说，你为什么不多想想咱们的未来呢？冰锋说，一般来说，我对未来不感兴趣。他能清楚地察觉到，自己是故意这样说话。芸芸停下手来，看着他说，那我干吗跟你这儿耗着呢？

冰锋放任自己继续故意说下去：没有过去就没有现在，没有现在就没有未来。芸芸正要给碗里的西葫芦丝加盐，突然来了气，把盐瓶子重重地搁在桌上，说，我不跟你瞎扯了。哼，还"一般来说"！好的，就算我白搭工夫了。她手都没洗，回到屋里拿起自己的挎包，腾腾腾地走了。

第二天来到科里，冰锋多了个心眼，提前打开高温柜看看，果然不见那两个他一直在用着的饭盒，知道芸芸不再给他带午饭了。中午，他到食堂去吃饭。回来已经该上班了，好像她也没有来过。

但冰锋还是有些担心，下午趁休息室没人的工夫，打电话问铁锋：你带着芸芸去祝家了，是吗？铁锋大概本来打算瞒着他的，略显尴尬地回答，是啊，确实一起去拜访过一次。就待了一会儿，人家也挺忙的。想起上回祝总特意说过欢迎我再去，才去的。

冰锋担心的是他们早晚会遇到叶生，那就麻烦了。他说，以后还是别再去他们家了。我是你哥,说话你也不听啊。铁锋说,我这不是想法找条门路吗? 都是丁护士着急,一个劲儿地催我。蔡总也说,祝部长身体不好,最好尽量少打扰他。公司在北京饭店有办事处,她约我下次在那儿见面。

护士长出现在休息室门口,示意冰锋赶紧回去看病人。等她走开了,他继续说,我和芸芸最近……意见不大一致。我们的事一直没有定,现在更难说了。你见着祝大川、蔡尚芳或者公司别的人,千万别提我,也别提我跟芸芸的关系。假如人家对你感兴趣,那是因为你自己有本事,就像你那回说的,觉得你是人才,而不是因为别的什么关系。他们对芸芸,最好也这样。现在人人都吵吵着要下海,是那么容易的事吗? 得想清楚自己到底哪门本事过硬,人家到底有什么用得着你的地方,不然将来对自己,对公司,都是麻烦。铁锋客气地说,明白了。

冰锋下班路过外科诊室,往里面看了一眼,没有见到芸芸。走出医院大门,她也没在那里等他。从这天起,他们俩不再一起走了。

下个星期天,冰锋很早就出门了,回到曾经是母亲的,现在只剩下弟弟妹妹的家。前几天下过一场大雨,窗户前面那片玉簪,叶子边缘有些枯干,白色的花瓣也已锈黄,不那么香了。家里还是老样子,只是母亲房间的墙上,挂着她的一幅遗像。她正和蔼地笑着,仿佛是在人间之外的什么地方,饶有兴致地注视着继续活下去的儿女们。

铁锋正在看电视,播放的是第十三届世界大学生运动会的专题报道。他说,我去见了蔡总,在北京饭店,公司的办事处。冰锋不感兴趣，没接话茬儿。铁锋自顾自地说，嗐，差点出事。也赖我，拿了两条烟去，一条希尔顿，一条骆驼，是托人买的内部烟。没承想蔡总不乐意了。她说，咱们要做这么大的事业，怎么能来这一套呢？而且你整个给弄反了，你进公司，不是你求公司，是公司求你，明白了吗？她一绷脸可真威严。这算是我进公司上的第一堂课吧。

冰锋说，那么你去深圳，已经定下来了？铁锋说，可以这么说吧。那天他们看我一身的汗，还让我在卫生间洗了个澡呢。冰锋本来想问芸芸是不是跟他一起去的，工作的事是不是也定下来了，但却没有言声。

再下一个星期天，芸芸忽然来了，比平时到得晚些，冰锋已经起来了，也就没有上床的事了。她抱歉地说，上次没做成糊塌子，你没吃着，我又买了一个西葫芦，特嫩，连皮都不用去。就到厨房忙乎起来。但是一有空，就回到屋里，和冰锋聊起深圳来。告诉他，那里气候怎样，人们的生活习惯如何，还有关内、关外之类的。语气变得平和多了，仿佛他们俩根本不曾为此闹翻过。芸芸说着说着，突然冒出一句：我跟你说，铁锋——

冰锋正弯腰收拾一堆打算卖废品的旧杂志，她站在他背后说话，马上顿住了；他觉得自己什么反应都没有，幸亏背对着她，用不着做出什么反应，也不必看她当下的窘态。芸芸对于自己的口误似乎无从应对，来到他跟前，隔了好一会儿——对两个人来说真是太漫长了，其间好像听见顶棚上有一只耗子脚步轻轻地跑过——才困窘地说，我的意思是，你听我说……冰锋表情淡漠地看着她说，明白。然而芸芸始终走不出自己造成的阴影，再也打不起精神来了。最后甚至说到，咱们姑且撇开你我之间的关系。冰锋还是不动声色地说，好的。

又隔了好一会儿，芸芸开口了，仿佛觉得一切都得从头说起：不管别人，我自己确实想走，离开北京，现在就是要去深圳，闯一下。我跟你说过了，我还年轻，还有机会，现在又难得有这个关系。时代变化很快，我们不能落伍。你也是这样，所以我觉得，应该再认真考虑一下。原谅我最近态度不太好，但我是很认真的。你再考虑一下，怎么样？冰锋敷衍地说，好的。我这里……他想了想，还是把心里话说出来了，态度也认真起来：一切要等我办完一件大事再说。但随即想到，办完了事，我还能脱得了身么？

芸芸没再答腔，去厨房接着做饭。中午吃了她做的糊塌子，手艺的确很高，一滴水都没放，完全是用加盐杀出的汁跟鸡蛋和的面，出锅后闻着很香，也很好吃。吃饭时她随便聊些无关紧要的事，冰锋附和着，但两个人的话并不多。她收拾好碗筷，说还要去个地方，就走了。

第二天冰锋上夜班，中午芸芸没有给他带饭。下班回家，发现昨天早晨走时凌乱的书桌，被收拾得利利落落，上面放着一张字条：

钥匙我放回老地方了。

四下看看，芸芸的东西都不见了，一样也没有留下，包括那件一直没有织完的毛衣，那瓶带来用的珍珠霜，还有她的毛巾、牙刷。牙刷甚至没有留在门外放垃圾的土筐里。还记得芸芸那次来这里过夜，第二天早晨说，咱们俩共用一把牙刷吧。冰锋说，我可是口腔科大夫啊。她说，噢，我忘了这茬儿了。出去买了两把，一把粉把的，一把蓝把的，将他的也给换了。以后她只是星期天白天待在这里，但还是愿意在漱口杯里摆两把牙刷，偶尔用一下。现在只剩下冰锋那把蓝把的了。芸芸真像一个过客，走过他的生命，什么都没有留下。

冰锋来到屋外，把窗台上的两个花盆分开，果然看见了那把钥匙。他任由它仍旧放在那里。万一她改变主意回来了，发现钥匙不在，该说他太绝情了。冰锋想，大概是铁锋将他所说与芸芸的关系的话告诉了她，而芸芸也许理解为他特意传话过来，不免受到伤害，二人的关系因此更趋恶化。他多少感到过意不去。又想起前天芸芸那次口误，也不知道她与铁锋之间，到底是怎么回事。或许自己的话也误导铁锋了？

冰锋又想，他对铁锋说的自己与芸芸的关系的话，竟然是因为叶生——一个早已成为虚幻的影子似的女人。无论如何，他与芸芸的关系要比与叶生的深得多。自己好像有点不知轻重，甚至本末倒置。但事已至此，似乎又无可挽回。想到几个月里与芸芸的交往，不禁一声叹息。

冰锋打算到街上随便转转。院里的葡萄架，沉甸甸地垂下一串串已经变紫、上面淡淡有层白霜的果实，今年收成不错。刘老太太坐在架下的阴凉地里，身边乱七八糟堆着好些条牛仔裤，还有一堆金属商标，正拿着一把钳子，用小铆钉将商标装在裤子的后兜上，装好的放在一旁。冰锋走过，她正好装完一条，自嘲地说，得，成了香港的啦。冰锋平常很少跟她搭话,今天却站住了脚,拿起一个镀铜的铁片看看,模样倒是红香蕉苹果,但制作特别粗糙,又翻翻那摞裤子,说,您这不成啊,布料,做工,扣子,拉链,没一样是真的。刘老太太说,架不住便宜啊,反正不是我买,也不是我卖。冰锋笑笑,走出院门。

第六章

　　第二天上午,冰锋一连看了几个病人后,趁上厕所的工夫,下了趟楼。来到外科,平常芸芸总在分诊台那儿忙乎,今天却没有见到她。科里的一个女护士说,小丁她请假了,你不知道么？冰锋支吾着,离开了。过了一天,又过了一天,她都不在。
　　到了星期六中午,冰锋刚从食堂回来,休息室的电话铃响了。听筒里,芸芸压低声音说,是我。我想跟你谈谈,就不去你家了,你下班到胡同东口,我在那儿等你。冰锋觉得有些诡秘,以前他们俩一起下班,都是走到西口去乘车的。
　　芸芸站在一棵柳树底下等他。她个子矮,丝丝柳枝虽然垂得很低,还是够不着她的头。上来就说,咱们今天晚上说会儿话,不吃饭啊。冰锋说,好吧。他跟着她沿着德胜门内大街往北走,路边一棵接一棵都是柳树。走到德胜桥头,左拐,沿着一道河渠,来到西海南沿。半湖的荷叶,大多锈了边,伸出几枝莲蓬,已枯萎成褐色,莲子都干瘪了,露出一个个小孔,看着有如幽灵一般。不少人在湖边乘凉,有坐在马扎上的,也有很隆重地搬来凳子和小方桌的,桌上摆着茶壶茶碗。身边的树上,挂着几个鸟笼子。左手边一长溜房子,比后海边上的更显破旧。

一路上两个人都没有说话。到了湖边,芸芸忽然站住了脚,声音很低,语气却很坚决地说,我辞职了。冰锋吃了一惊。芸芸说,本来打算把关系在医院留一段的,但人事处不同意,我干脆辞职了。她还是一贯的挺腰直背的姿势,穿了一身偏开口西装套裙,上衣是白色的,裙子是深灰色的。脚上是一双黑色的坡跟皮鞋,比平常鞋跟略高一点。冰锋从来没见过芸芸这般打扮,衣服料子不算太好,但也令她焕然一新。他想,这大概是她的深圳形象的彩排吧。

芸芸说,过几天我就去深圳,是蔡总亲自安排的。说实话,条件并不如我预期的,但我虽然也算有那么点医学背景,毕竟只是个护士,一切只能从头干起。但我肯定不回来了。我们去到那儿,人生地不熟,一开始应该很忙,也很苦。得学业务,还得学英文,我还想读个电大,怎么也得弄份学历。虽然有祝总、蔡总,但不能指望人家总照顾你,还得尽快让人看到自己的能力。

冰锋听她讲下去,不知道如何插嘴。只是当她讲到"我们"这个词,难免稍稍敏感,但并无多大反应。芸芸就这么把铁饭碗丢掉了,还是令他感到意外。他本以为她会走常规的路子——先开个病假条,去深圳看看情况,然后再做决定;这对在医院里待了这么久,人缘也不错的她来说,应该是很容易的。芸芸处事竟然如此果断,决绝,说得上破釜沉舟;相比之下,自己反而一再顾虑,苟且,到现在还一无所成。

芸芸说，你可能会说，我怎么不给自己留条退路呢？一个人如果老是想着退路，进路就不肯走了。何况那也未必真的是条退路，说实话，在北京的日子我过够了。讲到这儿，她大约怕冰锋多心，以为连他也包括在内，赶紧说，对不起。冰锋还沉浸在自己刚才的感慨里，未作反应。

芸芸说，也许你对我有误会，其实事情并不是你想象的那样。冰锋暗想，我想象过什么吗？她又说，我这个人对待感情是很认真的。冰锋回想起和芸芸在一起走过的这段路，从一方面说，只是在逃避，消磨，沉沦；从另一方面说，又无不可以怀念之处。这大概就是自己的全部想象吧。

不知从什么地方飘来一阵金银花的香味。芸芸说，我们只是一起去深圳，别的没有什么。在公司也不是同一个部门，好像上班都不在一个地方，平时未必见得着面。冰锋想，假如芸芸真的找了铁锋，其实倒也不错。铁锋找了她，同样如此。芸芸虽然不能说野心勃勃，至少不甘平凡，而且精明强干，稳扎稳打，能够成为他的好帮手。铁锋呢，或许多少也能帮助她一些。

芸芸说，当然闲聊时我也说起，这个时代，人要站高些，眼光放远些，不要只图眼前一点小利，形势变化很快，现在觉得不得了的，可能过些时候就什么都不是了。关键还在自己有本领，有志向，然后创造条件，抓住机会。我说到你——你倒真的是不图小利，人很稳重可靠，算是富贵不能淫吧。不过你已经给自己定型了，别人说什么都听不进去。你的眼光也够远，就是跟大家看的好像不是一个方向。

冰锋苦笑了一下。芸芸说，说实话，我也不知道深圳到底是个什么地方，能有多大发展机会。所以现在什么还都谈不上，真的，我们只是同行而已，你不要误会。冰锋想，等过了一段时间，假如芸芸和铁锋在一起仍然受穷，看不到发财的可能，他不离开她，她也得离开他吧？但假如他们真发了财，恐怕也很难说，无论是他，还是她。他又想，要是芸芸发了大财，花自己和别人的钱的时候，会不会变得大方一些，至少不再显得那么紧张了呢？

芸芸说，以后的事情真的很难说。把话扯得远一点，祝总经理，蔡副总经理，他们如今是我的老板，但未必一辈子都是吧？我现在当然要在公司好好干了，但五年、十年、二十年之后怎么样，谁能知道。这也谈不上是什么雄心壮志，既然丢掉了铁饭碗，就不能再按那套思路想事情了，对不对？她说这样的话，让冰锋觉得已经距离自己非常遥远，遥远到他好像说什么都不对，或者多余，那就什么也不说好了。

芸芸不再继续讲下去了。天已经黑下来了。有个蚊阵移到离他们头顶不远的地方，芸芸不断挥手驱赶，嗡嗡声还是不断。她索性走开了，冰锋跟在她身旁。她说，但我还是盼望你能来深圳发展，而且咱们在一个办公室，当然你是我的领导。我等着你，好么？再说一遍，你这个人有毅力，有干劲，不服输，可惜就是在我看来，方向不大对。冰锋想，不对就不对吧。他还注意到，她巧妙地用"咱们"和"我们"，概括了两种不同的组合。

他们沿着板桥头条，走到了新街口。冰锋说，真的什么也不吃了吗？芸芸说，不了，我得回家。我还没跟我爸妈说这事呢。她拥抱了他一下，轻轻的，匆匆的，多少有点凑合事似的。但他看见她的眼睛里泛着泪光。芸芸说，咱们在一起的这段日子，怎么说呢，我不会形容，反正我是忘不了的。我要是不认识你……也没有这个机会。以后得靠自己了。

冰锋心里一直纠缠于是否应该跟她道一声对不起。她爱过他，为他付出过一切，而他让她失望了。但忽然在路边商店的灯光下，看见她不易察觉地做了个类似摩拳擦掌的动作。那是一个宣示自己将告别困顿、贫乏的生活，马上就要大有作为的动作。冰锋想，还是那句话，人各有志。于是把对与芸芸分手，对他们之间曾经有过一段未免欠考虑的关系的自责都放下了。

然后他们各自上了车。和以前一样，是在马路两边，相反的方向。但这显然是最后一次了。

星期天早上，冰锋醒了，无事可干，独自去街上闲逛。天气已经凉快多了。走到北新桥，看见一个公用电话亭，就到治安岗亭换来零钱，摘下话筒，扔进五分硬币，听见"嘟——"的一声长音，通了。是打到弟弟妹妹家楼上的一户人家的，麻烦主人去叫一趟铁锋。那回母亲出事，小妹就是在这儿给冰锋打的电话。

铁锋来接电话，比冰锋预料的快得多。说话慌里慌张：大哥，找我？ 冰锋说，你怎么样，快动身了吧？ 今天能见个面吗？ 铁锋说，好的。这么着，我请你看电影吧。你等等。麻烦您，借报纸看一下……有了，《第一滴血》，东单儿童影院，六点开演，行吗？要不要一起吃个晚饭啊？ 冰锋说，不了，各自吃完了饭去吧。

冰锋下午出了门，乘106路电车，提前一站在米市大街下车，先去上海小吃店吃了两个生煎馒头和一碗阳春面，然后走到东单。他穿过东单菜市场，走过东单邮局、青艺剧场，看见铁锋在儿童电影院门前的空场上站着，手里捏着电影票，头顶上是一排巨大的电影海报。他穿了条灰不灰、黑不黑的多兜帆布太空裤。冰锋想，果然是要去深圳，也时髦起来了。

铁锋举手指了一下：是这片子。海报上一个肌肉发达的男人举着一挺机关枪，眼神却很澄明，并不显得杀气腾腾，上面有"美国彩色宽银幕故事片第一滴血"字样。与国产电影海报那种粗线条的画法不大一样。这片子有人向冰锋推荐过，说是"反战电影"，但他看了内容介绍，有些兴趣。窗口悬挂的黑板上，用白色粉笔写着今天上演电影的场次，大多用红色粉笔标明"满"。马上就要开演，他们俩赶紧进去了。

据说这是目前本市最小的一家电影院。电影放到一半突然停了，灯也亮了，原来跑片员还没到。大概因为情节很抓人，又正到节骨眼上，观众的不满比平时强烈得多，有人甚至吹起口哨。铁锋低声说，这片子看着真带劲儿啊。约摸等了五分钟，灯黑了，继续放映。

散场出来，冰锋说，我送你到车站吧。他们往西走去，这是一条与东长安街并行，但是高出不少的道路。透过窄窄的一脉灌木林子，可以看到长安街上的灯光，也能听见来往汽车的喇叭声。天已黑了，林子里人影幢幢，大概都是谈恋爱的吧。冰锋很喜欢这地方，晚上随便走走，感觉很有味道。这条路应该叫"东单头条"，但他记得，路边门牌上写的都是"东长安街"，现在那些房子多半已经黑灯了。快到车站了，他们走下台阶，来到东长安街便道，沿着一米多高的虎皮墙而行，小树林就在墙头上面，不过这里要嘈杂多了。

冰锋知道弟弟想跟他说什么，但似乎不便开口，他也有意不挑起话头。铁锋又提到刚才看的电影，说的还是说过的那句话。冰锋并不太喜欢这片子，认为缺少更深的意味，只是个动作片而已。但正因为如此，有一点对他不无触动，就是行为的意义大于思考，或者说，倘若止于思考，也就没有什么意义了。无论如何，空谈总是没有意义的，而行动是以成败决定其意义的。……这么想是不是太功利了呢？只想不做，或虽做不成……

他对弟弟说，古代有个故事，说秦桧当权时，有个军人叫施全，趁秦桧上朝，在一座桥底下用刀刺杀他。只砍断了轿子的一根柱子，没有伤着秦桧。结果被判了死刑。以后秦桧出门，加派五十人护卫，别的刺客再没有机会下手了。斩施全时很多人围观，人群有个人大声说，"此不了事汉，不斩何为？"——意思是，这办不成事的汉子，留着他干吗用呀？大家听了都笑了。刚才看的片子里史泰龙演的兰博，能算得上"了事汉"吧。铁锋应了一声，没有说话。

这时他们已经到了王府井大1路、大4路汽车站。眼看车来了，铁锋忽然说，咱们还是找个地方坐坐吧。冰锋说，好啊。他们往王府井走去。身边的虎皮墙越来越矮，到尽头成了个高台阶。拐进街口，路过新华书店大楼，还在营业。外文书店南面路边有个拱券门洞，上刻"敦厚里"三个字。这是条不深的死胡同，也可以说是个大院子。他们进了尽里边坐东朝西的闽粤餐馆。

饭馆看样子刚刚重新装修过，还带着股刺眼睛的气味。刚过饭点儿,却只有一桌客人。一个中年女服务员走过来,拿一条有股馊味的脏揩布胡乱擦了擦桌子,态度生硬地说,广东、福建口味,吃得惯吧?冰锋要了两瓶啤酒,两个凉菜。本以为光点这些服务员会不高兴,但她根本无所谓。铁锋刚把钱包掏出来,冰锋已经把账结了。

开了瓶的啤酒先拿来了,冰镇的,瓶子上挂满水珠。虽然只点了凉菜,上得也挺慢。铁锋给冰锋倒满一杯,自己也倒上了,说,我们要去深圳了。然后举杯碰了一下冰锋的杯子,说,有什么……你多担待啊。冰锋喝了一口,很凉,到了胃里并不舒服。他想,铁锋也用"我们"来形容某种组合、某种关系,竟然与芸芸的口径完全一致。

铁锋说,好歹互相有个照应。说实话,这个也说去深圳,那个也说去深圳,可深圳在哪儿呢,自打咱们家搬到北京,长江以南我压根儿就没去过。要是自个儿去,真是两眼一抹黑啊。冰锋问,车票都买好了?铁锋说,是蔡总安排人买的,还都给买了卧铺。人家挺看得起我的。深圳那边的住处也给安排好了。这回一定得干出个模样来。

冰锋对于深圳,对于那座城市的现状以及未来,对于铁锋和芸芸即将在那里扮演什么角色,又有怎样的发展前景,完全没有概念。只好含糊地说,和有追求的人在一起,自己也不能没有追求,不然就落下了。铁锋说,是啊,我也想过,要考电大,要学外语。不过业务方面,技术方面,我倒不完全是生手。当然,工作环境不一样了,工作性质也有些改变,规矩可能没那么死,天地也大多了。

冰锋不知道该说什么，陷入了沉默。铁锋说，我知道你有你的主意。好多年了，你心里有个结，非打开不可。这件事我不太清楚，也不想多打听。不过呢，我觉着一个人老瞎琢磨也不合适，也许都是自己个儿想出来的，未准是那么回事。我多嘴了，你别生气。冰锋有心反驳，然而说来话长，又未必能说明白，想想不说也罢，也就没有吭声。铁锋又说，你要是现在去深圳，位置、待遇肯定比我好多了，发展的机会也会大得多。

冰锋忽然说，古代有个人叫伍奢，国王要杀他，他有两个儿子，大的叫伍尚，小的叫伍员，就是鼎鼎有名的伍子胥。国王说你要是把俩儿子叫来，我就不杀你。伍奢说，我大儿子会来，小儿子不会来，他要给我报仇。国王派使者去找这兄弟俩。他们都知道国王的用意，哥哥果然来了，跟父亲一起被杀了，弟弟没来。临别时哥哥说，我以殉父为孝，你以复仇为孝，从此咱们各行其志，再也见不着面了。我常想这故事，揣摩那哥哥的意思是，赴死容易，活下来并且替父亲复仇困难，自己选那容易的，难的就留给弟弟吧。现在咱哥儿俩的情况说来也差不多：你干的是困难的事，我干的是容易的事，因为固守过去容易，开拓未来困难。他也不知道怎么会讲出这样一番话来。如果接着讲下去，大概要说，替父亲报仇容易，自己活得成功困难——那么就是铁锋，而不是他，在现实中扮演了伍子胥的角色。脑子好像有点乱了，以致他们兄弟俩竟然能以这种安排，成为对于那个古老故事的戏仿。虽然在他眼里，坐在对面，才喝了大半瓶啤酒就满面通红的弟弟，并不像是能取得多大成功的样子。

铁锋说,哥,这一晚上你净讲古了,说的话我都听不明白。冰锋说,我瞎说呢,喝多了。铁锋说,哪儿呀,你酒量大,我可比不了。我没什么本事,也没那么多责任感,不想被人坑,也不想坑人。就这么一回机会,再错过了,一辈子就完了。冰锋说,你说得也对。来,干了。你们走,我就不去车站送了。一路顺风。

出了餐厅,冰锋看见北侧有幢红砖三层小楼,墙上和窗子边装饰着水泥和石材的花纹,是西洋风格的。自己常来新华书店买书,每次都路过这胡同口,却一直没进来过。没想到这里还藏着这么漂亮的建筑,虽然已经略显老旧,而且看样子不知有多少家人住在里面呢。

与弟弟分手后,冰锋沿着王府井大街,向北走去。商店多半已经关门,马路对面,"大明眼镜店""红光照相器材商店""东华服装公司"三块霓虹灯店牌亮着,望去不无寂寞之感。东风市场夜市还在营业,但大门口并没有多少顾客出入。他想,铁锋与芸芸不约而同地向他展现出踌躇满志的一面。他们即将走进一个与自己的故事完全无关的故事,而那个故事是此刻的他所无法理解,甚至无法想象的。他们也许会如其所愿取得成功,成为这个社会的新人,乃至风云人物,铁锋甚至可能改掉自己一向瞧不上的那种卑微相,变得目中无人,趾高气昂;当然也许会失败。谁知道呢,这些已经不是自己该操心的事了。

第四部

第一章

星期天下午，冰锋在王府井书店转了一圈，没买到什么书，就出来了。十一刚过不久，商店里和街上照例贴着不少标语。有一条是"迎国庆，讲文明，树新风"，记得去年也在这里见过。不禁想到，对于很多人来说，标语或许就是行动本身。贴了标语，意味着任务已经完成，虽然实际上什么都没干。他沿着王府井大街往北走，到路口西北角的报刊集邮门市部看了看，然后来到东安门大街。

路过馄饨侯，忽然看见叶生坐在里面，挨着窗户，距离这么近，只隔了一层玻璃。饭馆的地基挺高，冰锋稍稍仰望着她的脸。她的头发乱蓬蓬的，有一大缕从额边垂下来，遮住了朝外的半个面庞。没有化妆，脸色苍白。穿着一件黑皮夹克，敞着怀，里面是红地白格的绒布衬衫，前三颗扣子没系，露出细长的脖子，还有一小截黑色的抹胸。面前是大半碗馄饨，汤里飘着些碎碎的紫菜和香菜末，旁边的碟子里，有一个咬过一小口的芝麻烧饼。她伸手撩起头发，用一把绿色的小铁勺扛了个已经搁凉了的馄饨放进嘴里。

叶生的桌面齐冰锋的胸部，稍稍偏过脸来就能看见他，但她只是茫然地对着桌上两样吃的。他的头的影子被背后斜射来的阳光清晰地投映到桌子角上，而她毫无察觉。看她一副失魂落魄、自暴自弃的样子，就像一个弃妇，冰锋觉得有些心酸。北京城就这么大，王府井又是大家常来的地方，遇见熟人没什么了不起，然而这个人偏偏是叶生。不过他随即发现，自己其实一直预感会遇见她，至于害怕还是希望遇见，一下也说不清。他站了一会儿，还是下决心离开，但没走出几步，又折了回来。叶生仍然没有发现他。过了会儿，她从挎包里取出一盒烟，抽出一支叼在嘴上，摸出一盒火柴，划着了一根，动作熟练到近乎潇洒，把烟点上。用食指和大拇指捏着烟卷，深吸了一口，好久才吐出来，那副神态说是惬意，或沉迷，都无不可。冰锋不忍心了，轻轻敲敲玻璃。叶生转过头来，看见了他。她呆住了，慌乱地在碟子里摁灭烟头，用手捂住碟子，脸又微微转了过来。

冰锋迟疑了一下，觉得应该进屋去找她。但刚到门口，叶生已经拉开门出来了，下台阶时自己绊了一下，险些摔倒。到了他面前，她像是要扑到他怀里，但马上克制住了——张开的两只手，还有前倾的身子，都在动作进行当中僵住了，脸上还留着委屈极了，渴望抚慰的神情，眼眶里泪光闪闪。冰锋问，你的车呢？叶生有些迷糊，四下里看看，若有所悟地说，今天我没骑车。

这时候衣服的样式还不多，出门经常会遇到着装与自己完全相同的人，甚至整条街上，男人穿的衣服都一样，女人也都穿着一样的衣服。叶生身上这件皮夹克，冰锋却从未见过。匆忙中她已系上衬衫的二三两颗扣子，正对着饭馆的玻璃窗——就站在刚才他站的位置——用手指梳理头发，发现冰锋在打量自己，就说，这叫"Biker Jacket"，好像译成机车皮衣。她说着侧过身子，扯着自己的衣领，翻出里面的商标：你看，还是这牌子的呢，Perfecto。听二川说，他是在纽约郊外一间有名的教会的 Attic Sale 上买到的，很干净，而且不太旧。自从我上班了，就想买辆摩托车骑。那件机车皮衣很短，下缘只到肋骨以下，斜襟拉链没拉上，腰带也没系，金属搭扣滴了郎当地挂着。衬衫下摆露出来，像条超短裙遮住大腿根和屁股。一条黑色牛仔裤紧绷绷地裹着大腿和小腿，几个月不见，她变得强壮了。裤腿略略挽起，露出一小截白腿。脚上是一双看着有些粗犷笨重的黑色短筒皮靴，哑光皮，圆头，平跟，后面有个黑地黄字的襻儿，边缘缝着一圈黄色蜡线，前系带，最上面的两个孔空着。她说，这叫"Dr Martens"，马丁靴，还是八孔1460款呢，就是穿着很硬，有点磨脚。

　　叶生讲这些，或许略有顾而言他之意，但听来确像是与知己分享，毫无炫耀的感觉。冰锋说，这倒是新的啊。她说，当然了，是在 shopping mall 买的。他还是不大理解，怎么会买别人的旧衣服穿。反正她讲的都是自己的世界之外的事情。显而易见，站在他面前的，已经不是原来的那个女大学生了。叶生的相貌和神情里，本来就隐约有股风尘气，现在被这身打扮极大地强化了。仿佛正等待着有谁将她从某种颓废，不，简直是堕落的境况中搭救出来。

　　叶生问，你不喜欢么？这么久没见面了，冰锋还不知道该如何回答。但好像她也不该这样问。叶生说，那你就是喜欢啦。简直又回到从前那种娇嗔得稍稍不讲理的状态中了。就像他们根本不曾一度断绝来往，她几乎立刻就重新跟他亲密起来了，这令他一时不能适应。冰锋再看看她，身上似有似无的颓废甚至堕落的气质，反而具有一种特别诱人的美。这是他从未在女人身上看到过的，甚至拓宽了他的审美感受的边界。

叶生走在冰锋身边，双手拉住他的一条胳膊，他感到拉得很紧，她似乎也发觉了，赶忙又放开了。但他还是能体会到她的激动——身体轻微地颤抖着，一段时间没有开口，只是在那儿享受着突然到来的一切。冰锋想，一切都与原来一样，然而一切都改变了。他又感到了些许压力。想起 Apple 那次对他讲的话，自己真的值得叶生这个样子么？在她的心目中，他究竟是怎样的一个人呢？

叶生兴冲冲地说，咱们去划船吧。冰锋记得上次去天津水上公园，她对没划成船特别遗憾，居然把这个愿望一直保留下来，而且在与自己重逢时就要实现。这个看起来温存和顺的女人，其实外柔内刚，似乎只要是她想做的事，无论如何也要做成。冰锋说，这附近有划船的地方吗？北海可有点远哪。叶生说，就在前边，劳动人民文化宫和中山公园后面的筒子河，都可以划船。冰锋想说那里多没意思，但还是任由她领着，沿东华门大街向西走去。沿途有不少人或正面，或侧脸，或回头看她，眼神从鄙夷，好奇，直到倾慕，而她似乎并不在意，大概已经习惯了。

这条路他们一起走过不止一次，但今天叶生好像对什么都感到新鲜。他们走在马路北面，她忽然站住脚，指着对过一幢被悬挂着"马兰花"招牌的平房遮挡住一半的巴洛克风格建筑说，儿童剧场停业已经好久了。你看这门脸儿,拱形的上半边就像前门的老火车站。我小时候总觉得,这里是个通往梦境的地方。不过每回来看的戏和电影,好像都不怎么样。到了南河沿北口,她又说,你看这绿琉璃瓦顶,灰墙,跟协和医院就像是同一个人设计的。冰锋问,这是什么地方?叶生说,翠明庄,中组部招待所,前些年好些等着平反的老干部都在这儿住。

路边的几棵老槐树上,不知有多少只乌鸦突然一齐大声叫了起来,枝叶浓密,又看不见它们在哪儿,就像是那些树本身在发出这非人的声音,吵嚷得简直让人不能不停下正在想的、说的,甚至做的一切。冰锋愣了一下,身边叶生大笑起来。

昨天晚上下过一场雨,天气凉了许多,秋天又到了。走近东华门,路两边就是筒子河。来到路南,叶生指着远处说,你看,有人划船吧!他们沿着河边的便道走,挨着一堵矮墙,右手隔着一条不宽的马路,是故宫古老的围墙。到了角楼,继续沿河而行,对面是劳动人民文化宫的船坞,只看见四五条游船。柳树的枝条垂到他们头上,不时要用手拂开。隔着马路还是宫墙,被一排柏树所掩映。

路过文化宫的西门,叶生说,咱们还是去中山公园吧。这儿怪冷清的。走过午门前的广场,游客很多,售票处也拥着不少人。叶生说,听说新开了铭刻馆和文房四宝馆,还有两个专题展览,今天划船,改天来看看吧。冰锋说,每回来到这儿,我只想到"推出午门斩首"。

他们进了中山公园东门,叶生说,这儿漂亮多了吧,你看河边这排大柳树,文化宫那儿就没有。但远远看到划船的人多得很,她又嘟囔着说，哇，这么多人啊。

到了船坞，交了钱，叶生一个箭步跳到船上，动作真像一位运动员。回过身来，把手伸给冰锋。两个人各划一只桨。这其实就是个L形的大水池，划船实在很无聊，唯一让叶生兴奋起来的，是与别人的船偶尔发生了一次小小的碰撞。她悄悄说，咱们制造个机会再撞一下吧？冰锋说，多危险啊，要么我一人划，要么不划了。

没划多久两人就上了岸，走的是西路，两旁都是古老的柏树。木槿开着白色的花。海棠结了一些小小的淡粉色果实。来到唐花坞。叶生显然非常熟悉，还没走到门口就说，上四步台阶，进门，下五步台阶，迎面一个小池子，里面有块假山石。你看，对吧？这儿正举办一个国庆节的花展，有玉兰、榆叶梅、迎春花、杜鹃、西府海棠、贴梗海棠之类，地方太小，布置得很拥挤。叶生说，去年冬天供暖不足，花都冻死了，这儿被迫关闭了。爸爸听了可伤心了。他最喜欢唐花坞，我不知道跟他来过多少趟。特别是冬天，他说花搏得真好，一般人家养不成的。谁知道连这儿的花都死了。冰锋问，你爸爸身体还好吧？叶生说，还是老样子，但大夫私下里跟我说，情况不容乐观。冰锋说，哪天我去看看他吧。她高兴地又拉了一下他的手，说，太好了，谢谢你。

这公园叶生也像是头一次来，遇到什么都要跑过去观察一番，议论几句。走过保卫和平牌坊，她提示冰锋留意础石和柱子上用水泥修补过的痕迹，说，一定是当初拆除克林德碑时弄的吧，据说原来有七个楼，后来只剩下三个大的了。看到内坛墙外那一排树干扭曲，又长了不少疙里疙瘩的树瘤的西府海棠，她说，多像凡高画里的树啊，等到了冬天，叶子都掉光了，就更像了。走到槐柏合抱树前，她又说，槐树长得快，柏树长得慢，槐树把柏树撑裂了。你看，槐树比柏树要高。

到了内坛墙东南角外的来今雨轩，叶生说，我饿了，咱们进去吃点东西吧。这饭馆新近推出了红楼菜，报上说每道菜都有出典，而且经过红学家的鉴定。他们尽管很好奇茄鲞怎么做法，还是没敢尝试，点的是这里最拿手的冬菜包子。一人两个，包子个儿不小，皮略带甜味，叶生说，听说这包子有二十六个褶儿。一五一十地数了起来。忽然感叹，咱们俩在一起老是吃包子。冰锋渐渐重新熟悉了她的天真，憨厚，活泼；还有她的……可爱。

叶生没有提起他们中断来往的半年里，她的生活怎样，还有那次比赛成绩如何，毕业论文得到什么评价，等等。只是说，我上班了，你知道吗？哈哈，我已经挣钱啦，可以好好请你吃顿饭了。还有，我们研究所领导说，等我转正了，就有机会分房了，在方庄，现在刚动工。是北京最大的住宅区，就是太远了。冰锋终于说，叶生，别再抽烟了。叶生低着头说，我错了。从挎包里拿出那盒香烟，是中南海牌的。捏扁了，连同那盒火柴，一起丢进陶瓷狮子果壳箱的大嘴巴里。

吃完一个包子，叶生说，都快饱了，咱们还吃晚饭吗？冰锋说，不吃了。叶生说，那我再吃半个，那半个给你吧。她饶有兴致地用筷子把包子不多不少分成两半，夹杂着瘦肉末的川冬菜馅洒出一些，又一点不剩地塞进留给冰锋的半个包子里。她显然对两个人分吃一个包子感到称心，甚至得意。冰锋觉得，上次去天津时她身体里蠢蠢欲动的东西，经过这么长时间，不但没有消歇，反倒更强烈了。

叶生说，Apple 真的成功了，杂志争着发表她的诗，一发就是一大组。你还记得她给我们念过一首长诗的片段么，其实始终没有写完，但也被编辑抢走发表了。有出版社正准备出版她的诗集。还有人写了很长的评论文章，赞誉她是中国新诗新的高峰。冰锋问，是杨明写的么？叶生说，那倒不是，是一位评论界的权威人物。但杨明也成名人了，他那篇一再续写的文章，被称为划时代之作，好几处都转载了呢。不过奇怪的是，他的文章中只字未提 Apple 的作品，其实她的诗最可以作为他的论据了。咱们小小的诗歌小组，居然出了两个著名人物，现在该轮到你啦，只有我是个可怜的不成材的家伙。冰锋本来想提起曾经读到叶生发表的两首短诗，但又不想给她留下自己一直在留意她的印象，而且她的诗感情意味太重，他也不愿挑起这个话题。

出了饭馆，他们继续一棵接一棵地去看那些古树。公园东路的古树比西路少得多。上边都挂着小牌子，年代从明到清，从四百年到二百多年不等，有一级的，有二级的。

冰锋说，跟这些树比起来，咱们已经活过的二三十年真算不了什么。叶生说，所以我们要珍惜生命啊。赶紧又用手捂了一下嘴，说，对不起，这话有点俗。隔了一会儿，她忽然感慨道，有时候我觉得，记忆就像把盐撒进大海，确实存在，却没有迹象。冰锋以为她接着要说什么，但她不再说下去了。

直到天擦黑了，他们才出了公园南门。叶生说，走，我带你去看北京最漂亮的夜景。穿过广场，先去看西交民巷东口的原大陆银行办公大楼，又去看东交民巷西口的原麦加利银行办公大楼。感觉就像是某个夜晚，徜徉于彼得堡或莫斯科街头。当然这些地方他们都没去过，只是读小说留下的想象。

叶生说，明天还见面吧。冰锋说，明天我要上班啊，你不是也上班了吗？叶生说，那咱们通电话吧。冰锋说，科里不方便接电话，下周日见吧。叶生说，还要等那么久……下周日咱们去看电影吧。他们来到崇文门，乘的还是44路环行汽车。车窗外也还是路灯亮了，行人匆匆的景象。叶生说，我再送你一段吧。冰锋赶紧说，不行，你该回家了。语气很重，叶生有点害怕了，乖乖地在崇文门下了车。

冰锋看见叶生站在路边，朝车上挥手，就像上次她站在那里一样。身上的机车皮衣反射着灯光。车开出一段了，她踮起脚尖，伸直胳膊，还在挥舞。冰锋心里并没有什么欣喜，反倒有些沉重。他知道，现在与她的关系，已经与上一次大不相同。那时候什么都没有说破，如今却好像心照不宣地正式成为男女朋友了。过去曾经困扰自己的问题不仅依然存在，而且更加无法回避。说来这次重逢，冰锋对叶生的感觉不能算是太好，与他一贯印象中的高雅、纯洁、温柔、洒脱大相径庭。这个女人的形象似乎在他心中矮了一截，而他今后即使对她随便一点，或者厉害一点，大概也无所谓吧。车过建国门站，一个念头忽然在冰锋脑子里闪过：假如像贺叔叔说过的那样，父亲与祝部长的遭遇调个个儿，那么我现在过的是叶生的生活，叶生过的可就是芸芸的生活了……他似乎被自己惊到了，在昏暗中挥了下手，要把这番胡思乱想驱逐干净。

星期二中午，科里的人凑在休息室吃饭，桌上的电话响了。本来都是小孙抢着接的，现在她却跟没听见一样。冰锋拿起电话，是叶生打来的。她问，昨天你不在啊？冰锋说，在啊，一直在上班。叶生说，奇怪，我打了两次，你们科里的人都说你不在。冰锋看看刚才小孙坐的位置，她已经走开了。

叶生说，电影票我买好了，《罪行始末》，法国片。新街口电影院，今天晚上的。你下班就过来，电影院门口见。咱们先去找个饭馆好好吃顿饭，我请你。冰锋没想到她这么着急，还特意挑选了医院附近的电影院。或许刚才她偷偷来过科里，只是他没留意罢了。叶生又说，星期天也有安排了啊，去美术馆看十九世纪德国绘画展览。冰锋发觉，叶生使自己的生活重新变得文艺起来了。他知道曾经中断的一切又恢复了，而一旦恢复，就难以再止步了。

冰锋回到诊室，在自己的治疗台边坐下，想起刚才叶生说的电话的事。类似情况已经发生过不止一次，前几天小妹来电话，也莫名其妙地被科里什么人搡了两句。自从芸芸辞职，小孙对他的态度明显变了，不仅没事不再和他过话，就是工作时叫她调氧化锌或银汞也爱答不理，总绷着脸。科里其他几位年轻的女大夫、女护士，待他也不像原先那么热情了。冰锋隐约听到医院里有些关于自己的流言，说是因为他移情别恋，把芸芸甩了，她才伤心地去深圳另谋出路的；而在大家看来，辞职可是很大的牺牲。李副主任甚至在与他谈别的事情时突然说，你是改革开放后第一届大学生，将来是科里的中坚力量，要注意处理好个人问题，不要在这上面栽了跟头。

冰锋开始只是想，改革开放这种政治词汇出现在日常对话中未免古怪，后来重新琢磨，才觉出不知道这番话从何说起。但一时也无从澄清，只好嘱咐叶生千万不要到科里来找他，也尽量别往这儿打电话。

但是冰锋却不免因此在心里将芸芸与叶生加以比较，与芸芸的关系只是他人生中的一段插曲，叶生与此并无重叠，这使他感到坦然。他想，芸芸始终希望自己成为另一个人——比现在的他有成就，有地位，也就是所谓成材；她真正喜欢的是那个人，他的一个虚无缥缈的影子。而叶生一直喜欢的是现在的自己，她甚至不希望他有什么变化，或者说，她努力适应他，无论他变还是不变。叶生重新见到冰锋，对二人失去联系的这段时间，他的情况如何，生活有什么变化，一概没有问，甚至没提当初他说要考研究生的事，只是低声说了一句，咱们错过了一个法国近代艺术展览。也许是怕问了会招惹冰锋不快，担心再次失去他；也许对冰锋的情况多少有所了解，所以才不问的吧。

第二章

院门口传来街道主任的喊声：各家没买储存菜的，赶紧买去啊！是个小老太太，嗓门挺大。这是星期天的中午，冰锋正准备做饭，答道，好嘞！主任转身往外走，差点和匆匆忙忙走进院子的叶生撞个满怀。叶生高度近视，却不喜欢戴眼镜，也不配隐形眼镜，总眯着眼睛，有点像后来在内地有名的香港演员周海媚，样子比从前慵懒，更有女人味了。一条彩色的纱巾将她的头发束在脑后，多出来的纱巾尾部垂在脸的一旁，披着一件灰色有暗红条纹的羊毛披肩，一直遮住半截大腿。穿着白色麻花粗毛线衣，门襟上有几个本色的木质圆纽扣，纯白色的牛仔裤，脚上还是那双马丁靴。

叶生送来一本明年的挂历，开本很大，摄影和印刷都不错。他们坐在一起，一页页地翻看，仿佛这间小屋对着世界打开了一个个窗口。都是著名的自然景观和人文景观，每月一页，依次是尼亚加拉瀑布、大堡礁、挪威峡湾、马丘比丘、巨石阵、古罗马大斗技场、凡尔赛宫、科隆大教堂、泰姬陵、吴哥窟、金阁寺和悉尼歌剧院。

叶生说，这些地方，一向只见过照片，真想亲眼去看看。

冰锋在墙上钉了个钉子，把挂历翻到一月份那一页，挂上，两个人站得稍远些看着。叶生忽然平淡地说，最近有个出国的机会，我放弃了。冰锋说，多好的事，为什么不去呢？叶生说，有些事情没有定下来，我走不了啊。像是不经意地看了他一眼，眼神迷离，又略显妩媚。冰锋装作没看见。

冰锋到厨房做饭，端着盛了菜的碟子进来，看见叶生斜倚在床架上，捧着一本书在读。两条健壮的长腿伸得直直的，叠在一起，脚悬空在床沿外，靴子的牛筋底纹路特别清晰。从前她来，可没有这么随便。但他这念头刚冒出来，叶生就丢开书本，跳到地上，伸手接过那盘红烧豆腐，吸着鼻子闻着，幸福地说，啊，真香！终于又吃到你做的饭啦。

吃饭的时候，叶生说，听尚芳在电话里说，你弟弟，还有他那个伴儿，在他们公司干得都挺不错呢。冰锋说，我知道，我弟弟来过信。铁锋在给哥哥的信里说，深圳上班和生活的节奏都很快，一上来还不大能适应，工作是从基层干起的，但有了成绩，肯定可以得到晋升。住在公司的集体宿舍。和芸芸一起在读夜大，还上了英语初级班，都是公司付的学费。学习有点吃力，不过还得坚持。公司将与外方合资办厂，正在谈判，详细情况不便多谈。冰锋想起报上说，十月一日北京无线通信局开始提供无线寻呼业务：如果急着找人，又不知道在哪儿，只要他身上带着BB机，拨126，服务台话务员就会把需要传达的信息告诉他。看来大川他们可能真的抓住了商机，虽然冰锋自己一时并没有寻呼谁的需求。关于芸芸，铁锋信里没有多谈,只是说现在一切以事业为重,别的事情只能暂且搁下。

冰锋说,你在这儿待着,我去买大白菜。叶生说,我跟你一起去。冰锋说,你这身打扮,哪儿是搬白菜的样儿呀?叶生跑到厨房,找出一件做饭用的白布围裙穿上,也不管前襟上沾了不少油点子,还把袖子连毛衣带衬衫高高挽起,露出两只白净的胳膊,说,这样总行了吧?

他们出了院门。正好邻院有人刚用平板车拉了大白菜回来,对冰锋说,这是居委会的车,你接着用不?冰锋不会骑自行车,却会骑平板车。父亲死后,母亲没有收入,在老家干过好几年废品站的收购员,冰锋下了学,就帮她蹬车运货。

叶生说,你拉着我吧。冰锋回家找了几张旧报纸垫在车上,要她留神别剐了裤子。她坐到车的一边,车身略略倾斜,他清楚地感觉到那个肉体的分量,回过头来看了一眼。叶生说,最近忙爸爸的病,忙工作,都没有时间锻炼了……我是不是胖啦?冰锋说,没有啊。又回头看看,她腮帮子稍稍添了点肉,脸上的线条不那么硬了,脸色也红润了,反倒更漂亮了些。

冰锋蹬着车,叶生在他背后说,前几天我到二龙路和黄寺的旧车交易市场都看了看,如果不去美国,我就买辆摩托车,你说好吗?没等他回答,忽然又兴奋地叫道,快看哪,天上!冰锋仰头望去,一大群大雁,正排着整齐的阵列飞过天空,仿佛一幅巨大的三角旗在缓缓移动。

冬贮大白菜的销售点设在一个胡同口,场面就像一处战场,白菜码成一垛一垛的，有如一座座小山，售货员都穿着蓝布围裙，有的站在高高的垛顶，将一棵棵白菜丢下，下面的同事稳稳接住，在脚边摆成小堆。买菜的有推小推车的，有蹬平板车的，也有一家人成群结队用手抱走的。冰锋问，劳驾，哪儿的菜呀？卖菜的说，河北定县的，多棒的菜。他东张西望，一遍遍喊，顺着拿，不许挑！但冰锋拿起每一棵，放上磅秤之前，还是尽可能挑一下。他小声对叶生说，不要这种瘦长的，也不要这种叶子散开，张牙舞爪的；要这种有心的，粗壮的，掂着沉、捏着瓷实的。有个买菜的男人正偷偷一棵棵地劈白菜最外面的一层帮子，放在自己准备买的那堆里，叶生也跟着学，冰锋赶紧制止：回头卖菜的骂你。带点帮子，菜容易搁住。

他们买了二百斤，不过十几棵而已，花了三块八毛钱。叶生逐一搬到平板车上，摆得整整齐齐。她说，你看，简直像艺术品。冰锋明白，和芸芸不一样，叶生实在是与自己历来过的这种底层的普通生活隔得太远，尽管饶有兴致，而且态度轻松、亲切。她特地在平板车的一边给自己留了个位置，铺上报纸，坐了上去，自嘲地说，看看白菜和我哪个沉些。叶生近来忙于照顾父亲，还要上班，不像从前那么闲，两个人见面也就没那么频繁了。但每次相聚，都有类似今天这样新的内容，或者说，为他们的关系增添了新的因素。而这都是由她而产生的。冰锋因此感到，这回他们的关系进展很快，他实际上是在步步后退，马上就要退无可退了。

到了家，叶生很利索地跳下来，却不给冰锋以轻快的感觉，反倒显得有点沉重，是一种肉体的丰盈之美。冰锋说，你摆成这样，我都舍不得搬下来了。叶生说，干吗不搬，咱们不是还得吃吗？两个人各自抱起几棵进了院，立着码在窗根底下，把门的一边都摆满了。那一溜新鲜得像是还长在地里的大白菜，让他们很有成就感。冰锋忽然想，也许将来可以和叶生一起过一种他一直向往的简单，平和，饶有意味，总的方向是向上的生活吧。

回到屋里，冰锋在炉子上烧了一壶水，换了块除水碱用的消毒棉花泡在里面。叶生从书包里掏出一本开本不大，淡绿封面的《吴越春秋》，坐在床边，说，我在琉璃厂中国书店买到的，嗬，文言文，还没有断句，看着可真不容易。冰锋说，看这个干吗？叶生说，我总想着在你的诗剧里，有个什么角色可以让我扮演——我可不是催你啊。她似乎比以前更加小心翼翼地不干涉他的人生，不说该干什么，或不该干什么，只要是他在干的，或要干的，她都赞同，而且试图加以理解，并非盲目附和。她也不催促他，如果他不需要，她甚至不予评论。

冰锋说，没人催，我就不写了。叶生说，真的吗？那我可催了啊，天天催，快点写吧！她天真起来，简直像一朵刚刚绽放的花，上面沾满露珠，而那些露珠也是花的一部分，哪怕有一滴落下来，对花也是很大的伤害，它也会痛的。所以必须认真对待，细细呵护。冰锋不知道怎么回答才好，只是微笑着。隔了一会儿，他说，写出来只怕也没有人看——我指的不是你。

叶生说，嗯，我其实想过这一点。一个人为了过去发生的某件事情，而不是为了自己的未来，将一切都投入进去，现在的人或许多少还能理解，接受，等到咱们的下一辈人就未必了。不过我又想,《呼啸山庄》写的也是这个意思啊,大家不还是很喜欢吗?你也来写一部这样的世界名著吧。冰锋自嘲地笑笑。叶生说,我觉得《呼啸山庄》比起《简·爱》真是天壤之别。我读《简·爱》,总感到作者虽然让简·爱口口声声说我们是平等的,但却有种深深的自卑感,非得把罗切斯特降低到残废了,把简·爱提升到有钱了,她才能跟他平起平坐。《呼啸山庄》也涉及不同阶级的人平等的问题——这大概跟她们姐妹的身世有关,但作者没这么世俗,她很粗暴地就把问题给解决了。冰锋插不上嘴;叶生或许也觉出扯远了——她就是这样,放松或得意的时候,喜欢天马行空。

水开了,冰锋给叶生沏了一杯高末,她喝着茶,重新问道,那么我演哪个角色呢? 伍子胥的故事,可是一部男人戏啊,而且几乎是他一个人的戏。她说话的样子,就像这部作品已经完成,正在排演,而她是个迟到的、在台下苦苦等待的替补演员。她一边翻书一边说,有个地方我不太明白,伍子胥逃往吴国途中,先被大江挡住,遇见一个渔父划船帮他过江,后来又得了病,遇见一个在水边捶打绵絮的女人——就是后来小说戏曲里的浣纱女,给他吃的充饥。但伍子胥对谁都不放心,临走叮嘱千万别让人家发现,结果这两个人立马都自杀了。伍子胥疑心怎么那么重,书里又干吗要一再地写呢? 你读过萧军的《吴越春秋史话》吗? 两处都给改了,渔父和浣纱女都死在追赶的官兵手里,没准认为原来的写法损害了伍子胥的形象吧。你觉得哪种处理更好呢? 冰锋说,这本小说刚出版我就读过,类似这种地方,纯属点金成铁。《吴越春秋》所以一再描写这些羁绊,是要表现伍子胥复仇意志的坚定。他自觉责任重大,所以不能掉以轻心。那两个人呢,已经尽自己所能做出了牺牲,很遗憾不能得到伍子胥的理解,因此才以死明志。也可以进一步说,他们都很理解伍子胥,所以通过自己的死,让他得以放心。他们的死,责任全在伍子胥,他的心理负担该有多重,若是半途而废,这些人就白死了。

叶生说,啊,我明白了,到底是你眼光高明。这样吧,两个角色我一个人包了,——渔父是男的,不过我可以反串。这都是真心为伍子胥做出牺牲的,虽然凑在一起,也没有多少戏。说着她稍稍仰着身子靠在床架上,伸直两条腿,手里捧着茶杯。冰锋看她一副很舒坦的样子,心想就让她随心所欲吧。叶生又翻了翻书,忽然说,对了,伍子胥还有个妻子,也让我来演吧,不过关于她就这么一句话:告诉追来的楚兵,伍子胥早逃远了。记得《东周列国志》里她叫贾氏,夫妇分手时,伍子胥说,我要去借兵替父亲和哥哥报仇,顾不上你了。她回答说,男子汉心怀这种痛苦,像用刀割肝肺似的,哪儿还有工夫替女人考虑,你赶紧走吧,不用替我着想。说完就进屋上吊了。这句台词你可得给我安排上,真是个刚烈的女子啊。冰锋看着她在那里复述着自己早已耳熟能详的内容,只是微微笑着,没说什么。

叶生吞吞吐吐地说,我还有个问题,不知该不该问?冰锋说,你问呗。叶生说,伍子胥报仇的对象是自己的国王,灭掉的是自己的国家,为什么还不断被世人称道,甚至成了英雄呢?别笑我观念陈旧啊。冰锋说,《越绝书》里,孔子对此有番议论:臣子不讨伐国家的敌人,儿子不为父亲报仇,就不配称为臣子、儿子。所以应该赞颂伍子胥在无道的楚国遭受冤屈，身处困顿，却没有死掉，以一介平民得到一个国家的人的帮助，齐心合力复仇，最终颠覆了楚国。不合乎义的事他绝对不会干，更不会为此而死了。叶生似懂非懂地说，噢，是这样啊。

冰锋本来无意与叶生谈论这个话题，却说了那么多；他为自己的话所鼓动，不免振奋起来，忽然站起身说，时间还早，我带你去个地方吧。叶生有些莫名其妙，但就像往常那样，他说要去哪儿，她跟着去就是了。她推着车，跟他一起穿过一条胡同。路边槐树的枯叶纷纷被风吹落，每一片都飘飘悠悠的，仿佛故意做出辞别人世的姿态。到了13路汽车站，冰锋说，你先走吧，咱们在和平里车站碰头。

冰锋隔着车窗，看见叶生骑着车，时而追上自己的车，时而又落后了，在北新桥路口汽车和她都被红灯拦住，还朝车上招招手。等绿灯亮了，她蹬起来，还是那个抬着屁股站在脚蹬子上的姿势。他还在想那些成了伍子胥复仇大业牺牲的女人和男人，除了刚才谈到的，还有吴王僚，专诸，专诸那为成全儿子而自杀的母亲，另外一位刺客要离，为成全他而被杀的妻子，被他刺死的公子庆忌……很多很多人啊。叶生同样也为自己做了很大的牺牲，但她也许还可以牺牲得更多，甚至包括她的父亲。是的，叶生为什么不能成为自己复仇的同谋呢？ 假如把一切都告诉她的话。她当然没有那么清澈的历史观，但她不会不明事理——来往这么久了，在类似这样的大事上，她从来不曾使性子，不讲理；她不会不知道，凡事有因，就有果，历史不能总是一笔糊涂账，个人也必须承担相应的责任。

无论如何，父亲与祝部长的纠葛应该有个了结——对此她不会反对吧？在正义与邪恶之间，她应该知道站在哪一边。

那天他们一起看了电影《罪行始末》。片子里主人公刑警队长格里丰，得到了女记者西比尔的协助。冰锋很喜欢那个结尾：罪犯被抓获后，受了伤的格里丰疲惫地走出罪犯住的公寓。马路对面停着格里丰和西比尔来时乘的那辆救护车。她坐在里面，发现格里丰呆呆地站在公寓门口，就拿起风衣跳下汽车，向他走来。格里丰说，你怎么还在这里？西比尔说，因为我希望获得你的爱！她来到他的跟前，给他披上自己的风衣，双手抱住他的头，和他热吻起来。电影就以这个镜头结束了。

冰锋下了车，叶生很快也到了。她推着自行车，走在他的身旁。前面十字路口，每个街角都有一两个烤羊肉串的长炉子，小贩们穿着油污的白大褂，快速地翻动着炉子上架着的一串串插满羊肉片的铁钎子，不停往上撒佐料。肉滋滋冒着油，滴落在炭火上，烟雾缭绕，膻味扑鼻。他们用显然是模仿的口音吆喝着：尧尔达西，请尝尝！叶生丢下车跑了过去。冰锋喊，我不要！她已经掏钱买了。冰锋说，你看那铁钎子都锈了，别是用自行车车条磨的吧？

叶生一只手扶着车把，一只手举着好几根烤得乌黑，撒满细盐、辣椒面和花椒粉的羊肉串，边吃边说，刚才我想，我还可以演孙子练兵时，因为不够严肃而被杀的吴王两个宠姬里的一个，或许同时演她们俩，正好我挺缺心眼儿的，也喜欢笑，只可惜长得不太漂亮。在伍子胥的故事里，女人很少有善终的，其中死得最无谓的，就是这两个美人了。《史记》里孙子的传记用了十分之九的篇幅写这件事，我一直觉得挺无聊的。你不是说伍子胥的故事被后人一再增添修改吗，这里是否也改写一下：她们应该可以活下来。女人的肉体是一种强大的力量，最终能够征服一切。当然这对你的诗剧来说未免跑题了。孙子让人用铁锧把她们斩了，我查辞典，铁锧就是铡刀，是腰斩的刑具。她们的下场，都是一刀两断啊。

冰锋说，还有吴国和楚国连年战争中死的那些兵，还有老百姓呢？这两位宠姬确实死得很惨，但好歹吴王还替她们难过，那些人的死活又有谁管呢？在冰锋的笔记本上，关于吴王二姬写道：

　　被扼杀的生命是最美的诗

那么他是要叶生在自己的故事里，也成为类似她说的诸多女子中的一个么？她帮助他，并誓死保守他的秘密……他也觉得，这种想法或许有些牵强，但还是打算告诉她全部真相。他要把她领到那间地下室。要拉着她的手一步步走下台阶，推开那扇门，走进应该已经是昏朦一片的房间，在父亲惨死的那个地方，按照自己当初知道这件事情的顺序，一一讲给她听。还要指给她看，墙上曾经存在的父亲用指甲留下的痕迹，把着她的手去摸那似有似无的凹痕……

他们已经来到了那里，但那里已经不复存在——所有的几栋楼，都被拆光了，成了一个巨大的、几乎连成一圈的基坑。甚至搞不清地下室原本所在的位置。只剩下起先院子当中那几棵银杏树，满树的叶子都黄了，像一面面小扇子，每一面都有金子的质地，精致而坚实。在基坑围绕着的瓦砾堆上,就像是舞台布景。树根附近落了不少果实,表面有层白霜,用糖腌过似的。这些树都不够老,大概很快也会被砍伐掉吧。

冰锋呆呆地望着眼前的一切。什么都在变化之中,什么都将不复存在。现在关于父亲只剩下自己的点滴记忆了,那些记忆因为丧失了它在现实中的媒介而变得不大可靠,连自己都会有所怀疑。正因为如此,地下室被拆除了,对他来说是一种心如刀割的痛,甚至比母亲的死,还有贺叔叔的死,更令他有强烈的丧失感,一种虚无的、真空般的丧失感。进而因此隐约有所预感,就连祝部长很快也将不复存在。最后只剩下他了,守着自己那千疮百孔、四处流失的记忆和信念。现在他什么也不想对叶生说了。

叶生始终不明白是怎么回事,一再问,这是哪儿啊?是你住过的地方吗?冰锋只觉得眼泪要流下来了,为了掩饰,他胡乱地指指那孤零零的几棵树,偷偷用手背擦了擦眼睛。叶生发觉冰锋情绪变坏了,赶紧说这说那,想法儿哄他开心。她提到过些时候就可以看见哈雷彗星了,而下一次看,要到二〇六一年呢。但他根本没听进去,只勉强地应了一声。两个人回到街上,冰锋就匆匆跟她分手了。

第三章

冰锋下了夜班，正在家里睡午觉，门外有人叫他去接传呼电话。赶紧跑到胡同里不太远的居委会，院里有个窗台上摆了部红色的电话机，拿起话筒，闻着一股不知多少张嘴对着它出过气留下的臭味。是叶生打来的：晚上来家里吃饭吧，Apple 也来，我今天没上班，你早点到。有人正等着打电话，他匆匆挂了，交了一毛钱。

冰锋走进祝家住的胡同，迎面过来几个小贩，每人挑一副担子，前后各撂着五条棉套，一路叫卖：买一条吧！六块五，好棉花。又到冬天了。门卫已经认识他了，进大门很容易。路两边悬铃木的叶子多半变成了铁锈色，只有树冠顶部还有少量绿叶。有几棵金银木，树干离开地面不远就分权了，弯弯曲曲的，叶子黄的多绿的少，结了很多小红珠子果实，有些落在地上，被踩扁了，像滴滴血迹，让人想起《桃花扇》。走近叶生家，那爬了半墙的五叶地锦，黄昏时分满目鲜红。

是张姨开的房门，亲切地说，阿叶在她自己的房间呢。冰锋走到门口，门半开着，敲了一下，屋里传出叶生的声音：就来，稍等。透过门缝，看见墙上的镜子里，叶生对着对面墙上的镜子，正匆忙穿上一件外衣，遮住赤裸的后背。她的后背白皙而宽厚，胸罩黑色的后系带很紧，就像捆绑的绳索。他赶紧退后一步，那扇门将视线彻底挡住了，但还记得她丰腴的肉从黑色系带两边鼓出来的样子。记得有一次和她轻轻拥抱时，他的手也曾触到背后肩膀下边胸罩的带子。

这无意中的一瞥，让冰锋意识到将二人关系维持在现有程度的脆弱性，无论叶生，还是自己，都有可能将其打破，而这是他所深深警惕着的。现在冰锋所能做到的，就是在肉体上继续与叶生保持距离，越远越好，这样就不算趁机占她的便宜。他已经不大考虑欺骗感情之类的问题了，如同那天去地下室之前自己想到的，事实上未必如此，她在感情和信念上也许能够与他达成一致，但占她的便宜就不对了。

冰锋退到对面的卫生间里。面积不大，有一个铸铁搪瓷浴缸，一个抽水马桶，一个洗脸池，台面上摆着几种 FC 系列化妆品，其中一瓶是洗面粉；上边的格子里，放着香水、腮红、唇膏、眉笔、粉扑之类。看样子是叶生专用的，他还是第一次进入这种单独属于某个女性的地方，感觉不宜久待，就又退了出来。叶生房间的门还像刚才那样半开着，那只猫慢悠悠地走了出来，没有理会他，径自踱向客厅去了。

冰锋走进空无一人的客厅，打开一个书柜，打算找本书看看。挑中了法拉奇的《风云人物采访记》，慕名已久，却还没有读过。

随手翻开，是《圣地亚哥·卡里略》那一篇：

法：那么请你告诉我，如果佛朗哥像希腊的帕帕多普勒斯一样受到审判的话，您是否希望他被判处死刑？

卡：是的，我希望判处佛朗哥死刑。但我要重申，现在和将来，我都反对在西班牙进行镇压，反对迫害那些同现政权有牵连的人。现在和将来，我都主张赦免所有的人。但是，在我准备让佛朗哥的警察生存下去之时，我不准备让佛朗哥本人生存下去。他的罪孽过于深重，远远超过那些搞肉刑的人。后者都是些可怜虫。是的，判处佛朗哥死刑时，我将签字表示同意，即使我这样说会产生一个良心的问题。我本来是反对死刑的，但我还是要这样说。即使我内心深处愿意让这个昏庸的老家伙逃走，甚至逃往他在菲律宾的避难所，我还是要这样说。

法：如果他先死了呢？我指的是年迈而死。

卡：我将感到万分遗憾。有一些西班牙人认为，如果佛朗哥因病老而死，那将是历史的不公正，我就是持这种观点的人。在欧洲，像我们这样为自由而战的人寥寥无几，不应该让佛朗哥因此在死去时还以为他的暴政是不可摧毁的。他不应该得到这种安慰。他应该在活着时，用他睁着的双眼看到他暴政的末日。

法：然而几乎所有的人期待的是这个老人的自然死亡。他现在连身子也站不起来，话也不会说了。卡里略，您是知道的，让国家的自由取决于一个年迈力衰者，这岂不是凌辱了你们西班牙人吗？

卡：我从未期待佛朗哥死去。我所作的一切都是为了在他死前把他赶下台去。我现在仍致力于此。但是我必须承认您说的是现实。许多人都在期待，随着这个已经八十多岁、便溺不能自禁的老家伙的死亡，一切问题将得到解决。

……

冰锋读了，觉得有如雷电击顶。

忽然听到叶生在身后说，你怎么躲到这里来了？到处找你。看什么呢？冰锋匆匆将书插回原处，支吾地说，没什么，随便翻翻。他很想把它借走，再反复看看那段话，以及前后的文字，但迟疑了一下，也就作罢。叶生在说什么，他心不在焉，没听进去。叶生奇怪地问，你怎么啦？冰锋说，没怎么啊。她长发披肩，穿了一身浅灰色的运动衣，松松垮垮的，脚上是双毛线拖鞋。

他们回到她的房间。冰锋见墙上增添了一个镜框，里面是那次去天津拍的一张照片，放大到了与原有的两张同样的尺寸。照片上叶生轻松自然地微笑着，无忧无虑，特具文雅气质，背景是海河上的解放桥，灰色的钢架有种简洁劲健之美。冰锋还在想卡里略和法拉奇那段对话，虽然类似的意思自己不是没有想过，但白纸黑字印在书里，而且关乎举行一场革命的时机，还是令他十分震撼。他想，虽然古人今人有别，意识形态也不同，但兴许伍子胥和白公胜一起在乡下种地那几年里，彼此谈论的是差不多的意思吧。

叶生说，爸爸在楼上静养，医生嘱咐他卧床休息，就不去打扰他了。冰锋听了心头一紧。十天前他来，祝部长坐在客厅的沙发上，精神很差，说话一点底气也没有。脚上穿着拖鞋，冰锋注意到袜口以上两条小腿的皮肤饱满、发亮，想起"男怕穿靴，女怕戴帽"，知道他病势已重，大概活不了太久了。

那次叶生特地托冰锋到东四春城商店买来两瓶路南卤腐，是用云南石林附近大叠水瀑布的水腌制，共有七种味道，她点名要红曲和鲜姜的，说爸爸当年去云南视察工作时吃过，很想再尝尝。过去是用大坛子包装，没法托人带来，现在北京头一次有卖的了，还改成了玻璃瓶小包装。她的话听起来有些哀婉。

祝部长对冰锋说，听说北京有家老字号饭馆重新开业了，同益轩，是个清真馆子，在前门门框胡同。别的我不动心，这儿倒想去吃一顿。认识你这么久了，还没一起出去吃过饭呢。阿叶有点闷得慌，你能陪陪她，我很感谢。等我身体稍好些吧。我还是四九年刚进城时去吃过，有两道菜印象很深：爌大虾，两吃鱼。说是清真馆，其实没有膻味，不知道现在还是不是这样了。冰锋留意到他说的那个时间，也许是与父亲一起去的，也许还是父亲请的客，也许那时他就掏出一个小本子偷偷记下或编造父亲的话。但只是说，不客气，您多保重。

叶生说，这段时间忙家里的事，自己的事，和你见面的时间太少了，很抱歉。连人艺演的《洋麻将》，还有墨西哥电影周，都没顾上看。但是中国美术馆的劳生柏作品国际巡回展，结束前咱们一定要一起去一趟。冰锋说，是啊。心里想，无论如何不能再耽搁下去了。

叶生走过去打开窗户，向他招招手说，快来！冰锋懵懵懂懂地来到她的身边。她探出头去，失望地说，不是说这两天哈雷彗星离地球最近吗，还是看不到。窗台上摆着一排冻得瓷瓷实实的大盖柿子，叶生说已经溇过了，问冰锋要不要吃。一股冷风把窗帘吹得鼓了起来，天已经黑了，月光照亮了不远处的一棵悬铃木。这月光对冰锋似乎是种召唤，当下他心里有股冲动，想这就上楼去把祝部长杀了。

叶生歪着脑袋，轻轻倚着他的肩膀。冰锋想，她和两位阿姨都在，此刻实在无从下手。但即使她再可爱，对他再好，也不能因此而放过她爸爸。完全可以不顾忌她，甚至与之反目成仇，坚决果断地实施复仇计划。但他也发现，其实自己很在意与叶生的关系，不知道一旦计划实施，这一关系将变成怎样，他将如何面对她——那对他来说仿佛是个黑洞，是他的思想不可企及之处。他努力绕开那里，但从未想过那里并不存在。

叶生从衣柜里取出一件披肩围上说，Apple 应该快到了，咱们出去接她一下。走过大厅，她打开钢琴盖，摸了一下琴键，没有发出声音，又阖上了。叹口气说，说过好几次要给你弹钢琴的，现在爸爸身体这个样子，怕吵着他，只好等以后了。

他们在院门口站了不一会儿，一辆银灰色皇冠出租车在不远处停下，Apple 和一个外国男人一起下了车。那人不到四十岁，黄头发，个儿很高，穿了件黑色呢子大衣。Apple 踮起脚尖，伸着脖子，而他略略躬下身子，行了个贴面吻。他朝叶生和冰锋招手示意，然后钻进车里，出租车掉头开走了。Apple 的头发剪得很短，像个男孩，人瘦了些，穿着浅棕色羊羔绒翻毛外套，黑色皮裤，褐色高跟长筒皮靴，冰锋想起"燕赵多豪杰"那句老话。她对两位说，那是David，我的美国译者，在那儿出诗集也是他经手的。你们说我的诗出格的地方，他还嫌写得不够呢，我适当改写了一些。

来到家里，Apple四下看看，对叶生说，家里就你这么一个女主人，怪冷清的啊。叶生说，我大哥他们最近特别忙，一时回不来，公司上了正轨，还准备把北京办事处搬到新开业的国际大厦呢。冰锋想，这里岂止是冷清，简直有些没落，就像在小说里读到的，革命爆发时那些沙俄贵族家庭的情景。

三个人在餐厅吃饭，张姨和小李都来招呼，菜也很丰盛。围着那张圆桌，叶生和Apple挨得近些，冰锋坐在她们对面。Apple掏出一盒茶花牌香烟，抽出一支，点着了，顺手将烟盒啪的一下扔到叶生面前。叶生说，我不抽了，他说我了。Apple笑着说，这么点事都听男人的，那还得了？

叶生问，拿到签证了吗？Apple说，昨天拿到的，机票也寄来了。叶生说，怎么不带来展示一下？让我们也过过眼瘾。Apple对冰锋说，美国有个诗歌节，给我发来了邀请。但代表团其他几位，我实在不愿跟他们为伍。冰锋说，祝贺你。叶生说，Apple姐姐的好事不止这一件呢，前些时还专门开了她的诗歌研讨会。Apple说，其实那些人说的话没有多大意思，我自己都不该去参加那个会。当代文学评论就是这么回事，好比人家刚刚走过，就去描摹地上的影子，可你知道人家要往哪儿去吗？知道这痕迹不可磨灭呢，还是转瞬即逝呢？对了，你们知道吗，杨明现在可是大师了，据说成了当代最重要的诗歌理论家，超越了谢冕、孙绍振，还有出版社要给他出论文集呢。他被称为"后朦胧诗教父"，现在正参与筹备一个现代诗群体大展。不过这跟我可没什么关系，我永远是我自己。

两个女人似乎有聊不完的话题：穿什么衣服，用什么化妆品，还有关于美国的一切。冰锋一直沉默不语，她们也没有留意。他忽然看见，桌子底下Apple的腿紧紧贴着叶生的一条腿，过了一会儿，叶生把腿移开缩了回去，Apple随即把腿伸过来，又贴在了她的腿上。也许是穿了皮裤和长筒靴的缘故，动作并无温柔之意，反倒显得相当强硬。

冰锋说，我该回家了，Apple，你走不走？Apple仰着脖子喝干了自己杯中的啤酒，站起身来说，走！叶生送他们出来，天气比刚才冷多了，她还是光披了一件披肩，冻得直打哆嗦，只好在院门口留步。她问，Apple姐姐，你还回来吗？Apple笑了笑，拥抱了她一下，凑近耳边低声说，美国见。就和冰锋一起走了。

Apple说，其实我在这里还有一些发展空间，我的诗集还没印出来呢，他们出得太慢了。但无论生活还是事业，不可能总是按部就班啊。她的脸上流露出成功者难以掩饰的骄傲神情，但冰锋能分辨出来，她得意的不是最近在国内诗坛的巨大成功，而是要去美国了。Apple问，你怎么走？冰锋说，我走到东单，乘24路汽车。

Apple说，那我陪你走一段，正好说个事。你知道吗？叶生为了你，放弃了去美国的机会。这是多大的牺牲啊，如今谁不梦想出国呢，何况这孩子还是公派的。冰锋想，或许还不如自己与叶生没有重新相遇呢，那么就不至于耽误她了，她也就可以有自己美好幸福的未来。但他却说，她是为了她父亲，走不开吧。Apple说，呸！你真有脸说这种话。

冰锋接着想，其实叶生出国，倒不失为一个好的解决办法。她也就离开了这是非之地。她这么纯洁善良的人，原本不应该卷到这种事情里的。Apple说，我告诉你，你一定要对她好，千万别欺骗她，她可是那种痴情女子啊。本来刚才就想说的，但我怕她不好意思，你们毕竟到现在也没有把关系挑明。冰锋无言以对。

Apple换了种语调，仿佛不只说给冰锋，而且面对更多听众：世上有一种女人，她所渴望的是爱情，或者说她所爱上的是爱情本身，而未必是真的爱上了哪个人。她渴望在爱情之中改变自己，满足自己，而不是在与什么人的关系之中。这样的女人对平庸的人生肯定不屑一顾；但一旦有个人处在她爱的对象的位置，有可能给她带来的伤害也最大。然而假如无人理会，爱情兴许在她心中熄灭，她也从此消沉下去，幸运的话，还可以做个寻常人；否则就自暴自弃了。冰锋听她说这些，就像是在背诵一本他没有读过的书上的话，需要慢慢琢磨才能理解。

他们走在东交民巷，沿着同仁医院南楼的墙根拐进崇文门内大街。楼上楼下都熄着灯。路过医院大门，里面的中楼也是带半地下室的二层欧式建筑，左右对称的多边形角楼各有一个高高的尖顶。街上没有什么行人，身边缓缓驶过一辆电车，一个老年乘客，隔着车窗漠然地看着他们。Apple说，你别以为她一味的随和，没有主意，她只是尽力抑制自己的大小姐脾气，未必真的是个滥好人。她其实自信得很，而且一门心思，认准的事情轻易不会放弃。记得跟你说过，上大一时她妈妈病了，后来去世了。学校以为她功课准得落下，结果门门都考了全系第一，让大家刮目相看。其实她平时成绩就很好，但她不张扬，样子懒懒散散的，别人就以为她不用功，而且她是高干出身，长得又挺招人的，就当她是花瓶了。她这种相貌、这种出身的人，根本用不着努力；努力了，别人也看不见。

见冰锋不说话，Apple 接着说，刚才你提到她爸爸，他们的感情比她跟她妈差得远了。只是因为她妈死了，才对爸爸多了些依恋；她又是个孝女，当初怎么伺候妈妈，现在也怎么伺候爸爸。妈妈爸爸都不在了，她会觉得特别孤苦伶仃，等熬过去了之后，又会变得非常坚强。说实话她不是不能离开，她哥哥嫂子在深圳，随时可以回来一个。他们全家都宠着她，她要是非去美国不可，谁敢说个不字？

他们走过东单公园。公园已经关门了，隔着铁栅栏，看见里面的假山，山上的树，都被月光照亮了。一阵风刮过，片片落叶越过栅栏，纷纷飘到便道上。Apple 继续说，我说过这孩子太不现实，你猜她怎么回答，她说自己不需要现实。我还是不明白，你到底有多大本事，能让她这么为你牺牲。扶助和仰慕本来多少有所冲突，爱情却将二者奇怪地变成了一回事。你穷，你没有多大出息，你什么作品都没写出来，还有你不会骑车，在她那儿也许都成了优点，或者是她需要为你付出的，补足的。爱情这玩意儿，真是一点用处也没有。所以我的看法是，性爱是真的，爱情是假的，未必蒙得了别人，但肯定会把自己给蒙了。冰锋想，自己过去大概误读了 Apple 的诗了。

过了东单路口，Apple 站住了脚，说，我去坐108路电车，咱们就在这儿分手吧。我再说一句你听着可能认为庸俗的话，他们这种人家，谈婚论嫁讲究的是门当户对，她大哥二哥找的人家都是部长级的，祝大川的岳父比他爸爸的级别还高呢。尽管已经预先打了招呼，冰锋听着，觉得岂止如其所说庸俗而已，街道上的老娘儿们恐怕也难说出这种话。何况叶生家有谁认为她要谈婚论嫁了呢。Apple 可是个诗人啊，而且是很了不起的诗人。这样一个人身上怎么会有这么截然对立的两面呢，而且庸俗的一面几乎要压倒高雅的一面了。

城市的冬夜非常安静，那些房屋，树，道路，偶尔驶过的车辆，都像是打着盹，或者是梦游者。只听见 Apple 格登格登的脚步声，路灯照亮了她穿的皮裤和皮靴，步伐像个机器人。她往北走远了。想到今后大概再也不能见面了，冰锋隐约有些惋惜，虽然他也知道，自己在她心目中并无地位，肯定将在她首批遗忘的故国人士之列。但是 Apple 毕竟是他认识的最有才华的人，尽管他对写作已经不感兴趣了。

冰锋沿着建国门内大街向东走去，24路汽车站就在前面，孤零零一个站牌子。他又想起刚才读的《风云人物采访记》，卡里略那些话说得多么有力，但又是多么无奈。能够理解他的只有法拉奇了吧——当然她在某种程度上也还是置身事外——但这种理解显然无济于事。卡里略需要的是一个事实。想到佛朗哥在他讲这番话之后不久就寿终正寝了，冰锋觉得能从字里行间感受到的只剩下绝望了。

他上了车，售票员之外，只有两位乘客。车开动了。他又想，不对，卡里略与佛朗哥个人之间并无冤仇，完全是一种有关正义和公正的观念使然，说得大一点，是一个阶级对另一个阶级的事情，佛朗哥被视为敌对阶级的代表，卡里略必欲置之死地而后快；伍子胥则与此无关，他只是报仇雪恨而已。冰锋突然感到，在他一向苦苦思索的一切之上，有什么要更广大，也更深刻；相比之下，他和伍子胥的追求似乎稍嫌低了，小了。

但他随即想到，卡里略那种出于观念的复仇要求，很容易得到化解——只需要观念更新就行了；而伍子胥和自己才真是没有退路的人。他从来没有像现在这样深切地体会到自己与伍子胥属于同一命运，也从来没有像现在这样迫切地渴求一种伍子胥式的复仇。无论如何，卡里略的意思里至少有一部分与这种复仇是重合的，仅仅这一部分已经深深打动了他，那里说的正是他想说的话。书中那段文字给予冰锋的刺激，或许比来自伍子胥的故事的更大，因为实际上道出了伍子胥最终的遗憾所在。楚平王死了，他的掘坟、鞭尸之举，无疑都是这种遗憾的反映。一切都昭然若揭：历史为自己得以存在，既选择了陆冰锋，又选择了祝部长；就像许多年以前，既选择了伍子胥，又选择了楚平王一样。

下了车，街上空无一人。一轮又圆又亮的月亮高悬中天，周围黑沉沉的，黑到不透气的程度，看不见一颗星星，也没有一丝云彩。仰头望去，有种置身井底的感觉。他想起来，今天是下元节，一个已经废弃的祭祀祖先的日子。

第四章

快到新年了，医院工会给每个职工分了一只肉鸡，两条鲢鱼。专门开来一辆运输活鱼的卡车，一条条都活蹦乱跳；鸡则冻得硬邦邦的。冰锋下了班，又在新街口副食商场买了几样素菜，一起带上去看小妹。

好久没来，整个家重新布置过了。小妹原来住的房间改为客厅兼餐厅，添了一两件家具，一看就是在信托商店买的，虽然是旧货，材质、样式都不错，还是别致的黑色，市面上出售的家具，只有浅黄和深棕两色。小妹搬进了旁边那间较大的房间，换了个瓦数大的灯泡，屋里亮堂多了。单人床换成了一张 Queen size 的双人床，也是旧的，床头柜上摆着一小盆水仙，已经抽箭开花，有股淡淡的幽香。电视机移到了床脚对面。供暖还是不足，用上了那个电暖气。墙上悬挂母亲遗像的位置，换成了一个盘面印有铁臂阿童木形象的粉色小挂钟。这里似乎不再是历史的某个角落，开始跟上时间的脚步了。

小妹在自己新的卧室里。她穿了件兔皮坎肩,戴着一副套袖,正坐在对着窗户的缝纫机前做一件黑色哔叽西装上衣,还没有上袖子。旁边的衣架上,挂着一套做好了的西装,款式、料子和颜色都与正在做的一样。冰锋从书包里取出带给她的两本服装剪裁书,一套四种款式的连衣裙纸样。然后到厨房把鱼辞了。拉开冰箱的门,冷冻室摆得满满的,好不容易才把鸡和一条鱼塞进去。冷藏室有不少蔬菜,还有一盘剩饺子,蒙着保鲜膜。他不记得小妹会包饺子,更甭提包得这么好了。

小妹是冰锋在北京唯一的亲属,他一直担心将来多少会牵连到她。但现在不免感到释然,看来她的生活已经翻开新的一页,甚至也许还有了一个照顾她的人。他用高压锅煮上饭,又用心地烧了几个菜。煤气灶好像修理过,比上次用时火苗变均匀了,也没有那么大的怪味了。灶台一角,还摆着一罐厨房清洁剂。

兄妹俩一边吃饭,一边随便聊着。小妹告诉他,最近市场上出现了一种电冰箱,说是东芝牌的,其实是用日本和南朝鲜的零件组装的,价钱却跟进口原装的差不多,有一千五百八十块和一千六百二十块的两种。好多买了的正闹着退货呢。东芝牌英文是"TOSHIBA",这种冰箱牌子是"TOSHTBO",译出来就是"东珠"。她一个字母、一个字母地念这两个词,还在一张纸上写下来。冰锋觉得,那动作就像是故去的母亲。小妹又说,可惜咱家冰箱买早了,现在时兴双开门的了。冰锋稍觉不快,要是再晚些买,母亲这辈子压根儿就用不上了。但他只是说,我买的比你们晚,也是单开门的。等过几年再换一台吧。

小妹心情很好，话头从这儿一下子跳到那儿。她说，你知道吗，张行被抓了，就是那个唱歌的，据说犯了流氓罪。又说，好些东西要涨价了，我买了几瓶菜籽油存着。听说毛线也要涨价呢。吃完饭，她起身取来一个包得方方正正的小纸包，递给哥哥，说，那天我去王府井，碧春茶庄有卖福建茉莉花茶的，有龙团珠、黄金毫、毛尖，好几种呢。售货员说北京从没卖过，我就给你买了二两。冰锋说，以后别瞎花钱了。小妹说，正想跟你说别挑眼呢，我买的是最便宜的毛尖。

冰锋从书包里拿出三百块现金，还有去年买的二百块国库券，放在桌上。小妹说，哪儿有这么贵啊？冰锋说，这是送给你的。他没有提到，前些时自己路过王府井，百货大楼南门对过的照相器材专业店在卖日本进口亚西卡FX-3型单镜头反光照相机，六百五十块一台。他看了有些动心，打算回家去取钱，不够的再借点，但半路上打消了念头。现在拿出来的，就是那笔钱，也是他的全部财产了。

小妹道声谢谢，没有过多推让。看见连国库券也给她了，似乎稍觉奇怪，但也没说什么。她说，有个朋友，能把人民币给换成外汇券。冰锋说，也好。留神别让人家切了汇啊。我可能有一段时间不能来看你了。小妹低声说，你忙。

这之后她的话明显少了，近乎沉默。冰锋隐约感觉别具意味，似乎有所劝诫，或有所非议。但她始终没开口，他也就什么都不能讲。只是有一搭没一搭地嘱咐道，多照顾自己，尤其是这季节，千万别感冒。小妹从床头柜的抽屉里取出一块手表，交给哥哥，说，这个你带走吧。这块上海牌手表是用补发的父亲的工资买的，冰锋从来没有戴过。小妹偏偏这个时候拿出来，也不知道用意何在。想想算是母亲的遗物，就放进了书包。

冰锋四下里看看，虽然最近变了些样子，到处仍然很熟悉，厕所门上那一小块毛玻璃，还是他亲手磨出来的。在玻璃的一面放上金刚砂和水，双手按住一块铁片不停研磨，整整花了一天工夫。以后大概永远不会干这样的事了。他告辞出来，走过院子，回头看看那扇亮着灯的窗户，小妹又埋头在缝纫机前忙乎了。她将会有一个安稳、平凡，但未必不是有滋有味的人生，当然没准免不了发愁、生气、甚至痛苦，但是这些已经与作为哥哥的他无关了。

冰锋走进自己家的院子，看见屋里那盏台灯亮着，窗户下半截被一摞摞蜂窝煤遮住，上半截拉着的窗帘透出黯淡的光。他的心怦怦怦跳了起来，但马上意识到，叶生来了。他曾经告诉她钥匙搁在哪儿，她果然取出用上了；不过他并不知道她今天要来。他略感不快，更多的则是紧张。到了门口，想从窗帘的缝里窥探一下，门上的窗帘被重新拉过了，没留下丝毫缝隙。

他轻轻推开门，屋里只开了一盏台灯，光线昏暗，叶生趴在书桌上睡着了。她穿着一件黑色的牦牛绒女式大衣，下摆快要拖到地上。冰锋想起前几天他们一起去北太平庄轻工展销馆，正在举办十六省服装鞋帽新产品展销会，在一个柜台见过这件大衣。据售货员介绍，比呢子大衣轻便暖和，手感也好，虽比羊绒硬一点，但不扎手。一问价钱，一百七十八块一件，叶生说，哇，是我三个半月的工资呢。但显然她后来还是又去买了。也许是趴着的姿势，她的身躯稍显壮硕，后背很宽。脸伏在臂弯里，又长又多的黑发像一把展开的扇子，几乎铺满了桌面。黑色的头发连着黑色的大衣，看着像这屋里的一个侵入者。

冰锋脑子里冒出的第一个念头，是什么东西不见了，或者被叶生发现了。赶紧凑过去看看，他的笔记本还放在桌上原先放的地方，只是被她的头发遮盖住了。轻轻拿起来，并未发现被人翻动过的迹象。里面夹的那张纸还夹在那儿。昨天晚上，他把所有材料找出来重看了一遍，然后放回顶棚的窟窿里。早晨起来，发现母亲密密麻麻写满"祝国英"几个字的那张纸，落在书桌上了。但炉子快灭了，又撅火，又加炭，担心上班迟到，没来得及将纸归还原处，匆匆夹在一个新买的笔记本里，就走了。

冰锋一贯以小心谨慎自许，谁知竟百密一疏。实在是太大意了，没想到叶生不打招呼就来了，而且还进了屋。他抽出那张纸，双手在背后有些慌张但尽可能不发出声音地将它撕得粉碎，又把纸屑团在一起，塞进裤兜。

熟睡中的叶生还是被稍稍惊动了，她挪动了一下姿势，接着再睡。脸大部分露出来了，那纯真无邪的样子，简直可以形容为童贞。她的家教、修养都很好，肯定不会随便翻别人的东西，而且大大咧咧，还是个近视眼，甚至未必看到了那个本子。冰锋撕掉那张纸纯属多此一举。他站在桌边，看着睡得如此安详，如此恬静的她，心底忽然涌起一种愿望，却还不是欲望——的确是以身为一个女人的她为对象，但只是想好好地待她，更准确地说，是和她一起好好地待自己，将此前噩梦一般纠缠着他的一切都抛开，不管她是谁的女儿，也不管谁是她的父亲。他要和她在一起，像两个普通人那样在一起，度过今后的日子。明确有了这一愿望，欲望也就随之而来，仍然是关于眼前这个绝对放松、全不设防的女人的。

他向她伸出一只手，但在接近她的那一刻，姿势突然变得温柔了。他轻轻地抚摸她的脸，但根本没有触及她，手指隔空从皮肤上方缓缓掠过，但似乎仍然能感觉到她的皮肤的光洁与丰润。他知道，哪怕轻轻接触她一下——这个在睡梦中将一切都大方地交给自己的女人——也将构成对她的伤害。而她似乎感觉到这种抚摸了，脸上流露出一丝幸福、甜美的神情，就像是一位待嫁的新娘。而他也感觉到了……幸福。在他与她的交往中，甚至在他的一生中，这都是第一次。

但冰锋马上警觉起来。幸福——这实在离此前发生的一切，离他一直在想的，一直要做的，离他的父亲，还有他自己，都太遥远了。不，不是遥远，而是截然对立。他的手收了回来，甚至没有在心里叹息一下。他把那个笔记本放回原处，仍然用叶生的长发盖住。然后轻轻退出屋子，轻轻拉上门，又轻轻走出了院子。

冰锋漫无目的地在路上走着，多半时间脑子里什么都没想；偶尔想到的，还是与叶生有关。在这个世界上，他唯一的牵挂就是她了。回想她睡着的样子，据说女人不可以让男人看见睡相，尤其不可以让与其说是喜欢自己，不如说是自己喜欢的男人看见，可是叶生的睡相比她平常的样子更美。她的相貌经常显露出无名的愁苦，又时而表现为慌张，但睡着了这些都不见了，她将自己置于彻底的安宁与松弛之中。这段时间围绕着她，并且渐渐向她凝聚的严峻而凶险的一切，她一点也不知道，就像别人都在光明里，唯独她在黑暗中；或者相反，别人都在黑暗中，唯独她在光明里。她当然也有小小的忧愁，但显然与此无关。冰锋对叶生充满怜惜，甚至为之心痛。这样的女人，不应施加任何东西给她——任何使其不安，困惑，为难，需要做出抉择，需要花费心思和力气的东西。他彻底打消了将她引为同谋的念头。但他也清楚地感到，她确实是自己复仇的巨大障碍，不为别的，只因为他不想对她有丝毫伤害。

冰锋忽然对自己的整个复仇计划，甚至对自己的一生，感到了怀疑。也许他应该离开这一切，离开叶生，甚至离开自己。假如祝部长不是她的父亲就好了。假如自己不是通过她接触到她父亲就好了。假如祝部长上次心肌梗塞，在自己发现他是她的父亲之前死掉就好了。那么假如祝部长现在突然病发而死，把一切秘密都带进坟墓，自己是否会与叶生过上一种全新的生活呢？……冰锋发觉自己这些想法的危险性，几乎可以动摇这段时间所思所想以及准备所为的全部，他知道自己已经站在一处悬崖边上了。

他想起父亲——很久以来，父亲在他心中已经与"仇"合为一体，而不是单独的存在了。但现在他所想到的，是那个曾经真实活着的父亲：唯一保留下来的照片上那张苦兮兮的，让人觉得一辈子都在委曲求全的脸，自己记忆中那些恭恭正正抄录《毛主席语录》和《毛主席诗词》的墨迹……父亲的生命终止于那个年代，以他当时所具有的认知，真的能理解冰锋如今的想法与作为么？也就是说，自己将要实施的复仇计划，真的与父亲有关么？说来伍子胥之于伍奢、伍尚，大概也是如此吧。

冰锋觉得自己脑子里忽然变得很乱。显然都是因为叶生,因为她的存在,因为她与他的关系……末了他想,父亲的仇无疑一定是要报的,祝部长无疑一定是要接受惩处的,但应该想办法让叶生永远对此一无所知,让她置身在这一切之外;假如做不到这样,那么作为杀死她父亲的凶手,就应该从此离她而去……但他一时无法沿着这个思路继续想下去了。

他想起刚才匆忙撕碎的那张写满了母亲字迹的纸,那是她的遗物,毁掉未免可惜。但又想到伍子胥,他在逃亡的路上也是多疑的,为此死了不止一个人;到了吴国,他与吴王僚和公子光说话时,仍然总是小心谨慎,即使后者经他扶助当了国王之后,还是如此。不这样就不足以成就复仇大业,何况复仇不仅是一己之事。于是也就释然了。

街上已经很少见到来往的行人了,虽然没有刮风,天气却干冷干冷的,而且越来越冷。叶生在自己家里,他不便回去,那么现在去哪儿呢? 想想只有小妹家可去,但刚离开又回去,还要过夜,她一定会多心的。南小街上有个澡堂子,白天供人洗浴,晚上可以住宿,是新增添不久的业务。他走到跟前,撩开一道厚厚的棉帘子,是个双玻璃门。刚推开一扇,里面就有声音传出:住宿啊? 正对面的玻璃窗口,露出一个中年男人的脸。冰锋说,是啊,有空床吧? 那人说,劳驾,有身份证拿身份证,没身份证拿户口本。冰锋把刚领到不久的身份证递给他。那人看了看,丢了出来,说,空床倒是有,可是不收北京人。冰锋说,为什么呀? 那人说,这是规定,北京人你不回家,住旅馆干吗?

冰锋只好离开。澡堂子都这么严，正规的公家旅馆肯定也是这规矩，就不必去碰钉子了。记得报上说，北京站附近开了东城区第一家个体的春雨旅馆，老板娘是北京起重机厂的退休工人，有私房七间半，用四间作为客房，房价每间每天三块五到五块不等。虽然远点，兴许能容留自己一夜。但又想，这种地方恐怕比公家开的还要小心谨慎。就拐进东四十条，走到东四北大街。

街上能见度很差，路灯昏黄，天上迷迷蒙蒙，隐约有一弯新月的影子。雾气比白天浓重多了，能分辨出煤烟、灰尘还有别的什么成分，吸到嗓子眼里有股辣味。快走到东四了，马路东边有块空场，白天是存车处。这会儿孤零零地停着一辆自行车，旁边站着一个冻得缩手缩脚，不停来回走遛儿的老头。冰锋从他身边经过，他突然大声喊道，缺德不缺德啊？为两分钱让我等到半夜，走了又怕把车丢了。口气充满怨恨，又很凄凉，就像冰锋是那辆车的主人。冰锋没敢搭茬儿，快步走开了。

他穿过隆福寺街。明星电影院，东城工人俱乐部，长虹电影院，无论演电影还是放录像，都已经结束营业。那些白天很热闹的商店、饭馆，一律都黑着灯。走过丰年灌肠店，回民小吃店，东四人民市场的建筑工地，雅乐餐馆，他想起不止一次和芸芸来过这里，种种涉及她的回忆，她当时说了什么，有什么表情，做了什么手势，都非常具体，清晰。自从分手以后，还很少想到她。不知道现在她怎么样了。无论如何，她既没有冰锋如今存在的烦忧，也没有叶生即将遇到的麻烦，只管走自己一直想走的路就是了。无端想起芸芸，让他心绪更加不宁，走出西口时，已经什么都不再想了。

他来到隆福医院门口，觉得还是应该找个地方忍一宿。走进急诊室，椅子上有几个等着就诊的病人，不是东倒西歪，就是哼哼唧唧。他在一旁坐下，不一会儿就睡着了。直到被人叫醒，一个女护士站在面前，问，你挂号了么？冰锋迷迷糊糊地说，我……是家属。但瞅一眼身边坐着的，早已换成另外一拨人了。看看墙上的挂钟，才两点半。

出门继续往南走，一路上幸好没有遇见巡查的。美术馆东街，王府井大街，东长安街，崇文门内大街。一直走到同仁医院。紧闭的两扇铁栅栏门外，有十几个人排成一队。他过去站在队尾。医院里静悄悄的，中楼那两个尖顶伸向夜空，望去真是漂亮极了。没多久身后又有人排上了。冰锋忽然冲起盹来，打个趔趄又醒了过来。天气特别冷，人们纷纷跺着脚，好像在对别人或自己显示某种决心。一直熬到五点多，前后已经排了不少人了，还没有人出来开门。他离开了队列，后面那位赶紧问，劳驾，还回来不？不了，冰锋边走边说。

冰锋走过马路，去乘111路电车。天还黑着，空气比夜里清澈了些，但是起了风，吹在脸上生疼生疼的。他想，这里离叶生的家不远，他们分别在属于对方的地方熬了一夜，简直是不谋而合地折磨自己。上了车，等了好久才开。街上零零星星有些行人，有的人家在生火，烟筒飘出缕缕白色的煤烟。到了医院，天还没全亮，老于透过传达室的窗口，很诧异地看着他。楼前那排杨树的叶子都落光了，只剩下树干树枝，望去不无狰狞之相，又令他想到裸露的神经，冷风吹着，似乎也感到了疼痛。

下班后，冰锋回到家里，屋门锁着。钥匙在窗台上的花盆里。打开门，里面一股寒气。房间被打扫过了。书桌上有张纸条，是叶生的笔迹：

抱歉没经你同意进了屋子。我带了一个双筒望远镜来，本想约你去城外看哈雷彗星的。报上说有人在天文馆通过望远镜看到它的彗发了，像一朵毛茸茸的蒲公英，又像一团蓬松的棉花球。等了你一夜。早晨醒来真冷啊。对不起，我不会弄炉子，好像灭了。

那个笔记本，还放在桌上原来的地方。

第五章

　　叶生早就和冰锋约好，跨年之际，找个地方去迎接新的一年。听说大钟寺元旦零点敲钟，九点、十二点、下午三点还要敲，但去的人一定很多，而且是在庙里，没有多大意思，不如另外挑选一个有大钟的地方。冰锋说，那么只能去电报大楼，或者北京站了。叶生说，去电报大楼吧，也让我拿一回主意。

　　冰锋乘24路汽车到了东单，还没下来，就看见叶生扶着自行车，站在一盏路灯底下。两个人不约而同地穿了军棉大衣，都显得很臃肿。她身上那件特别新，显然是头一次穿，前摆还有折叠过的痕迹，在橘黄色路灯照耀下，原来的军绿色变得接近于黄色，前襟两排棕色塑料大圆扣，每排五个，一排是装饰，另一排系得严严实实。后面束腰带上也装饰着两个同样的扣子。头上戴着一顶很大的水獭皮帽子，相当有型，跟她的身材和面部轮廓很相称；毛皮是深褐色的，泛着一种高贵的光泽，看去松软、轻柔，恰与她穿的军棉大衣粗糙的棕色栽绒领子形成鲜明对比。叶生见冰锋盯着她的帽子看，说，这是妈妈留给我的。冰锋想，她的一家一直过着那种幸福、舒适、有秩序的生活，这一秩序甚至不因某个成员的离去而受到破坏。心中不禁生出些微反感，但很快就过去了。他笑着说，你这打扮，像个白俄军官。叶生说，嗯，我是个女匪徒。

　　已经过了十一点，没有公交车了。叶生跨上自行车，冰锋侧身坐在后座上。她还是老样子，屁股悬空，直着身子，站在脚蹬子上骑了起来。等她坐到座位上，他才伸出双手轻轻搂住她的腰，虽然隔着厚厚的棉大衣，也感觉不到那里是腰。她的棉大衣下面露出两条被牛仔裤紧紧裹着的强健的小腿，脚上还是那双马丁靴，靴口有一截黑色的毛线袜子。坐下来骑车时，双腿蹬车的动作有些机械，像是连杆快速地牵动轴承旋转一样。叶生一路顶风向西骑去，不时就要采用那个站着的姿势蹬车。她的身体形容起来应该是"娇小"的某个反义词，反正把迎面刮来的风都给遮挡住了。每到一处路口，赶上红灯就踏踏实实等着，绿灯则下来推车走过去，虽然街上既没有警察，也很少见到行人和汽车。

　　到了电报大楼，还有几个人也站在人行道上守候，一起仰望着顶层钟楼上那座四面都有白色钟盘的大钟。可惜过了十点钟就不响了，但当短针和长针在十二点处重叠的那一刻，冰锋仿佛听见自己心里响了一声。他的手和叶生的手拉在了一起，身边有人欢呼起来。其他人随即离开，只剩下他们俩。叶生还在望着大钟，忽然说，"For last year's words belong to last year's language and next year's words await another voice."

　　冰锋问，你说什么呢？叶生说，这是艾略特的两句诗："去年的话用的是去年的言语,来年的话要用另一种形式表达。"是我随口译的,翻译家会有更好的译法吧。冰锋说,写得真好。除了那次问起诗剧的事情,叶生这阵子不大跟他谈论文学了。冰锋想,大概文学之于她,好比小时候得的一场热病,过去也就过去了。现在忽然听她背诵起诗来,好像又成了那个文艺女青年。

叶生说,前几天我想快到新年了,忽然记起这两句诗,感觉其中有个意思,很怪。冰锋说,是什么呢?叶生说,这里的 last year 和 next year 都基于一个实际上并不存在的时间点。按照一般的逻辑,在 last year 和 next year 之间应当还有一个 this year,就是今年。只是因为这里的 this year 等于零,所以 last year 过后直接是 next year。你看,只有我们两个是活在今年的人。冰锋略感意外地说,哦,今年等于零。

叶生开始讲去年和前年自己怎么过的新年,冰锋却还在想她刚才念的诗,以及她和自己的对话,心里忽然沉重起来,感慨地说,只怕我们还没有找到来年另外的表达形式,就已经忘掉了去年的言语。叶生没有搭茬儿。冰锋又说,在我们的一生里,可能也有这么一个实际上并不存在的时间点。叶生沉思了一下说,也许人类历史也有这样的实际上并不存在的时间点,我们置身其中,还以为是一个时代。

这回轮到冰锋沉默了。但叶生像是并未察觉,又说,我希望以往的一切随着去年的过去而结束,未来随着新的一年的到来而开始。新的一年,新的开始,听起来是一句最俗气的话了,但这时候还是想说一遍。你知道吗?明年连粮票、米票和油票的计量单位都要改了，原来的斤和两，改成千克和克了，真有意思。冰锋昨天晚上没睡好，今天上班又特别忙，有点犯困，想提议不如各自回家，又不愿扫她的兴。

叶生说，报上说日本芙蓉财团要投资建造一座四百米高的北京塔，也不知什么时候能够变成现实。我见过东京塔夜景的照片，很漂亮，是不是也要建成那个样子呢？冰锋想，这未免太遥远了，自己简直无法企及。叶生说，你大概会笑我幼稚吧。我对类似这样的事情，确实总是诚心诚意地期待着，甚至有种小小的激动。我经历过的事情很少——除了我妈妈去世，但这件事对我来说，还只限于一个巨大的打击，一种没法忍受的悲伤。生与死到底是怎么回事，其间是一个什么样的界限，或许还得过些年，等我活得久一点，才能真正弄明白。我小时候简直无忧无虑，家里什么都给安排好了，无论小学、中学，都没留下深刻的记忆。再加上我又比你们小几岁，错过了很多事情，你上大学时的几场风波，我都没赶上。冰锋说，我也都没有参与啊。

叶生说，是吗，为什么呢？等到我上了大学，这些都过去了。你们那时候读萨特，读尼采，读弗洛伊德；我们呢，读琼瑶，读三毛，读金庸。说到这里，她自嘲地说，其实我读金庸，还挺上瘾的。我也向往三毛的生活，对我来说，好比是一间幽闭的房子开了一扇窗户，窗外有大海，有蓝天，有沙漠，有橄榄树，当然，还有她的荷西。冰锋偷偷打了个哈欠，叶生没有看见。她提到的这几个人，他只读过一本三毛的《撒哈拉的故事》，并不怎么投缘。

叶生稍显激动地说，我讲这些，在你眼里可能更幼稚浅薄了。

但我对这世界，对我们的生活，对未来，总还是愿意抱着一种善意的态度。善意是我活下去，并且争取好好活下去的动力。比起恶意地看世界，善意地看世界其实要困难得多。因为善意像是棵小树苗，根扎得很浅，一阵风吹来没准就动摇了，而这世界上发生的各种事情，与我们有关的，无关的，往往构成对我们心中的善意或大或小的打击。相比之下，恶意简直是一棵大树，它根植于整个历史，整个现实，又高又壮，实在太结实了。但我在乐观与悲观之间，还是愿意选择前者。我们班上有个同学非常悲观，说过一句话：假如我是世界上第一个人，我根本不会出生；假如我是世界上最后一个人，我早就死了。我对他说，我的想法正好相反，我想做世上第一个乐观的人，最后一个善良的人。虽然我也知道，只有睁开眼睛，善良才不会变成迟钝，甚至愚蠢。她停了一下又说，恨与爱也是这样。我承认，作为一种情感，恨看起来比爱深刻得多，丰富得多，当然更强大得多。但我还是认为，这世界所需要的是爱而不是恨，最终爱可以化解一切。记得我和你谈到过《呼啸山庄》，如果让我挑选的话，我既不想当那里的希刺克厉夫，也不想当凯瑟琳。我想当小凯瑟琳和哈里顿·恩萧，他们多少修补了被希刺克厉夫破坏了的那个世界。

他们走到马路对过，一幢楼顶有些错落的二层楼房，高大的上层墙面正中竖着手写的"首都电影院"，"院"字被横悬的宽银幕立体声电影《超人》的广告牌遮住了一半。大门里黑洞洞的，最后一场电影早已散场。叶生说，咱们走走吧。冰锋又想说回家吧，但还是没说出口。路过西长安街邮电局，也黑着灯，玻璃窗上反射着路灯的光。来到北新华街口上,叶生往南指了一下说,音乐厅已经盖好了,挺漂亮的,星期天我来看了一下。一月四号首演式,曲目是《黄河大合唱》和《欢乐颂》。可以搞到票,但我想你不会愿意凑这热闹,还是过些天再来吧。记得上次来这里还是个大坑呢,这期间咱们分开,又重新在一起,它居然已经盖好了。要不要过去看一眼?冰锋说,不了,找时间去听一场好了。叶生说,那得等有更好的曲目,更好的乐团,更好的指挥。交响乐当然可以听,但我想听的是室内乐,像钢琴三重奏或弦乐四重奏什么的。冰锋对此是外行,只能随声附和。

叶生接着说,其实咱们在一起,有很多事情可以做,三四月份一起去海南岛看哈雷彗星吧,兴许还可以去更远的地方。冰锋问,为什么要去那么远的地方? 不是说那时北京能看到哈雷彗星么?叶生说,说法又变了,北京那时就看不见了,要去海南岛,那里还能看到彗星拖着长长的尾巴。在北京,那个尾巴始终看不明显。我知道了这消息,对北京就有点失望了。隔了一会儿,她像是自言自语地说,我要看最完整的哈雷彗星,因为这辈子只能看一次——下一次是七十六年之后,咱们都不在了,就是在,眼睛大概也看不见了。我也想要最好的人生,因为只能活一辈子。

两个人继续沿着西长安街向东走去。叶生一路推着车,车链子偶尔发出轻微的声响。他们走过新华门对面那道西洋式花墙,路灯照耀下,墙上朴拙而又不失华丽的花形雕塑看得清清楚楚。墙上方那排窄长的缝隙里,露出了晴朗的夜空。这条路他们不止一次走过,现在谁都不出声了,似乎要一起好好欣赏那长长的花墙,宽阔的人行道，路边一棵又一棵国槐。走着走着，都站住了脚，仰望伸向夜空的光秃的树冠，淡淡泛着白光的每一枝都那么舒展，那么潇洒。背后一盏路灯的光，把他们的影子投到了前面一棵树的树干上。而另一边，是安安静静的大街，偶尔有车辆悄悄驶过。冰锋忽然精神起来，想起他们在电报大楼下面说的话，觉得身处此情此景之中，却有如一个梦境，而且昙花一现，应该特别加以珍惜——譬如拉住叶生的手，拥抱她，亲吻她，要她记住这个地方，这个夜晚；但又明确有种预感，一切行将不复存在，不免暗自悲哀起来。

叶生说，你知道吗，Apple 去美国参加诗歌节，果然没有随团回来。她们单位本来就不同意她出国，百般阻挠，还是经作协疏通才批准的，现在她虽然没有发表什么声明，但单位还是认定她叛逃了，给杂志社、出版社都发了信，她的诗集正在印刷中，据说叫停了，有的刊物也撤下了她的作品。但也许这些对她来说都无所谓，也许还对她留在美国有利呢。她走了之后一直没有来信，有关她的消息都是听别人说的。无论如何，这是她自己做出的选择。在冰锋心中，Apple 已经是另外一个世界的人了，所以不知说什么好。

叶生接着说，大川他们可以说是做了另外一种选择。事业进展很顺利，也很快，远远超出了规划，每天忙得不可开交。幸亏有尚芳，这时候就看出她的本事了，创业最需要的两点，一是不保守，二是够稳重，她都占齐了。从某种意义上讲，他们是时代的弄潮儿。这个时代正期待着这样的人，给他们提供机遇，抓住了大的机遇，可能会取得比预期更大的成功，到时候自己都会被自己吓一跳。无论 Apple，还是大川和尚芳，他们的存在在过去的年代里都是不可想象的。冰锋听了,更不知道说什么好了。

叶生又说,但我并不打算像大川他们这样,当然也不会像Apple那样。说实话,深圳公司给我保留了一个在他们看来很好的位置,但我没有答应。我从来都不想面对过去而生,而想面对未来而生。Apple,大川和尚芳,当然也是面对未来而生,但我有我自己的面对未来而生的立场和方式。我觉得这里有个适应和适合的区别,现在说的机遇,都是要你改变自己去适应社会;我更希望找到适合我的人生。在我看来,适应社会,一方面非常难,要有眼光,有机会,有能力,还得持之以恒;但假如这些都有了,它又成了一件太容易的事情了。我还不想马上把自己限定在这样一个方向上 —— 一个几乎可以说是被外界规定好了的方向。对于这个世界,我希望再多了解一些,多理解一些,尤其是发现自己都有什么可能性,然后再来规划人生方向。我说这些,特别希望能够得到你的认同。我希望找到一种真正属于自己的,而不是别人都这样,所以我也这样的面对未来而生的方式。当然,到时候如果实在找不到适合我的人生,再回过头来适应社会好了。

冰锋的困意又上来了,他并没有好好听叶生说话,只留意对他说话的这个人 —— 她那张大嘴张了又合,合了又张,吐出一团又一团哈气。这是一个认真的、诚恳的、可爱的、充满灵动的、像鲜花一样绽放,也像鲜花一样脆弱的女人。他深切地感到,自己正同时被两股洪水所挟裹 —— 与叶生的关系,还有日益强烈、日益迫切的复仇的念头。他很担忧随波逐流,不能自主,甚至无法冷静地、理智地做出判断。那样的话,即将发生的一切有可能都是盲动,而两股洪水有可能汇聚一处。

他们走到石碑胡同口,已是那道花墙的尽头。叶生谈兴犹浓,冰锋只好继续陪她走,继续听她说,人只能活一辈子,要是一点都不为别人活,是不可能的,也是不应该的,不能这么自私;但是一辈子只为别人活,一点都不考虑自己,也是不对的。记得几年前《中国青年》发表过潘晓的信,引起一场大讨论,那时我还在上高一,不完全懂得大家在说什么。这讨论匆匆结束了,杂志后来好像还作了检查。现在回想起来,那封信的发表,还有那场讨论,实在是中国思想史上重要的一页,说是开启了一个时代也不算夸张,虽然潘晓讲的"主观为自我,客观为别人"并不深刻,而那些讨论就更皮毛了。我觉得这标志着个人主义精神的勃发,个人主义立场的确立,与过去的集体主义精神、集体主义立场不仅不同,而且根本对立。这场讨论虽然没有进行下去,但有种趋势不可遏止,就是个人主义的时代行将到来,大家一致的集体主义立场,被一个个个人主义立场取代了,无论人们嘴里继续唱什么高调。这种趋势,当然从报纸和电视新闻联播里看不出来,但看看你身边的人在想什么、说什么和做什么,就知道了。

这几句话冰锋倒是听进去了。本来想告诉叶生,她显然过于强调这件事所造成的思想影响了,假如个人主义在中国真的能够成为一种潮流,也只是现实意义上的,而不是思想意义上的。现实可以改变思想,思想却很难改变现实。启蒙只不过是一种自欺欺人、并无实效的举止罢了。但现在他既不打算也没有精神与她争论。

叶生说,我对于中国历史,特别是近代以来的历史,了解得很不够，虽然过去发生过什么事，多少也知道。我还不能一概理解它们为什么发生，所以无论对整体，还是对具体的某一件事，某一个人，都无法马上给予评价，做出结论。但我有一个印象，就是那些正面人物，反面人物，对的，错的，基本立场其实并没有多大区别，那个年代的人，都是从集体的而不是个人的立场出发去考虑问题，去付诸行动的。他们都没有活过真正属于自己的一生。失败者固然如此，那些胜利者就谈得上心满意足了吗？当然我不是说两种遭遇的人殊途同归，但我确实认为后一种人活得也很可怜，没有属于自己的思想，没有属于自己的价值标准，过的都是整齐一律，人云亦云，所有的方向都早已被规定好了的一生。你只要听他们说话就知道了，谁也说不出一句自己脑子里实实在在想出来的话。有的人还自诩是在独立思考，但个人站在集体的立场上进行的思考，怎么能算独立思考呢？我曾经想写一个故事：一个人死了，尸检发现脑子是新的，一辈子没用过。所以他们即使犯过什么错，说到底也是可以被原谅的吧。当然现在中国个人主义的水平还很低，仅仅是利己主义，人们还只是站在自己的立场想，这件事对我好处何在，坏处何在，而不是站在这一立场想，这件事究竟对不对，应不应该发生，但已经与过去那种别人说什么就是什么，改变了许多了。在这样一个个人主义的时代，历史已经不可能倒退回去，过去发生过的那些事情也不可能重演了。

冰锋近乎敷衍地说，你真的是很乐观，说得跟人类的历史和现实拥有一种自愈能力似的。他心想，她恐怕早晚有一天会为自己当初这种书呆子的想法感到羞愧的。叶生说，其实无论对自己，还是对国家、世界的未来，我并不觉得我们能够展望得那么清晰，那么准确。不到一个小时以前我还是二十二岁，现在已经到了二十三岁这一年了，我不知道在我三十二三岁，四十二三岁，五十二三岁的时候，自己是什么样子，周围是什么样子，中国和整个世界是什么样子。即使是对于当下的看法，也是一样。我们可能已经生活在一个新的历史时期，也可能是生活在一个新的历史时期与一个旧的历史时期之间的过渡阶段，但我不太相信，我们现在乃至以后仍然生活在那个旧的历史时期。无论如何，这个世界变了。过去和现在的很多事情，也许要到未来才能真正看明白。我知道人生有坎坷，历史也有倒退，什么都不可能按照一条直线发展，但过去只有一种，而未来可能有很多种，这一点总是不错的。将未来限定于与过去对应的一种，在我看来是一种偏见。

已经快走到人民大会堂了，看到了夜幕下那巍峨建筑的一角。冰锋终于说，不早了，你回家吧。叶生像是从一个梦里醒过来，似乎还想再说些什么，但打住了，只是略显伤感地说，好吧。冰锋说，我到天安门去坐203路夜班车，在北京站倒204路，下车穿过一条胡同就到了。叶生说，得了吧，只怕你明天早上也到不了，还是我带你回家吧。

她骑上车，冰锋坐在后座，一开始她还是那个习惯的蹬车动作，显得更加剽悍。路上起了风，一直在后面推着他们前行，冰锋只觉得后脖梗子冷飕飕的，叶生也坐在座位上，用不着再那么骑车了。冰锋在她背后，彼此不便交谈，一直到了他家住的胡同口下来，都没怎么说话。临别时他象征性地轻轻拥抱了她一下，她却在那几乎只是一瞬间闭上了眼睛,像是享受,又有点落寞。他搞不懂,这个晚上她的话怎么那么多,就像那次去天津一样。或许是自己既困又累,难以专注的缘故,她的话听起来虚无缥缈,不大容易理解。

第六章

冰锋正坐在书桌前读新近从内部书店买到的《1984》，院里传来一阵脚步声，他走到门前，隔着玻璃窗看见叶生来了。她戴了顶黑色的毛线帽，围着条酒红色的毛线围脖，穿着那件黑色的牦牛绒大衣，下面露出石磨蓝的牛仔裤和一双侧面带拉链的黑色中跟短筒棉皮靴，人显得很挺拔。右肩上挎着一个黑色的帆布双肩包。外面并没有刮风，她一进屋赶紧把门关上，还是带进来一股寒气。

叶生随手把双肩包扔在椅子上，冰锋似乎听见包里钥匙轻微的碰撞声。她的身上也带着浓浓的凉意。拿起那本《1984》翻了一下，说，啊，这本书也翻译过来了，我读过英文原版的，正好是在一九八四年读的。如果开列人生必读书的话，我会首先列上这一本。对了，告诉你一件事，有同事到天文馆去看过哈雷彗星了，说是像一团棉花，只有彗核和彗发，看不到彗尾。还有啊，咱们好久没去看电影了，下个月演日本片《幸福的黄手绢》，不能错过。今年的地坛庙会，也要一起去逛。冰锋说，还早呢，着什么急。

叶生说，送给你一个特别的新年礼物。从包里取出一个牛皮纸信封，从信封里抽出一本薄薄的书。覆膜黑色封面，抽象的猩红色闪电图案，居中竖排"我喑哑如一道闪电""平果著"。书名用的是Apple一首代表作的题目。冰锋说，不是不许出了么？叶生说，书已经印出来了，也没说可以发行，但出版社的读者服务部在卖，我去的时候有好几个人来买呢。Apple毕竟没有发表过什么言论。服务部的人告诉我，这本书不能参加评奖，所以还是有些损失。不过我听说，她在美国玩命学英文呢，说这样才能真正跟人合作，把自己的诗译介出去。她真是个很有野心的人啊，才华那么大，倒也应该这样。冰锋把那本诗集收进书柜，眼下没有心思读了。

冰锋说，我也有个小礼物。是一张虎票四方联，带边，上面有色标和版号，装在一个半透明的小纸袋里。还有一个虎票首日封。叶生高兴地说，太好了，我本来想买的，但没买到。冰锋说，我排队买的时候，已经有人在门口倒卖了，八分的虎票卖两毛，两毛三的首日封卖五毛，两块的虎年币封卖七块，三毛二的四方联卖七毛五。现在的人真会发财，那天你说世界变了，首先就体现在这儿了。

叶生说，我出去一趟，有人从美国给我带东西来了，去取一下，就不拿包了。冰锋说，你大概去多长时间啊？我可能要上街买点菜。叶生说，就在中医研究院，我跟他聊一会儿，问问美国的情况，一个半小时到两小时吧。她出了屋门，绕过铁丝上挂着的冻得支支棱棱像铁板的床单和衣服，消失在门洞了。

算准过了五分钟，冰锋拉开那个双肩包口上的拉链，仔细翻检起来，尽量不把里面的东西搞乱。有一本香港版的《书剑恩仇录》

上册，封面是黄胄画的一位新疆女子，一个蓝色的眼镜盒，一个黑色的真皮钱包，一个红色的小化妆包，再就是那串钥匙。他取下其中最大的一把，捏在手上，急急忙忙离开了家。与叶生一起去她家的时候，曾瞄见她用这把钥匙开的门。出了院门左右张望一下，她早就没影了。

　　冰锋几乎是一路小跑来到胡同西口，那里有家修锁配钥匙兼修鞋的小店，一个头发花白的男人正在埋头干活。冰锋递上那把钥匙，镇静地说，配一把。锁匠没有停下手里的活计，说，搁那儿吧，晚上头下班来取。冰锋说，可不可以加急啊？我马上要。锁匠这才抬起头来，一张口，有股浓重的口臭：那价钱可得加倍啊。冰锋说，行。

　　锁匠看了看钥匙，叹口气说，还有槽儿呀，有点麻烦。冰锋不知如何回应，只好默默地忍受着他的口臭。他没再说下去，取下挂在墙上的一大串钥匙模子，一把一把地挑起来，很仔细，也很慢，其间冰锋偷偷看了两回手表。锁匠挑中一把，取下来，与钥匙比了一下，长短、宽窄和厚薄都正合适。把它夹在面前一个小虎头钳上，瞅一眼钥匙，用锉刀锉一下，几把锉刀从大到小依次使用之后，又把它和原来的钥匙放在一起，已然很接近了。再把它们对齐了固定好，用最小一号锉刀细细地锉正在制作的那把。冰锋尽管着急，但眼见进展显著，心里也就踏实了。锁匠终于停下手来，又把它们放在一起比了比，呼出一口气，似乎那恶臭是他精巧手艺的一部分，甚至是不可或缺的动力。然后两只手各拿一把，递给了冰锋，笑着说，你还挺着急啊。没问题，我配的钥匙，从来没人找回来过。

冰锋交了钱，正要离开，锁匠说，如果不放心，在钥匙上抹点铅笔芯末儿，再往锁眼里捅，但其实用不着。冰锋答应着，没有回头，出了门。站在街上，将两把钥匙合在一起，除了原来那把上面刻有厂家名字，简直不失毫厘。他快步走回家去。冬天的阳光晒在脸上，柔和，轻松，甚至有些软弱。路边的槐树叶子都落光了，枝条纹丝不动。偶尔有轻风吹过，阳光并不能消除冷感，只是减弱了这种感觉。这时觉得吸入的空气特别新鲜，比一年里其他季节都新鲜。但一旦走进墙边的阴影，立刻就感到寒冷了。

回到家，冰锋将钥匙加回钥匙串，将钥匙串放回双肩包，又调整了一下里面东西的位置，还将包重新摆了摆。然后拿起那本《1984》接着读，却读不下去了。大概过了半小时，听见叶生的脚步声。她推门进来，又带进来一股寒气。手里提着两个大纸盒子，一个褐色的，短高；一个黑色的，长扁，有通常鞋盒四个那么大。冰锋站起身来，问，什么东西啊？叶生说，是一个包，一双靴子。冰锋说，靴子还用到美国去买？叶生抬起腿，让他看脚上的靴子，说，可不是在百货大楼买的四五十块这种啊。

她脱下大衣，里面穿了件杏色的堆堆领毛衣。把褐色的盒子放在小圆桌上，盒盖上印着一行黑字"LOUIS VUITTON"，打开，里面有一层薄纸，再里面是一个米黄色的布袋，上边印着同样的外文字。从布袋里取出一个水桶包，大红的皮面上布满金色的水波花纹。她把包挎在肩上，在大衣柜的镜子前来回扭了扭身子，问，好看吗？大川他们送给我的毕业礼物。二川说这是 LV 最新款的 EPI 皮具系列。不过是不是太张扬了？好啦，结束。她按原包装把包收好，没有再打开那个装靴子的盒子，只是说，什么时候咱们去骑马吧，稻香湖公园和圆明园去年都开了跑马场。冰锋说，这得多好的交情啊，从美国给你带这么大的东西过来。叶生说，都是二川，特地嘱咐原包装一定要保存齐全，好在分量不重。

她从大衣兜里掏出一盒录音带，递给冰锋，说，这个可能更珍贵，是托二川录的迈克尔·杰克逊的歌，咱们听吧。他那么有名，我还从来没听过呢。冰锋把卡带放进书桌上的松下录音机里，按下PLAY键。是那种节奏感很强的旋律，接着杰克逊开始唱了，两个人诧异地对视了一下，叶生说，怎么像是猫叫啊。继续听下去，她盯着录音机上闪亮的指示灯，忽然喃喃地说，啊，美国。

听完一曲，叶生按了STOP键，说，先别忙着做饭，我跟你说点事。她拉着冰锋在床边坐下，稍显严肃地说，我现在又有一个公派出国留学的机会，二川也在帮我办自留。我还在犹豫，公派就还有个回来的问题，但凭我的托福成绩，美国任何一所大学的奖学金都有资格申请。再说大川他们也说了，不缺这个钱，不会让你去端盘子。其实我知道留学生没有不打工的，我也想锻炼一下自己。冰锋不禁浮想联翩：与自己同一代的几个人，Apple，杨明，大川，尚芳，芸芸，铁锋，还有小妹，都在各自的现实人生里向前迈了或大或小的一步，现在叶生也跃跃欲试了，只有自己还停留在原来的阴影里，说到底还是人各有志吧。他苦笑了一下。

叶生接着说，其实我还没想好将来干什么，我只是想知道这世界到底是什么样。尤其因为写毕业论文，读了不少黑色幽默的作品，有的还没翻译过来，那里描写的美国跟我想象中的很不一样,更想亲眼看一下。也许看一下还不够,需要真正生活一段时间,体验一下,所以我很想去留学。当然,没准还能亲眼见到海勒或冯尼格本人呢,可以请他们给我签名。海勒想请他签《二十二条军规》,冯尼格想请他签《五号屠场》,当然要找英文初版本了,我听二川说,纽约公共图书馆或者什么书店,经常举办作家的朗读会。冰锋听了,完全插不上话。美国是他的世界之外的一个地方,不,只是一个名字而已。

叶生拉住冰锋的手,她的手有些骨感,但热乎乎的。她说,我考虑的是你,是怎么和你一起去。冰锋想,怎么她也变得跟芸芸一样了呢? 只不过态度和蔼些,温柔些,不那么咄咄逼人,像是下最后通牒罢了。叶生的语气转而沉重起来:我总担心我爸爸二次心梗,那就完了。说实话,他可能活不了多久了。冰锋还是第一次听她这么说。叶生接着说,等爸爸不在了,我是想去美国的,那时你可以跟我一起走,咱们俩共同创造新的生活。冰锋的注意力还停留在她谈论父亲病情的话里,仿佛自己整个人都被吸进去了,四周一片黑暗,寂然无声;她后边的话没听进去,也就没有回应。

叶生说,如果你实在不愿意等,我可以让大川或尚芳回来替我,现在咱们就一起走。其实也不耽误他们公司的生意,反正好些事要在北京办,办事处也得有人盯着。二川在美国关系多,出国手续他给你办,担保什么的都没问题。冰锋的注意力已经回到她身上了。看得出来,叶生讲这番话,肯定下了很大决心,付出了很大牺牲;但又尽量说得轻松,简单,好像还是去一趟天津那种地方,当天就能往返。

冰锋说，我一时还去不了，还有件事情要办。叶生说，什么事，能告诉我吗？冰锋这句话，自己听了都吃了一惊，突然有种图穷匕首见的感觉，仿佛有一束强光从头顶上投下来，单单把他们俩照亮，周围都笼罩在黑暗中。他笑了笑说，也没什么大不了的事。叶生哦了一声，没再追问。

隔了一会儿，叶生重又一脸认真地说，那么出不出国呢？冰锋说，我知道你对我的好，很感谢你。叶生似乎认为他已经同意了，微笑起来。冰锋明白，她实际上是被自己强行留在了这个时代。他说，不是要去海南岛看哈雷彗星吗？叶生说，是啊，但现在我爸爸这情形，我真不知道到时候会怎么样……另外好像说法又变了，改成四月下旬到五月底在南方低纬度地区适于观看了。其实咱们去美国，也能看得见吧。冰锋没有说话。

两个人沉默了一阵，叶生用手轻轻摆弄着那个双肩包，突然抬起头来，望着冰锋说，你想不想跟我结婚呢？不等他回答，又说，我今晚住下不走了吧。她做出撒娇的样子，还带一点潇洒；他却觉得，她从来没有这么失态过——她甚至根本就没有失态过，对此他也有些难堪，不知如何回答。这时她的包恰巧失手掉在了地上，动静还不小——大概只是被自己弄得有些手足无措而已。她边起身弯腰去捡，边故作轻松地说，我跟你开玩笑呢。

叶生说这话时，正好背对着冰锋，他也看不到她的脸。她的毛衣后襟下缘没有拉好，被牛仔裤紧紧包裹着的屁股对着他，裤子大腿根处有几道横褶。冰锋发现这段时间叶生忽然长大了——身体的各个部位都凸出了，也结实了。她变得茁壮了，就像一只雌性动物。他一时记不起在哪里读到的话：对女人来说不是成长，而是诞生。一个生命在另一个生命里站立起来。

叶生戴上毛线帽，毛衣领口露出细长的脖子，胸脯看着又宽又厚。她把围脖搭在脖子上，用低得几乎听不清的声音说，我对你真的没有一点吸引力么？她的话，她的神情，都很天真，也很诚恳，但能明显看出内心的焦渴，就像她是赤身裸体站在他的面前。她从来没有这样过。冰锋从她身上感受到了一丝绝望。

叶生没来得及围好围脖，也没系上大衣扣子，突然凑上来亲吻了他一下，那动作不像一个人，倒像一只猫——他首先感到她的领口处冒出一股热气，仿佛是生命的气息；接着她的两个高高的乳房顶在他身上。接吻，这在他们的关系中还是第一次——叶生显然有备而来，除了凑近冰锋的动作有些跌跌撞撞外，短暂的时间里，这个吻实在太充分，也太完满了：她的嘴本来就大，把他的嘴整个给包住了；吻得又是那么用力，简直像是要把他嘴里包括舌头在内的所有东西都给吸走。叶生的这个吻，似乎酝酿了很久，期待了很久，它的意义也将延续很久；冰锋则完全没有思想准备，被搞得很狼狈，也就没有相应的反应。

看到冰锋的反应——先是愕然，继而是无所反应，叶生相当尴尬，脸一下红了，即使在黯淡的灯光下，也能清晰看到。她匆匆地说，对不起。眼睛里充盈着泪水，只是没有流下来。她抓起两个纸盒，仍然没系上大衣扣子，拉开门出去了。冰锋又愣了一会儿，然后追到院子里，除了自家门与窗户投出的光线，其他地方都在黑暗之中，已经看不见她的踪影了。院门口传来几下搬动自行车的声响，接下来一片沉寂。

　　冰锋感到一种压迫，又觉得莫名其妙，而这已足以化解所有的压迫、障碍、惶惑和难堪了。回味起来，叶生那一吻给他的感觉，是自己仿佛站在一个松垮的沙丘边上，脚下的根基正在坍塌。他只记得她嘴唇的丰盈，柔软，湿润，味道清新——是那种青苹果的芳香，不是面的，而是脆的苹果，而且丝毫没有苹果完全熟透了的微微的酒味。这是以前跟芸芸接吻时感受不到的。而在那一吻的后面，叶生身上好像还有什么东西蓄势待发，这竟引起他些微躁动。在迄今为止与叶生的交往中，冰锋一直回避着"性"的问题，彼此只是握握手，轻轻拥抱一下，她对此似乎已经很享受了。在冰锋看来，回避了这一问题，他就没有辜负她，没有损害她，他们也就可以各自全身而退。现在叶生突然将它横亘在他们之间了。

　　不知过了多久，他觉得饿了，打算做点吃的。打开冰箱，拿出一个鸡蛋，放在桌上。转身去拿挂面，鸡蛋自己在桌上转了个圈儿，到了桌边有瞬间的迟疑，接着就一下子掉到地上摔得粉碎，连蛋黄都散了。整个有如自杀的过程冰锋看在眼里，却来不及出手挽救，脑子里只冒出一句"出师未捷身先死"。对此他不是惋惜，而是同情。但随即就厌烦起自己身上莫名其妙沾染的这种文人积习了。他一边收拾地上那个碎鸡蛋，一边提醒自己，重要的是做而不是想，尤其不是什么也不做。

　　然而冰锋却无法抑止自己的思绪。他想到《史记》里伍尚与伍子胥告别时，弟弟说，不如逃到别国，借助力量来洗雪父亲的耻辱。哥哥说，如果逃走，以后又无法洗雪这一耻辱，终究会被天下人笑话。他似乎预先看到了最终的结局。当吴国大军攻进郢都,伍子胥搜寻楚昭王,没有找到,就挖开楚平王的坟,拖出他的尸体,鞭打了三百下才住手。朋友申包胥逃到山里,派人去对伍子胥说,你这样报仇,未免也太过分了吧!你原本是楚平王的臣子,侍奉过这位君主,如今竟到了侮辱死人的地步,这难道不是伤天害理到极点了吗?伍子胥对来人说,替我向申包胥致歉,对我来说,好比天快黑了,路途还很遥远,所以我才违反常理,不择手段的。这是伍子胥的故事里,最令冰锋动心的一节。伍子胥此前的种种谋划,种种辛苦,都白费了。抽向楚平王尸体的每一鞭,都是在叩打生死之门,而那扇门纹丝不动,他也深感无能为力,连自己都宽慰不了。冰锋心仪伍子胥已久,但嘱咐自己,一定要避免他的这个结局。

迄今为止,冰锋已经做了一些准备,譬如以前一直订阅的《读书》《世界文学》《世界电影》,去年年底邮局寄来续订单,他都丢掉了。现在决定了结另外一件事。他从顶棚的窟窿里,将笔记本,一些写了诗句的散页,贺叔叔的信,还有父亲留下的那册《史记》,都取了出来。粗略翻了一下,荒废已久,看着都有些陌生了。忽然看见一行不知什么时候写的句子:

记忆是一部未烧的书

似乎对于此刻的自己,是一种明确的提醒。但他又稍有迟疑,那部诗剧酝酿了这么久,至少也应该写个片段吧。忽然觉得灵感来了,但他克制着自己不再想,更别提写下来了。打开炉盖,火烧得正旺，他毫不迟疑地将笔记本和那些散页丢在上面。这么做当然不是要销毁罪证；人的一生必须体现为若干阶段，一个新的阶段开始，意味着人生有所提升。他期待看到手稿在火焰中卷曲，伸展，变形，每个字都痛苦地挣扎着，都要从自己最后的境遇中逃脱出来。然而并无此种景象，只是被许多火苗包围了，吞噬了而已。他赶紧跑到门外，看见烟筒口冒出一缕白烟，那就是它们在这世界上最后的踪迹。接着他又把包括那本《史记》在内的其他材料都烧掉了。

第七章

　　冰锋早上来到科里，小孙见面就说，你知道吗？出事了。如今芸芸辞职造成的负面影响已经过去，冰锋和同事的关系恢复了正常。他问，怎么了？小孙说，早起你没看电视新闻吗？昨天晚上美国挑战者号航天飞机失事了，七个宇航员全死了。电视有那个画面，眼瞅着就爆炸了。

　　冰锋来到自己的治疗台边，等候门口护士长叫号，第一个病人过来找他。小孙报告的消息，只是给他一直郁闷的心情又添加了些沉重而已。整整十天没有叶生的信儿了。或许是因为自己那天的反应——不如说是没有反应，让她觉得很没面子，不好意思再来找他，或者来电话了。但自己当时也只能如此，虽然可以说是一念之差；而从她那一方面来说，却未免黔驴技穷了。冰锋无法主动跟她联系，那样即使什么也不说，无疑也是给了她肯定的答案，而这是他绝对给不了的。一天又一天过去了，他深感不安，似乎行将失去她，失去与她相关的一切——尤其是她的父亲。特别是那天她说担心父亲发生二次心梗，让冰锋觉得越来越有可能功亏一篑。

下午刚上班，听见小孙的喊声：陆大夫，电话！冰锋想，不会是叶生打来的吧？跑过去拿起话筒，真的是她。叶生说，好几天没见面了，对不起。这两天兴许也不能见了。爸爸的情况不太好。张姨又感冒了，挺厉害的，还把小刘给过上了，我怕传染给爸爸，让她们都回家了。王秘书正好又回老家去了。现在只剩下我自个儿照顾爸爸，我都好几天没上班了。无论如何，明天都要送他去住院。大川和尚芳，一半天肯定会回来一个，二川也在打听机票呢，行期就在最近几天。对不起，我只要腾出工夫，就去看你。我就是问候一下，想你呢。她轻声说完最后这句，匆匆挂断了电话。

冰锋并没有马上走开。心里忽然起了一个念头，强烈到不可遏止。祝部长病重，留给自己的时间不多了；如果他家里别的人回来，就更没有机会了；张姨、小刘和王秘书又都不在，正好一直想不出什么法子将他们调开。他抓起话筒，又把电话打了回去。虽然刚放下电话，叶生却过了一会儿才接。

冰锋说，咱们还是今天见个面吧。你来我家一趟，我有重要的事情要跟你商量。叶生沉默了一下，说，一定要今天见面吗？冰锋断然地说，对。叶生说，那你来找我行吗？冰锋说，不，你来找我。他知道自己很不讲理，明摆着是在欺负她；但言语之间，又似乎向她暗示着某种希望——与那天她提到的一起出国以及结婚之类的事情有关。

叶生陷入了更长的停顿，长得仿佛电话已经挂断。冰锋不肯放弃，坚持举着听筒，似乎是在与她对峙。她终于说，好吧。你说几点?语调略显生硬,像是另一个人在说话。冰锋松了口气,看看墙上的挂钟,说,七点,行吗? 虽然是询问,口吻却仍然不容商量。叶生说,那就七点,你家见。说得像是痛下决心。但态度随即柔软下来:不过我不能久留啊,得尽快赶回家,只剩爸爸一个人,太危险了。冰锋不免为自己的无理与强硬深感歉意,说,对不起,我真的想见你,有话要当面告诉你。叶生低声说,好的。把电话挂上了。

冰锋走回诊室,一路激动地想,酝酿了这么久的事情,居然就这样临时起意,近乎草率地决定了。但如果不果断行动,这件事恐怕永远也做不成了。只是似乎过分利用叶生的善良、纯洁,利用她对自己的爱了。大概与她交往以来,这要算是最卑鄙的一次。但以后绝对不可能再有类似的卑鄙之举了。

下一个病人还没来。旁边的治疗台上,小孙,杜大夫,还有一个刚做完全口洁治的女病人,在谈论着挑战者号爆炸的事情,提到了女教师麦考利夫的名字。冰锋想起几天前,曾听到美国女排运动员海曼猝死的消息。这都像是古时大军征战在即,天上突然出现了彗星一样——肯定是个凶兆,只是不知道是敌人一方的还是自己一方的。他又想到叶生一再提起,迄今却还没有看到的哈雷彗星,此时此刻就在它的运行轨道上离我们最近的地方。

冰锋对护士长说,别给我叫病人了,我家里有急事,请个假,现在就走。虽然时间还早,但继续耗在这里已经没有意义了,自己这辈子不在乎多看或少看几个病人。护士长着急地说,你这个月全勤奖可没了啊,再说临时请假,上哪儿找人替班呢。其他医生也显得不大乐意。冰锋径直去休息室脱掉白大褂,连声招呼都不再打,就离开了。走到一楼，掀开大门那包着塑料的棉门帘子时想，这是最后一次经过这道门了吧。

门诊楼前，一左一右各有一棵玉兰树，枝头已经长了不少看着又鼓又硬的芽苞。冰锋不禁感叹，真是应了那句被说滥的话，"假如冬天来了，春天还会远吗"。虽然三九四九刚过，天气本还应该很冷，但去年入冬以来没下过一场大雪，几次寒流过后，都随即就转暖了。街上遇见的行人，不少已经脱去了棉衣。冰锋想，复仇之举似乎理应安排在一个特别寒冷的日子，最好是大雪纷飞。经过新建成不久的新街口过街天桥，一阵风刮过，不少小树枝被吹落到桥头新华书店房顶搭的铁皮棚子上，发出轻微的响声。上了107路电车，路过什刹海，不见有人滑冰，向阳处冰面已经开始化了。

冰锋回到家中，从顶棚窟窿里取出几样东西：格斗刀，一小团麻绳，还有一包伤湿止痛膏。前两样藏匿已久，落了不少尘土；伤湿止痛膏隔些日子就换一包新的，免得过期不好用了。他用小拇指轻轻试了一下格斗刀异常锋利的刀刃，立刻被划了一个口子，流血了。找了块纱布包好伤口，心想带着点伤去复仇，或许也是必要的。又想起替他买刀的徐老师，从那以后就没再联系，都是过去的人了。

冰锋泡了杯茶，在书桌前坐下。想起从顶棚的窟窿里把父亲的小相架再拿下来看看，却没有动窝。时间拖得太久了，冰锋对于父亲的遭遇，他与祝部长之间的纠葛，自己的仇恨，复仇的计划，已经可以站在一个接近客观的立场去看了。即将实施的复仇行动，不仅是要了结个人恩怨——当然肯定存在这个因素；但如果所有恩怨都仅仅被视为是个人的，实际上是对正义与公正的一种抹杀。也许这件事对于整部历史来说微不足道，但作为那段历史的一部分却自具意义。周围的一切实在太安静了，太平和了，大家都一心追求个人的所谓幸福，完全不顾及这里曾经发生过什么事情。某一个人可以忘记关于自己的那段往事，但如果所有人都不记得了，那段历史也就不复存在。没有什么比集体遗忘更可怕的了。这时其中的某个人，有必要以一己之力来反抗遗忘，警醒他人，照亮沉沦于黑暗中的过去发生的事情，使之重新呈现为一段真实的历史，这时"我"的行为的意义就不再局限于自身了。这种举动完全出乎一种觉悟，一种责任感，一种牺牲精神。"我"既扮演了历史的证明者，也扮演了历史的书写者。

现在他对于伍子胥，也是这么理解的。伍子胥之所以被视为一个英雄人物，原因正在于此。孔子称道他时所说的义，就是人的一种责任，一种自己必须完成的任务。记得《越绝书》里说，孔子认为，儿子为父亲报仇，臣子讨伐国家的敌人，真心诚意感动上天，往往会超过应有的限度，就像母狗哺乳小老虎，不会考虑将来究竟是祸是福一样。正确的道理不应被质疑，要谴责的首先是做坏事的那个人。对伍子胥鞭笞楚平王墓这件事无须追究。孔子的意思是，复仇必须落实于一个实际的行为，哪怕这似乎仅仅是泄愤之举。孔子还将伍子胥的复仇与他攻破楚国后凌辱昭王夫人做了对比，肯定前者而否定后者，但并不因为后者而否定前者，并且说，按照春秋的义法，应该估量他的功绩，忽视他的过错。

冰锋从抽屉里取出一张白纸。他早已想好，复仇之后，他要到最近的派出所去自首。然后将会受到审判，他要借此讲出自己这么做的理由，希望那实际上是另一场审判：他只是以一己之力完成了对祝部长的清算；而假如祝部长这种人，所干的这种事，进一步说，使得这种人干出这种事的那个缘由，或者那个想法——就是祝部长曾在他面前振振有辞的——不得到清算，怎么能避免这一切不再重演呢？祝部长作为被复仇的对象，意义也不限于其自身。

他对法院或法庭究竟是什么样子全无了解，也不知道受审是怎样的过程。相关的想象来自从前看过的一盘美国电影的录像带——他幻想自己被带进法庭时，旁听席已经坐满了人。在紧挨着他的位置的那一排，靠窗的地方，叶生默默地坐着，用纱巾包着头，或许是进门之前为了抵御风沙，却自始至终都没有摘下。但他认得出是她。冰锋只要稍稍偏一下头——并不构成对于对面的三位法官的不敬——就能用眼角的余光看见她，她的脸虽然蒙着，但他还是能够感觉到她的阵阵激动。当法官询问冰锋是否认罪时，冰锋说，我对我所造成的事实绝不否认，但我想陈述一下我这样做的动机。

既然叶生那时将会听到冰锋所讲述的一切，那么现在就没有必要写给她了。于是他决定将那些都舍去，以一个省略号作为这封信的开头：

叶生：

……等到一切时过境迁之后——我不知道需要多久，但愿不是整整一生——我们也许还有机会见面。那时我们是两个干干净净的人，没有过去，只有当下和未来——假如彼此真心希望如此的话。我们也许可以从头开始。那时我将弥补所有亏欠你的，我知道这很多，也很重，我愿为此奉献我的余生。其实我自始至终都清楚你的好，——对我来说，这个世界可以称之为"好"的其实只有这一样。这也是我一直深感痛苦和不安的。也许你能理解，我是有所不得已，正如同你不能不被牵连进来。但是现在多说无益，只希望你相信我说的都是真话。

冰锋于一九八六年一月二十九日

他的一生就此告一段落。假如还有新生，那将是一个真正的新的自己。冰锋对破楚后的伍子胥不再感兴趣——包括怎么会与孙子一起被申包胥请来的秦国援军打得一败涂地，孙子历来以兵圣著称，军事生涯竟然以此役结束，以后的行迹再也不见于史书记载。在从楚国撤退之前，孙武说，我们指挥吴国的军队向西攻破了楚国，赶走了楚昭王，挖了楚平王的坟墓，毁坏了他的尸体，这已经足够了；伍子胥说，自从有天子和诸侯以来，哪里有一位臣子报仇达到这种程度？可以走了！这都是些给自己找台阶下、听来相当可笑的话。伍子胥有那个苦谏夫差不听反被赐死的结局，正是因为完成了自己的事业后不能随即离开，结束人生的一个阶段，开始一个新的时期，而非要继续与吴国搞在一起。甚至可以说，他活得太长，这世界已经不需要他了。——当然，或者是因为仇人先已死了，他在内心深处感到自己并未真正报仇的缘故吧。

冰锋把给叶生的信叠好，放在裤兜里。把格斗刀和麻绳、伤湿止痛膏分别放在大衣的两个兜里。又找出那块手表，上了弦，对好时间，戴在手腕上。这样也就不辜负母亲的一份期待了。手表虽已买了几年，却还是崭新的。

这是最后一次离开家。冰锋看了一眼墙上的挂历，记住今天这个日子。眼下这季节，看着又宽，又高，水花喷溅形成大片雾气的尼亚加拉瀑布，不由得周身一阵发凉。刚才他进门时有些紧张，不小心将窗台上码着的一摞蜂窝煤碰倒了，有几块摔碎在门口。他本想反正不再回来，不必打扫了，但忽然想起叶生还要来呢，赶紧去收拾干净。把屋里也归整了一下，以免她一进门就发觉情形反常。

冰锋四下看看，书桌，书柜，书柜里一格格摆着的书，还有那张床，小圆桌，大衣柜。所有这些都不足为惜。他在这里住了整整三年了。当初中学毕业，去农村插队，后来考上大学，来到北京，毕业分配到这家医院，正好有别的职工分了房子，将所住的这间小屋交给单位，就借给他了。然而迄今为止的生活确实到此为止了。小妹前两天打电话来，推荐一种民用节煤水暖炉，说他这十二平方米的房子，不到一百块钱就可以装一个。当时他想，这已经与自己没有任何关系了。

不过临出门之前，他又在炉子里添了一块煤，然后将火像往常出门时那样封好。他想，这样才像是真正的告别。锁上门，把钥匙放在花盆里。窗根底下，和叶生一起摆的白菜还剩下一半。他忽然想到，不如抛开这一切——祝部长，叶生，白菜，煤，自己的家，找个地方一走了之，从此销声匿迹，让谁也找不到他。但随即就为这临阵脱逃的想法感到羞愧，甚至可耻。

到了崇文门，时间还早。他站在十字路口西南角上，正是下班时分，自行车和行人来来往往，马路对面有家七层的哈德门饭店，而他身旁则是十五层的崇文门饭店,它们的名字简略到几乎已经失去意义地记录着这个地方的历史。然而冰锋对这里却有着远远不限于两个名字的记忆。就在那次在为父亲草草料理完后事之后,母子俩准备离开,乘公共汽车到北京站,不知怎的,稀里糊涂在崇文门下了车。当时崇文门城楼和城墙都还在。他们走过又宽又高的门洞,有个人在身边突然叫喊起来,回声很大。出了门洞,冰锋站住脚,用手摸摸墙上近乎黑色的砖,一块块严丝合缝,坚固无比。抬头仰望,面前的城墙简直要够着天了,看不见顶端。冰锋是在暗暗地向这个使他永远失去父亲的城市告别,觉得自己再也不会回来了。母亲生怕误了火车,连连催促他赶快离开。走出老远,回头看看,一只乌鸦嘎嘎叫着,一直飞到城楼的栏杆上,那里蹲着一排黑色的乌鸦。十年后他重又来到北京,有一次路过这里,当初自己告别的对象早已无影无踪,尽管当初他觉得那是个近乎永恒的,足以当作自己告别对象的存在。曾经触摸城砖的手感,他还记得清清楚楚。

不到六点钟天就黑了,为了稳妥起见,他将行动时间特意压后了一小时。算算叶生六点半总得离开家了,他在那之后来到她家那条胡同。看手表时,发现原来带有夜光显示,表盘上每一点钟处都有个银白色的小点,时针和分针上也有银白色的细细一道。似乎是来自死去的母亲竭尽所能的一种支持。走过派出所,门上亮着一盏红灯,那是他很快就要来自首的地方。他在胡同里找了处公用电话,打到祝家一楼的客厅。拨到六位号码的最后一个数,他想,这次可真的没有回头路了。无人接听。他把电话挂上。走到她家大门口,仍然不放心,又折回去,再次打了个电话,这次等的时间更长,还是没人接。显然叶生已经走了。祝部长病着,无法下楼接电话。机会到了。

冰锋来到大门口,果断而又从容地按了门铃。门上的小门开了,迎接他的还是那个熟悉的门卫。冰锋不等他开口,就抢先说,祝叶生让我在她家里等她。说罢丢下有些摸不着头脑的门卫,大步往院里走去。夜幕下,悬铃木的秃枝上挂着不少干枯的果实。走过叶生的房间窗下,窗帘拉着,里面黑着灯,玻璃上映着路灯的反光。他凑近了听听,死一般的寂静。又看看手表,正好是七点。这时叶生应该正在他家门口,她会用那把钥匙开门,进屋等他,大概会等他半个小时吧。之后她会扫兴地回来,骑车需要半小时,那时他已经把该干的事情干完了。等她到家,他应该已经走进那个派出所的门了。

冰锋唯一担心的是配好的钥匙打不开锁,一直也没有找到机会试一试。他带来一小包铅笔芯末儿,摸黑倒在钥匙上。然后来到门前,门上镶嵌的磨砂玻璃透出灯光。他的手有点颤抖,插了几次才把钥匙插进孔内。钥匙并不像那个有口臭的锁匠说得那么好用,但捅来捅去,一个巧劲儿,锁开了。冰锋深吸了一口气,让自己镇定下来,掏出格斗刀,取下皮套放进兜里。一手握着刀,另一只手转动了门上冰凉的黄铜把手。

第八章

　　冰锋走进门厅，水晶吊灯亮着，什么声音都没有，但感觉有些异样：屋里很热，又弥漫着花香，二者仿佛相辅相成。钢琴上大水晶花瓶里满满插了一大捧盛开的百合花，花瓣虽然是洁白颜色，却有血脉偾张之感，伸得长长的紫褐色的花蕊，强烈到简直令人窒息的香气，都使人想到"性"，似乎它的美来自于生命本能的突然勃发。这花香与其说是迎接他的仪式，不如说是对他的伏击。四下里安静得好像能听见有人正竭力屏住呼吸。

　　他继续往前走，快到楼梯跟前，看见两只穿着黑色长筒皮靴的脚，刚才被栏板挡住了。靴子新得一尘不染，没打鞋油，泛着暗暗的、不很柔和的光。叶生坐在楼梯倒数第三层踏步上，稍稍朝这边侧过身子，正对着他。身躯有如一座雪山，凛然，巍然，差点把整个楼梯都堵住了。头顶盘着一个很大、很紧，未免繁复的发髻，这发型使她显得咄咄逼人。她描了眉，涂了眼影，画了唇膏，是玫瑰红色的，还淡淡抹了腮红。浑身赤条条，只穿着一双长及膝下的平跟马靴，靴筒宽松，又硬又挺，很有男人风。冰锋还没见过这种单层牛皮、没拉链、直上直下、后跟不鼓包的靴子。她坐得直直的，甚至略略后仰，挺着胸膛，一对结结实实、又大又圆的乳房像是被高高擎起。双手插腰，两条白皙的长腿最大限度地叉开，当中黑森森一大丛阴毛。这个看来很夸张，而且很不舒服的姿势，不知道她已经保持了多久。叶生的头发、阴毛和胳肢窝露出的一点腋毛，加上靴子的黑，与身体的白形成鲜明对比，整个环境仿佛因此成了一张黑白照片。她的身旁放着一盒香烟，一个打火机，面前地上有个带过滤嘴的半截烟头。

屋里的暖气烧得很热，冰锋一进门眼镜片上就蒙了层水汽，没顾上擦，现在多少还影影绰绰。叶生似乎因为燥热不堪才赤身露体，那双长筒靴尤其显得太热，她就像是光脚穿着靴子。冰锋站住了，手中握着格斗刀。她看着他。他感到了她的镇定，虽然在刚刚对视的那一瞬间，还是捕捉到她的眼睛里闪过一丝意外的神情。叶生一字一句冷冷地说，你是来找我爸爸的，伍子胥先生，你得先经过我。提到伍子胥时，嘴角浮现出一丝冷笑。她的表情和话语中，有一种过去从未有过的骄横和凶蛮的成分，但又与她所展露的年轻得恰到好处的身体相一致。她真的像一朵花开到最茂盛的时候了。

冰锋从来没有见过叶生的裸体，甚至不大清楚她的身体。过去她的肉总是躲在她的灵后面，他虽未触及，但知道它确实存在，很安稳地在等着他，等着他有朝一日将其占为己有；现在她的肉将她的灵彻底排挤掉了。叶生对冰锋来说还是一个陌生人。他面前是个高大丰满的女人，浑身上下没有赘肉，哪一处皮肤都是紧致的。冰锋想起叶生演过戏,她的确喜欢表演,现在正像一个演员在舞台上;但这样像器物一般炫耀自己的身体,她最可爱的清纯劲儿就没有了,变得滞重,昏浊,也粗拙了。他的身体的每个部位都感受到了她那强烈的、野蛮的、放肆的,有些令人难堪的诱惑力。他看着她这体魄,觉得自己一向还是低估了她。

冰锋与叶生的目光再次交错在一起。她没戴眼镜,那迷离的眼神是他熟悉的:有着过去一贯的简单、真诚和坦率;除此之外,还增添了一种既大胆又羞涩的不很自然的神情。那神情不大像人的,而像动物的——猫、狗、狐狸,或狼。她好像在说,这是我的全部;又说,除此之外我一无所有。冰锋突然明白了叶生那个晚上在长安街上所说的话——他还断断续续记得一些,明白了她后来在他家对他的那一吻,以及此前所说的话,都是什么意思。只是明白得太晚了,无论对自己,对叶生,一概如此。她只能沿着认准的方向走下去,直至现在这样孤注一掷。她这是要用她的肉体来羞辱他,打败他,还是要感化他,拯救他呢? 这种想法让冰锋感到纷乱,搅扰,显然是对进行中的行动的破坏;但他看见自己投在地上的影子——变形的身体,变形的高举起的手臂,变形的握在手中的刀,知道已经没有退路了。绝望,而且是那种漆黑一团、令人窒息的绝望。他胸口发紧、作痛,切实感到,通常所谓"心痛"并不仅仅是个形容词。

冰锋突然爆发起来,向叶生冲了过去——就像身体里另外有个人,是这个人冲破了他的束缚,在做这一切。他一手握刀,显得杀气腾腾,到了跟前就势飞起一脚,踢中了她的左肩——动作这么猛，力量这么重，嗵的一声，响动很大。叶生低沉地呻吟了一声，重重地仰面摔倒在楼梯上，四肢摊开，也许因为是仰卧，这个刻意彰显自己私处的姿势，让冰锋想起席勒或莫迪里阿尼的哪幅画，虽然当时看的印刷品是黑白的。她大概也是西方雕塑和绘画的印刷品看得太多了吧。她将这姿势保持了一段时间，仿佛故意这个样子。

冰锋用力太大，脚跟不稳，自己也在楼梯前摔倒了，摔得还不轻。他爬起来。这时叶生才翻转过去身子，伏在那里，一条腿蜷曲，一条腿伸直，一直伸到跟前，他甚至能闻到她的靴子淡淡地散发出一股干净的皮子味儿。她扬着脖子，一声接一声，连续不停地喊叫起来，那是一个人突然丧失了一切，而又无计可施，对于世界的一种本能的反应。声音凄厉，尖锐，没有内容，就像鸣响了汽笛一般，真是惊心动魄。冰锋四下看看，这房子里的一切居然对此毫无反应。他扑过去，又踢了她一脚，踢在屁股上，能感觉到肉体那种死腔儿的厚实致密，而她还在叫个不停。

冰锋不再理会叶生，打算绕过她走上楼去，她停止叫喊，伸出两只手臂抱住了他的腿，使他险些摔倒。她抱得紧紧的，简直是用自己两个丰满而柔软的乳房包围着他，喃喃地说，不要，不要。冰锋呵斥道，松手！叶生坚决地说，不！冰锋揪住她的发髻，用力把她拽到一边。叶生的发髻被抓散了，大绺大绺的头发塌方似的陆续耷拉下来，显得乱七八糟。他记得自己的手感，她的头发如此浓密、润泽，只能用肥沃二字来形容。

冰锋看着叶生，真没料到她出招竟然如此愚蠢，做法又这般拙劣。他想起自己在叶生眼中的形象，她没准会是差不多的想法吧。

这个女人的裸体也是一把刀，拔出鞘同样收不回去了。叶生使自己和冰锋都陷入一种特别难堪的境地，这是他最不愿面对，而且几乎无力面对的；她大概也是如此。她未免太自信了，所以开始玩了，当然或许她一直在玩；另一方面，做事又不留后手，以致不可收拾。冰锋很想把这想法仔细说给叶生听，但他决意不再跟她说任何话。他们可以说的话的确很多，可以从头谈起，甚至可以从更早，彼此还不认识的时候谈起。但他明白，只要一开口跟她对话，那就什么事都干不了了。

冰锋也不知道自己刚才下手怎么这样重，但身体里的那股力量却驱动他继续做点什么。他将格斗刀叼在上下前牙之间，刀拿在手里不沉，却要做出咬牙切齿的表情才能叼住，口腔里感到来自不锈钢的一股寒气。腾出手来，取出一包伤湿止痛膏，撕去塑料纸，味道很大。他把叶生的嘴给封上，她有些不愿意，但也没怎么反抗。本来一块膏药就够了，他又在上面稍错开一点粘了一块。然后将她的双臂生硬地扭到背后，动作就像收起一把折叠椅一样。掏出准备好的细麻绳，绳子太长了，只好绑得尽量复杂。他将她的两只手腕十字交叉在腰部，紧紧捆在一起。两边留出同样长度的绳头，从腋下掏到前面，缠绕在肩膀上，固定好了。他的手接触到她的腋窝，腋毛又软又湿；她身上肌肤冰凉，不留心碰到的她的乳房尤其如此，唯独腋窝里能感觉到她的体温。然后在两只上臂上各缠两道，在肩胛下方打了个结。肩胛骨因而很锐利地凸出。再将剩下的绳头与捆绑好的手腕连在一起，又打个结。她的双肩、两条上臂和绑在一起的下臂，形成一个接近正方形的框。她低垂着脑袋，浓密的长发瀑布似的遮住她的脸，身体完全瘫软了，听任他的摆布。冰锋在外科实习时学会打水手结，现在却没用上，他觉得已经够牢固了，没有挣脱的可能。每当他勒紧绳子，都能感到来自叶生肉体反弹的力量，那是一种隐秘的反抗，她的整个身子也随着他一次次勒紧绳子而往后一下下挺着。绳子很细，绑得很紧，大部分绳子陷进肉里，除了她略显奇怪的姿势之外，只添了几道略显奇怪的皱褶。而这么一来，两个乳房就更是高耸，简直要胀破了。冰锋并无意虐待叶生，只是不再爱护她了，而他做这一切都是冷静的，甚至是机械的，丝毫没有"性"的意味，或"性"的感觉，他觉得只是把该做的事情做了而已。

　　冰锋把叶生安置妥当，自己在楼梯上坐下。身边，她跪在同一级踏步上，躬着身子，头顶抵着上一级踏步的一个角。她的皮肤白净娇嫩，肩膀因双臂反绑而显得很宽，很厚，也很硬，像个壮实的男人。后背丰腴而光滑；一边一个明显凹下去的腰窝；紧实挺翘的大白屁股高高撅着，有两道清晰的半圆形下缘；两条大腿，以及靴筒里露出的小腿，肌肉紧绷，坚韧强壮。双脚并拢在一起，悬空伸着，两个脚尖都伸得很直，就像芭蕾舞演员那么直。叶生浑身打着哆嗦，像正在演出一样紧张。她用了一种特别强烈，可以说是具有袭击性的香水，似乎要掩盖身上什么不洁的气味。冰锋端详叶生这刻意凸现性感的打扮，不禁叹了口气：这个过分看重自己，也过分看重所谓爱情的女人。然而心里有的只是轻松感，像是放下了什么重负：最后不是他，而是她把一切问题都给解决了。

　　冰锋站起身，握着格斗刀上了楼梯，走了几步又停下来，退回原地。他抓住叶生背后的绳结，费劲地将她提起来，让她站直，然后推着她一步步上楼。从她的后背都能看出她被深深的耻辱感击垮了，仿佛上下四旁虚空之中有多少双眼睛正盯着她的裸体。她只好尽量低头含胸，躬着身子，让垂落的长发遮住自己的胸部，乃至更低的地方，但只要一走动，两个丰满的乳房就自行拨开头发的帷幕显露出来。她似乎在竭力躲避冰锋可能针对她的隐私之处投来的目光，虽然他一直跟在她的身后。他牵拉了一下绳结，让她挺起胸来好好走路。叶生穿着长筒靴的两只脚在一级又一级踏步上磕磕绊绊，动作特别笨拙，有如不堪重负。她就像一个丢盔卸甲、当了俘虏的女兵，正被押赴刑场执行死刑。每当她要摔倒，他就从后边将她的身子提起来。回头看了一眼遗留在空空荡荡的楼梯上的红双喜香烟和金属翻盖打火机，他记得很清楚，都是在她父亲的书房里见过的。

　　冰锋把叶生推推搡搡押上一二楼之间的平台，她站住不走了。他用力推了她后背一把，他们又拐上第二坡楼梯。这楼梯他上下过几次，但今天感觉特别长。叶生的背上布满了小粒汗珠，晶莹地发出反光，有一粒逐渐增大，终于停留不住，一路并吞了不少汗珠，流成一道细线，顺着腰椎向下一直淌到屁股沟里。冰锋也弄得满头大汗。他一路走在她留下的浓烈的香水气味里。到了二楼，走过花房，他们有些怪异的影子投射到玻璃隔断上。花房没有开灯，里面的花疏于照顾，有的已经干枯了。有盆蟹爪兰摆得离门口很近，叶片干瘪，一枝枝顶端都开着鲜红的花朵。

　　叶生忽然浑身颤抖了一下，变得不安起来，就像一匹要挣脱缰绳的野马，有一种要摆脱冰锋的冲动。他伸出持刀的手臂挽住她的脖子，就像勒紧马的缰绳——她的一条腿高高抬起，他越过她的肩膀看见她的靴子雪亮地反射着灯光。冰锋忽然记起叶生曾提议一起去骑马的事。她过去提议过很多，有的他还记得，有的已经忘了；大都不曾实现，也不再有机会实现了。他恍惚觉得刚才是什么激惹了她：房屋深处隐约传来的一声低沉的呼喊，低沉得有如呻吟，又像是一个幻觉。而当他重新控制了她，她还是安定下来了，大概以为他要结果了她呢。

他们走过书房来到旁边那间门口，冰锋直接用叶生的身体一下子把关得紧紧的门撞开了。果然是祝部长的卧室。动静很大，屋里却没有任何反应。灯光昏暗，只开着一盏床头灯，还扭向了一边，照见墙上镜框里镶着"靡不有初鲜克有终"几个字，魏碑体，下款是"甲子春国英试笔"，还钤了个鲜红的名章。家具布置很简单。祝部长仰面躺在一张大床上，盖着厚厚的被子。似乎随着调匀的呼吸，他的胸部在轻微地起伏。冰锋放心了，有足够时间完成整个行动。

叶生却再次冲动起来，急于要奔向她父亲，幸亏冰锋抓着她的肩膀，才没让她失去控制。他用两个膝盖同时顶了她双腿腘窝一下，她咕咚一声重重跪下，正好在父亲的床前，动作是那么坚决果断，就像充满了负罪感，要做一番忏悔。冰锋握紧了格斗刀。他要当着叶生的面，审判并处决他的仇人，她的父亲。现在他真的可以无所顾忌，可以把一切都做到干净彻底，不留任何遗憾了。

动手之前，冰锋再次从后面抓住绳结将叶生的身子提起，让她把腰挺直,屁股不要坐在两只靴筒上。他发现她的腰不粗,但胯部挺宽,是人家说的那种适宜生儿育女的女人。她的长发一直垂到地上,他揪着头发扬起她的脸,要她看着眼前的一切。他正好需要一个见证人,而这见证人正好是她,这样才算完满,既然她已经什么都知晓了,而且非要把自己与这件事情扯到一起。至于之后如何处置她,是否应该斩草除根,暂时还顾不上考虑,但确实想给她一点惩处,让她知道自以为是、恣意而为,会有什么结果。

叶生就那么乖乖地仰着脸,一个很不自然的姿势。看了冰锋一眼,赶紧把目光避开,满眼都是惊恐、凄苦的神情;嘴里发出呜呜的声音。她不住地摇头,两个乳房也跟着晃动,沉甸甸的。她像是对自己竟然落得如此下场既不理解,也不接受。冰锋心里忽然变软了。但就在这时,她的眼泪涌出来了,再也止不住,顺着脸颊流淌下来。冰锋从来没有见过叶生哭,女人是否真称得上好看就在哭的模样,她的哭相果然不好看,脸上的妆都花了,眼袋也显现出来。眼看着她像一朵花一般凋谢了。

冰锋轻蔑地想,叶生这反应未免太一般,也太落套了。为什么在她的眼睛看不到一点愤怒,一点仇恨呢? 他记得他们曾经讨论过伍子胥遇见的浣纱女的故事,还有他的妻子贾氏的故事,她们是何等刚烈绝决;相比之下,叶生真是个没有骨气的女人。他看看她那张因沾满眼泪鼻涕而显得可怜兮兮的脸,她那因赤裸而显得粗壮笨重的身子,当下真有立即将她干掉之心——只消横过这把格斗刀,在她扬着的脖颈处轻轻一划,鲜血就会喷射而出,溅到祝部长身上。他不无恶意地想下去:让祝部长亲眼看着宝贝女儿被活活宰了,这才是真的报复呢。虽然只是闪过一个念头而已,心里却好像有什么结被解开了,他真的经过了她。

祝部长静静地躺在那儿,闭着眼睛,一动不动。仿佛坦然自若地等待着终于降临的命运。冰锋大声说,祝国英,你听着,我现在宣布,二十九年前你对一个无辜的人犯下了不可饶恕的罪行……这些话他曾背诵过无数遍,现在亲口说出,却显得空洞,浮泛,简直辞不达意。就像是在听另一个人说着与自己无关的话。他瞟了瞟跪在一旁的叶生,她倒像是听得很仔细,他每说一句,她就木讷机械地点一下头,似乎这起诉书或审判词针对的是她。冰锋读过《希腊的神话和传说》,知道特洛伊公主波吕克塞娜的下场;如果要用叶生来献祭,也应该带到那间地下室去执行,可惜那里已经被拆掉了。

祝部长却对他的话没有任何反应。冰锋觉得他实在太傲慢,太蔑视自己了,当然也许他理应如此。其实现在他听不听无所谓,对冰锋来说关键是要说出来,而且他的女儿在听就行——反正他们是一伙的,无论谁听都是一回事。

也不知道把准备已久的一番话宣读完了没有,一切就像是在匆忙走过场,冰锋说的也未必是原来打算说的那些,原来打算说的好像都顾不上说了。他无论说什么,祝部长仿佛都微笑不语,有如照单全收,笑容似乎在脸上暗暗浮动;定睛一看,那笑容居然是凝固的。冰锋赶紧停下来,伸手掀掉了盖在他身上的被子。祝部长穿着睡衣,上身套了件驼色的开襟毛衣,扣子系得整整齐齐,还是一动不动;倒是跪在跟前的叶生浑身剧烈地抽动了一下,以致让冰锋觉得是祝部长在动似的。祝部长闭着眼睛,脸上的表情与其说是痛苦,不如说是释然,甚至有几分安详。对于所发生的一切,他根本就不知道。

冰锋摸摸他的脖根处,虽然还是温的,但已经比正常体温低了一些——冰锋能够分辨二者的区别,那是生死之别。面前只是一具尸体。祝部长死了。显然死于刚发生不久的一次心肌梗塞,没准心脏都破裂了。冰锋一时心慌意乱,但还来得及看叶生一眼,看见她强烈地抽泣了一下,大哭起来,眼泪简直喷涌而出,但嘴被封住,只能发出呜呜的声音。

冰锋回过头看床上的死者,这个人置身于自己的世界以外,置身于不可企及之处。虽然彼此距离这么近。他愣在那儿,不知过了多久。他明白是什么战胜了自己,仿佛看见了那个巨大的无形之物,横亘在他的面前,在他与这个死者之间。历史依然按照自己的法则行事,根本不理会现实之中的某个人如何苦苦地想,如何努力地做。他不禁眼前一黑。然而躺在这儿的这个人,他已经给过你足够的时间。是被你耽误了。你把自己的一生都浪费了。冰锋觉得包括自己在内的一切都很可笑。

不过这里还有一个活人——叶生,她仍然直挺挺地跪着,双腿和双脚老老实实地并拢,两个短粗的靴跟像是特意配成对,紧靠在一起。她一直在哭。父亲死的时候没有守候在身边,大概会让她终生遗憾。现在只剩下他们俩了。在历史面前,显然彼此都不是高手。不止是他,她也玩过了头,甚至比他玩得还过头。她要不是多此一举,这件事兴许就做成了;换句话说,她要不是多此一举,兴许什么事都没有发生。冰锋忽然想起身上还带着写给她的那封信，觉得这真是个笑话，莫大的讽刺。他现在就想把它撕了，只是一时腾不出手。

冰锋回想着刚才他与叶生之间发生的所有事情，将每个细节都重温一遍，不然他就会不理解这一切，就会遗忘这一切似的。如果将祝部长比作楚平王，那么叶生就是其所遗留的尸体与坟墓。而自己对于她所做过的种种，也就类似伍子胥日暮途远、倒行逆施之举。他曾与她谈论过伍子胥故事里的女人，其实还有几个女人没有说到。他清楚记得《吴越春秋》的原文：伍子胥"令阖闾妻昭王夫人，伍胥、孙武、白喜亦妻子常、司马成之妻，以辱楚之君臣也"——这里当动词用的所谓"妻"，说得文明点是占有，说得难听点就是强奸。不光报不了仇的伍子胥、伯嚭，就连吴王和孙子都被连带搞得失其所据、丧心病狂了。这场大规模的、公开的奸淫行为，是冰锋向来对伍子胥唯一难以接受的，现在自己对叶生当然不会这么干，但对她的羞辱也够大了；他回想起他们曾讨论她能在那部胎死腹中的诗剧里扮演什么角色，现在明白她扮演的正是昭王夫人，还有楚国那些女贵族们，乃至平王死了、昭王跑了，伍子胥所面对的整个楚国。冰锋突然对自己的所作所为感到有点恶心，其中就夹杂着对于叶生的些微歉意，不禁苦笑了一下：你真是没白在伍子胥身上花功夫啊。他的感慨简直要变成他没有写成、已经烧毁的诗剧里的一句道白："世界上究竟有什么是恒定不变的呢？——只有人的信念。"但假如只剩下个把人死死抱着自己的信念不放，本来是一出正剧或一出悲剧，也许就变成了一出闹剧。伍子胥的故事其实也是如此。在冰锋心目中，不仅自己的形象坍塌了，就连伍子胥的形象也坍塌了。

　　冰锋忽然感到非常疲乏。而叶生终于停止哭泣，或许她也累了。屋里陷入一片死寂。这时忽然有非常细微的动静，两个人都察觉到了，各自紧张起来。等待许久，原来是那只猫，先探出半个脑袋，继而是整个脑袋，然后整个身子都出现在房门口，尾巴柔顺地卷在身旁。冰锋记得叶生讲过，它从来没有来过楼上。它在门口站了会儿，眼神淡漠地看着屋里，看看叶生，又看看冰锋，好像心事重重，又像心不在焉。连叫都没有叫一声，就掉头走了。

　　冰锋还在努力想他与叶生之间到底是怎么回事，然而思路被那只猫打断了。继续想下去，但已苦于不能深入，念头都很飘忽散乱似的。这个女人不是没有可杀之罪；但他累了，对这一切厌倦了，那么也可以将她开释。只是手里仍然紧握的格斗刀不知派何用场。这把刀，还有捆绑叶生的绳子，在他看来都是多余之物，而且是一种多余的证物。假如没有它们，那就可以认为一切都没有发生。说实话，冰锋根本不能确定这个晚上到底发生了什么，或者没发生什么。他将刀扔在地上，当啷一响，声音出奇的大，还有回声，像是那把刀对自己远道而来最终无所作为所发出的抗议。

　　冰锋看看跪在面前的叶生，她长发凌乱地披散着，有几缕黏在额头和脸颊上，目光低垂，神情淡然，宛如已将包括自己命运在内的一切置之度外，甚至显露出几分英气。他以剩余的一点力气，去解开捆绑她的绳子。绳结系得太紧，陷进肉里，他想用刀尖挑断，又怕弄伤她，只好俯下身去，用牙齿去撕扯。他的嘴唇不断地接触她丰腴的肩膀、后背，就像是在急切地、近乎饥不择食地亲吻着她——似乎是对她那唯一一次吻他的回报，他还记得那个满满的、深深的吻；但他明明白白确定自己并不是这个意思。而叶生显然为他这动作所惊吓，被接触的皮肤明显紧张起来，他能感觉到她的肌肉一丝丝都在抽搐，也能感觉到她年轻的肌肤何其光洁细嫩，隐约闻着了她的肉的气息。这都是在他迄今为止的人生中，关于女人第一次感觉到的，过去与芸芸之间从来没有类似的感觉。冰锋嘴上沾着叶生后背汗的淡淡咸味，也让他觉得这实实在在是个肉体，是个生命。但是捆绑她的绳结怎么也解不开，他感到疲惫不堪，于是就算了。随她去吧。他其实根本就不认识这个人。

　　冰锋忽然不惮以最坏的心思去揣测叶生：当她断定他要来，脱光衣服坐在楼梯上等他时，莫不是她父亲已经死了？她将父亲的遗体留在楼上，坐等他钻进自己设好的圈套……大概她还不至于如此阴险，如此下作。冰锋恍惚记得刚才摸祝部长的脖子时还是温的，但又很怀疑自己的记忆，或许已经冰凉，下颌处甚至出现了尸僵。总之他觉得整件事情很可怕，但分不清究竟是事实可怕，还是他想的可怕。虽然对于祝部长来说，早死或晚死一会儿是一回事，都是善终。冰锋又想，假如叶生真是这样，那么他曾如此粗暴对待的她，就更像是平王遗留的楚国了。

　　叶生根本不知道他在做什么，停止了二人之间莫名其妙的肉体接触，也许她反倒舒服些呢。她倒是有点着急地把嘴伸给他，像是要他赶紧撕掉粘着的膏药。冰锋想她一定是要说什么，事已至此，她还能说什么呢，他什么也不想听。在能做出的所有选择中，他们各自挑选了最差的那个。他们已经将一切都输光了。但他似乎故意要与自己作对，至少是对自己挑衅一下，伸手撕掉了那两块紧紧粘在一起的膏药，她的嘴被封得很紧，撕开有裂帛之声。他看了一眼膏药黏的那面，有个完整的口红画的上下嘴唇的形状。他知道他总要给她松绑的，那时一切都恢复原状，也可以理解为什么都不曾发生。

但他还没来得及接着做什么，就听见哗的一声，叶生突然呕吐起来——那是一种喷射状的，打开高压水龙头似的呕吐。身子因而挺得更直，甚至略有角弓反张之势。她伸着脖子，将又腥又臭、五颜六色的呕吐物，吐到父亲的床上、地上、冰锋和她自己的身上——总之，吐到所有能吐到的地方，弄得一塌糊涂。她仿佛是在以一种狂暴、凶恶、无所顾忌的方式，掩盖一切，否定一切，改变一切。冰锋简直被震慑住了。他想，这女人是个神，虽然跪倒在地，双臂反剪，但她是女神，是尤金·奥尼尔笔下"大地母亲"那种角色。他只是诧异她肚子里怎么装得下这么多东西要吐出来。叶生边呕吐边尖声喊叫着，偶尔呛咳起来，才稍稍停歇；不过冰锋始终听不清楚她喊叫的是什么。